YAYIN HAKLARI	2006 ORKUN UÇAR © ALTIN KİTAPLAR YAYINEVİ VE TİCARET A.Ş.©
KAPAK	SELÇUK ÖZDOĞAN
BASKI	1. BASIM / EYLÜL 2006 AKDENİZ YAYINCILIK A.Ş. Matbaacılar Sitesi No: 83 Bağcılar - İstanbul

BU KİTABIN HER TÜRLÜ YAYIN HAKLARI
FİKİR VE SANAT ESERLERİ YASASI GEREĞİNCE
ALTIN KİTAPLAR YAYINEVİ VE TİCARET A.Ş.'YE AİTTİR.

ISBN 975 - 21 - 0751 - 6

ALTIN KİTAPLAR YAYINEVİ
Celâl Ferdi Gökçay Sk. Nebioğlu İşhanı
Cağaloğlu - İstanbul

Tel: 0.212.513 63 65 / 526 80 12
         0.212.520 62 46 / 513 65 18
Faks: 0.212.526 80 11

http://www.altinkitaplar.com.tr
info@altinkitaplar.com.tr

METAL FIRTINA 3
ORKUN UÇAR

KIZIL KURT

Yazarın Yayınevimizden Çıkan Kitapları

METAL FIRTINA - 2 (Kayıp Naaş)
ASİ

I. BÖLÜM

CEHENNEM ASKERİ

17 Ekim 2005 – Saat: 23.35
Gaziosmanpaşa – İstanbul

Karanlığın çökmesiyle tekinsiz saatler de başlamıştı. Koray haftalardır temizlik yapılmamış tek göz bekâr evine mümkün olduğunca geç gitmek istiyordu. Bu yüzden, çalıştığı çamaşırhaneden çıktıktan sonra kahvede oyalanmıştı.

Gaziosmanpaşa'ya taşındığından beri televizyonda haberleri izlemek için Erenler adlı o eski kahveye gidiyor, önüne konan çayları yudumluyor, ama kimseyle tek kelime konuşmuyordu. Sigara içmemesi, oyunlara katılmaması ve insanlardan uzak durması, kısa sürede hakkında bir sürü dedikodunun çıkmasına neden olmuştu. İri elâ gözleri ve meleksi yakışıklılığı daha ilk günlerden dikkatleri onun üzerinde toplamıştı.

İlk başlarda sivil polis olmasından şüphe edilmişti, ama bilgi almak isteyen biri olsa onlar gibi davranmaz mıydı? Hatta aralarına girmeye çalışmaz mıydı? Çabuk vazgeçti kahve ahalisi bu fikirden. Ancak, dedikoduların kesildiği yoktu. Deli olduğu, köyündeki kan davasından kaçtığı, milleti Hıristiyan yapacak bir misyoner olduğu bile söylenmişti. Tabi Koray gidip gelmeye devam ederken sohbet girişimlerini boşa çıkararak tüm söylentileri ve merakı daha da arttırmıştı.

Orkun Uçar

Sonunda, müdavimler beygir ve futbol muhabbeti yapmayan, kupon doldurmayan, bahis oynamayan, sadece arada sırada gelip çay içerek haberleri dinleyen bu garip adamı rahat bırakmışlardı. Aslında bu durumu çok da sineye çekmiş değillerdi, ama buna mecbur kalmışlardı. Koray'ın bulaşılmaması gereken biri olduğuna tanık oldukları bir olayla daha iyi anlamışlardı.

İki hafta önce, yılışık bir şekilde sırıtarak bu gizemli adamın sağındaki boş sandalyeye çökmüştü birisi. İlyas'tı bu. Mahalle gençlerinin ileri gelenlerinden İlyas... Her yaz Antalya'da garsonluk yapıp iki basamaklı herhangi bir sayıda turist kadınla beraber olan İlyas... Her an mutluymuş gibi sırıtan, her şeyi biliyormuş gibi konuşan, her yaşadığı olay olan İlyas... O gün de mutluydu. Gençlere kadınlar hakkında bildiklerini anlatmıştı. Onlar da onun her şeyi bildiğini bir kez daha onaylamışlardı. Ama henüz yaşadığı bir olay yoktu.

Koray'ın yanındaki sandalyeye göğsünü kabartarak oturmuş, sağ ayağını Koray'ın sandalyesinin demirine dayamış, sağ elini de sağ dizinin üstüne koymuştu. Bir yandan da dilini ağız boşluğunda dolaştırıp duruyordu.

"Birader, demin bol olsun. Bak; sessiz sakin, delikanlı bir adama benziyorsun. Seni sevdim, gel benim altılıya ortak ol."

Koray televizyon ekranından başını yavaşça çevirip adama baktı. İlyas bu ilgiden cesaret aldı.

"Kupon yirmi lira," diye devam etti. "Ben doldurdum, sen de parayı koyarsın. Fikir ve para ortaklığı, ha?..."

Koray sırıtan İlyas'a bir saniye daha baktıktan sonra kafasını haberlere çevirdi.

İlyas'ın bakışları da onunkilerle beraber ekrandaki görüntülere kaydı. Sonra tekrar Koray'a döndü, konuşmasını boş yere bekledi. Adam kendisini kale almıyordu.

Kızıl Kurt

Kaşları çatıldı, şöyle bir etrafa bakınca tüm kahvenin ilgisinin onların üzerinde olduğunu gördü. Elindeki iskambil kâğıtlarının arkasından kısık gözlerle seyredenler, sırtı dönük olduğu halde boynunu çevirmiş bakanlar... Ocakçı Rıfat Ağabey bile çaktırmadan izliyordu. Şimdi kalkarsa madara olduğunun resmiydi, adam onunla konuşmaya tenezzül dahi etmemişti.

Güçlü, kemikli parmaklarını bir pençe gibi uzatıp Koray'ın omzunu yakaladı. Aynı anda, "Lan dümbük, sosyeteden mi düştün buraya! Bizi muhatap alm..." diyordu ki cümlesi yarım kaldı.

Koray sol elinin tersiyle İlyas'a o kadar hızlı vurdu ki kimse darbeyi göremedi. İki üç metre geriye uçan İlyas sanki görünmeyen ipler tarafından çekilen bir kuklaydı. Kahveci Recep yere serilmiş olan İlyas'ın yanına koştu ve önce boynuna dokundu, sonra sağ göz kapağını araladı. Fısıltıyla, "Bayılmış," dedi. Şimdi kimse bakışlarını gizlemeye çalışmıyordu. Çenelerinin bir karış sarktığının farkında bile olmayanlar öylece Koray'a bakıyorlardı. Kahveci Recep, İlyas'ı orada öylece bırakıp Koray'a şekersiz bir Türk kahvesi hazırladı.

İşte bu olay rahatsız edilmemesini sağlamıştı.

Yine kahveden çıkmış; bozuk, çamurlu yollardan, ancak yatmak için uğradığı evine gidiyordu. Akşam yemeği niyetine aldığı simitlerden birini peynir ve zeytinle yemişti. Diğeri de gazete kâğıdına sarılmış, koltuk altındaydı. Haberler yine moral bozucuydu. Arka arkaya gasp, tecavüz; hayatı boyunca suça bulaşmamış zavallılara yapılan kötülükler ve terör ana haber bültenlerini dolduruyordu. Bunlar ruh halini hiç iyi etkilemiyordu doğrusu...

Bulutsuz ve soğuk bir geceydi. Dolunayın sarı ışığı sefaletin sürdüğü mahalleyi aydınlatıyor, eğreti binaları olduklarından daha

Orkun Uçar

eski ve bakımsız gösteriyordu. Eve vardığında ince bir varili andıran küçük odun sobasını yakmakla uğraşmayacak, üç kat yorganın altına sığınacaktı. Gazeteye sardığı bayat simit ile yiyeceği avuç içi kadar peyniri vardı. Sabah kahvaltısını börekçide ederdi artık. Düşüncelere dalmıştı, ama herhangi bir saldırıya karşı da tetikteydi. Toprak yolun kenarındaki elektrik direklerinin lambaları çoktan patlatılmıştı. Bu işi ya taşla sapanla çocuklar yapmıştı ya da yoksul mahalleliyi bir türlü rahat bırakmayan çeteler. Işıktan yoksun bu sokaklarda eline bir sopa aldığı da oluyordu bu yüzden.

Birkaç yüz metre ileride bir karaltı gördü. Dar sokakta hangi yöne gittiği belli olmayan ince bir siluetti bu. Biraz dikkatli bakınca kendisine doğru yürüdüğünü fark etti. Hatlarından olmasa da yürüyüşünden bir kadın olduğu anlaşılıyordu. Bu saatte... garip, diye düşündü. Bir kadının neredeyse gece yarısı, bu mahallede yalnız yürümesi belaya davetti.

Sokağın ortasında duran biçimsiz, iri taş parçasına takılmamak için kısacık bir an önüne baktı ve kafasını kaldırdığında karaltı yok olmuştu. Tam olması gereken hizada, sokağın sol yanında yanmış bir evin harabesi vardı. Küçük bir ürperti dolaştı Koray'ın vücudunda. Bu kadında bir gariplik vardı. Belki de kendisini pusuda bekliyordu.

Durup bakındı, sonra eğilip yerde duran uzunca bir dal parçasını aldı. Eğri büğrü, ince bir şeydi, ama temasının verdiği his sağlam olduğunu gösteriyordu. Yerde başka, uzun bir karaltı daha uzanıyordu. Hafifçe dürtünce karaltı birkaç santimetre kaydı toprakta. Yerde ince kanallar halinde paralel izler belirmişti. Bu, kenarları işlenmiş bir inşaat demiriydi. Koray sopayı atıp demiri aldı yerden. Tırnaklarının arasına dolan kum rahatsız edici olsa da yivli inşaat demirinin teması güven vericiydi...

Kızıl Kurt

Tüm duyuları tetikte, dikkatli adımlarla harabenin yanına kadar ilerledi ve durup dinlemeye koyuldu. İçeriden hafif fısıltılar geliyordu. Nefesini tutup fısıltıları anlamaya çalıştı, ama bir yararı olmuyordu. Koyu is lekeleriyle dolu yıkık duvardan başını uzattı. Şimdi olan biteni tüm çıplaklığıyla görebiliyordu. Üç iri karaltı, yerde debelenen kadını tutuyordu. Tecavüz etmek için zorla harabeye sokmuşlardı.

Karaltılardan biri, kadının üstünde olan, kısık sesle ağzını gözleri kocaman açılmış kadının ağzına iyice yaklaştırarak, "Bak orospu, az daha debelenirsen hiç dinlemem, gırtlağını keserim. Kendi kanında boğulurken de işimizi görürüz. Anladın mı?" dedi. Elindeki bıçağı kadının çene kemiğinin altına dayamıştı. Bıçağın sivri ucu deride gergin bir çöküntü oluşturuyordu. Kadın çırpınmayı kesip yutkunurken adamın suratına bir gülümseme yayıldı.

Aynı anda, Koray'ın yüzünde önce öfke, ardından tecavüzcününkine hiç benzemeyen şeytani bir sırıtma belirdi. Yıllar önce bir yasak konmuştu kendisine ve bu yasağa göre şimdi yapması gereken, kadına ne olursa olsun yürüyüp gitmekti, ama bu *yaratıklara* derslerini vermek şu sıra tam da ihtiyacı olan şeydi.

Beli hizasına gelen duvar kalıntısını ellerini dayayarak aştı ve dökük bir taş setin üzerinden atlayıp tecavüze hazırlanan serserilerin önünde belirdi. Aynı anda keskin kahkahası boş harabede yankılanıyordu. Elindeki demirle kadından uzaklaşmalarını işaret etti.

Tecavüzcülerden ikisi yoğun bir toz bulutunu da havalandırarak ayağa kalktılar ve Koray'ın karşısına dikildiler. İstemsizce bacaklarını aralayıp hafifçe öne eğilmişlerdi ve kolları vücutlarının yanında, hamleye hazır, gergin bekliyorlardı. Üçüncü adam ise hâlâ kadını tutuyordu.

Orkun Uçar

Soldaki, az önce kadını tehdit eden bıçaklı adamdı. Lider olduğu belli olan bu adamın sivri burnu ve ince bir bıyığı vardı. Koray'ı baştan aşağı süzdü. "Ulan kız güzeli! Sana anan başkalarının işine burnunu sokmamayı öğretmedi mi lan? Piç! Burnunu kesip bir tarafına sokacağım. Birazdan façanı bozdum oğlum, birazdan façanı bozdum..."

Ayın yarı aydınlattığı harabede metalik bir parıltı belirdi.

İkinci adam da sustalısını çıkarmıştı.

Tam istediği gibi iki yana adım atıp onu ortaya almaya çalıştılar. Koray lidere hamle yapar gibi yaylandı, ama parende atıp diğerinin suratına tekmeyi indirdi. Adam sersemleyerek arkasındaki kırık dökük duvara çarptı. Çıkan tok sesle beraber duvardan birkaç parça sıva döküldü.

Koray, serseri kendine gelmeden başına çöküp demir çubuğu hızla boynuna soktu ve sertçe çevirdi. Demirin insan eti içinde çıkardığı vıcık vıcık ses daha kesilmeden hızla yana kaydı ve böylece kasatura hamlesinden kıl payı kurtuldu.

Arkadaşının başına gelenler kadını yere bastıran adamı korkutmuştu. Artık kurbanını daha gevşek tuttuğu belli oluyordu.

Koray, tek rakibi olduğunu anlamıştı.

"Sen bittin puşt! Biz aşiretiz anladın mı! Sülaleni temizleyeceğiz!"

Şaşkın adamın sesi titriyordu. Gözleri ölü arkadaşıyla Koray arasında mekik dokuyordu.

Koray'ın kahkahası bir kez daha yankılandı boşlukta. "Ben öksüzüm birader! Tehditlerini boşa sallama."

Koray demir çubuğu hızla sallayıp boşa atak yaptı. Kasaturalı olan, hamleden kaçmak için zıplayınca kadını tutan arkadaşının ar-

Kızıl Kurt

kasına gerilemişti. Koray boş hamleyi zaten bu nedenle yapmıştı. Kadının boğazına bıçağını dayamış olanı, inanılmaz bir hızla saçından yakalayıp demir çubuğu gözünden beynine doğru soktu. Demirin yivleri adamın sol göz çukurunun çevresindeki kafatası kemiğinin üzerinde bir törpü işlevi görmüştü. Serseri acı bir çığlık attıktan sonra ölene dek elektriğe tutulmuş gibi titredi.

Kadın, üzerindeki ağırlıktan kurtulunca sürünerek duvar dibine sindi. Darmadağınık olmuş siyah saçları ve yırtık, tozlu giysileriyle bir ucube gibi görünüyordu.

Koray bu küçük çeteden kalan tek adama baktı.

Arkadaşlarının ölmesi üzerine gerçek sırtlan yüzünü gösteriyordu adam. Kasaturayı ona fırlatıp koşmaya başladı. Koray bıçaktan ani bir refleksle yana çekilerek kurtuldu. İki ucu da kanlı demir çubuğu -bir ucunda kandan başka gri beyin hücreleri de vardı- fırlattı. Çubuk, koşmakta olan adama tam taş setin üzerinde, sağ topuğunun biraz üstünden isabet etti. Adam bağırarak yere düştü.

Koray mengene gibi elleriyle yakaladı çırpınan adamı ve biraz önce kadına tecavüze hazırlandıkları alana çekti. Yüzüstü çevirip sırtına bindi. Adam inleyip soludukça yerden toz kalkıyor, burnuna ve gözüne doluyordu. Suratını toprağa gömdükten sonra kollarından başlayarak kemiklerini kırmaya başladı. Adam çığlık atmaya çalıştıkça toprak ağzına doluyordu. Açılan ağzından dişleri toprağa saplanmış, öndekilerden üçü baskıyla kırılmıştı.

Koray, kurbana yeterince acı çektirdiğini düşününce, kollarını adamın boynuna doladı ve ölene dek sıktı. Serseri son nefesini verirken, Koray bedeninde serinletici bir rahatlama hissetti.

❖ ❖ ❖

Orkun Uçar

"Bacım korkma. Sana zararım dokunmayacak. Gel hele... Yaran var mı?"

Koray hâlâ şokun etkisinde olan kadını rahatlatmaya çalışıyordu. Öldürdüğü adamların ceplerini kontrol edip ne kadar paraları varsa aldıktan sonra onun yanına gitmişti. Kadın, Koray'ın yardımıyla yürürken hâlâ titriyordu. Harabeden çıktıklarında, "Gece vakti ne işin vardı dışarda?" diye sordu Koray. Bunu hem merakından, hem de kadını yaşadığı olaydan uzaklaştırmak için soruyordu.

Kadın oldukça zayıf bir sesle, "Portakal..." dedi.

Koray daha iyi duyabilmek için başını ona doğru eğdi. "Portakal mı?"

Kadın başını önüne eğip sustu. Dudaklarını birbirine bastırmıştı. Cevap vermekten çekindiğini anladı Koray.

"Söylesene, ne portakalı? Sana yardım etmek için burdayım."

"Beyim, portakal bulmadan gelme diye dışarı attı beni."

Yeni bir öfke dalgası Koray'ın beynine hücum etti. "Allah Allah! Nasıl bir adammış bu, karısını portakal al, diye gece yarısı evden atıyor! Nerden alacaktın ki?"

"Bilmiyorum... Param da yok. Temizliğe gidemiyorum iki gündür. Aldığıma da el koyuyor."

Koray içinden ağır bir küfür savurdu. "Gel hele evine gidelim, ben, ona portakalını veririm. Kocansa kocan, biraz erkeklik öğrenmeli. Parası olmayan bir kadın portakalı nasıl bulacakmış gece gece. Namussuz herif."

"Kocam da değil ki. Benimki geçen sene iki çocukla koyverip gitti. Sonra bu gelip yerleşti eve. Yalnız bir kadın olunca bin bir dert açılıyor başına. Hadi bizi korur dedim, ama içkisi, kumarı, dayağı gideni arattı."

Kızıl Kurt

Koray daha fazla dinleyemedi. Kara bir girdap her sözü beyninde fokurdayan öfke kazanına yolluyordu.

Mahallede uzun uzun yürüdükten sonra kırık dökük bir evin önünde durdular. Kadın, Koray'ın sandığından daha fazla dışarıda kalmıştı ve bu, Koray'ın beynindeki girdabı gitgide güçlendiriyordu. Dış kapıyla oturma odası arasında sağ tarafına odun yığılmış bir giriş vardı. Onlar odaya girerken suratı içkiden kararmış, bıyıkları sigaradan sararmış bir serseri, küçük odadan çıkıyordu. Çakırkeyif olduğu parlak ve biçimsiz bakışlarından anlaşılıyordu.

"Ne çabuk döndün karı! İnşallah bulmuşsundur portakal, hele bir bulamadım de... Hele bir portakalsız girmeyi dene..."

Koray'ı fark etmemişti henüz. Tavırlarındaki bir şey, bu adamın derdi başka, diye düşünüyordu.

"Bu kim lan? Artık eve müşteri mi alıyorsun?..." Önce kızgın gibiydi sesi, ama sonra pis bir sırıtmayla Koray'a baktı. Elâ gözleri ve yakışıklılığı onu şaşırtmıştı. "Beyzadem, verirsen parasını neden olmasın. Ama bana ödeyeceksin."

Kadın endişeyle Koray'ın arkasına sinmişti.

Koray, adama aldırmadan yan kapıyı işaret etti. "Orda ne var?"

Kadın, "Kızımla oğlum yatıyor," diye cevap verdi.

Serseri durumda bir gariplik olduğunu anlamıştı. Bu adam fazlasıyla kendinden emindi. Buralarda sık rastlanılan tiplerden değildi. Koray odaya giderken sessiz kaldı, bir yandan sustalısını bileğine dayadı.

Koray, serserinin çocuklara zararı dokundu mu diye endişelenmişti. Bereket versin ki kız da, oğlan da rahatça uyuyordu. Odaya geri döndüğünde serserinin kadına tehdit dolu bir ifadeyle baktığını gördü. İşi önce tatlılıkla halletmeyi umdu.

Orkun Uçar

"Birader, burda işin yok artık. Kapıdan çık git ve hayatına değer veriyorsan bu aileyi unut."

Serseri ayılmış gibiydi. "Beyim sen, beni yanlış anladın. Ben onları koruyorum..."

"Yanlış anlama falan yok. Bu aileye en ufak zararın dokunursa, buna niyetlenirsen kaçacak yerin olmaz. Seni iğne deliğine girsen bile bulurum."

Serseri, Koray'ın kendine olan güveninden korkmuştu. Çakal aslanı tanırdı, şu anda bileğiyle perdelediği sustalı bile cesaret vermiyordu. "Tamam gideyim o zaman." Sandalyeye dayalı ceketini aldı. İki adım atmıştı ki kadına döndü. "Buralar tekin değildir, her zaman koruyan birini bulamazsın. Hele o kız güzelleştikçe..."

Alayla söylüyordu, ama altta yatan tehdidi anlamamak imkânsızdı. Bu, Koray için bardağı taşıran son damla oldu. Hem işi tatlılıkla halletmek de neydi ki, böyle muhteşem bir gecede? Adama yetişip pantolonunun arkasından tuttuğu gibi duvara fırlattı. Serseri bu arada sustalısını çıkarmıştı. Mücadele olağanüstü hızlı ve sessiz gerçekleşti, öyle ki kadın bile çığlık atamadı... Koray, adamın bileğini çevirdiği gibi kendi elindeki sustalıyı kaburgalarına daldırdı. İçeride birkaç kez sağa sola döndürdü, bıçağın dönmesini engelleyecek bir şey kalmadığında cansız bedenin düşmesine izin verdi.

Kadının sinirleri en sonunda iflas etmişti. Sedire oturmuş ağlıyordu. Koray, kanlı bedeni işaret ederek, "Ben bundan kurtulurum," dedi. Cesedi bir çuval parçasıyla sardı. Harabeye götürüp diğerleriyle birlikte gömecekti.

Kızıl Kurt

Cebindeki parayı çıkararak birazını kendine ayırdı. Geriye kalan, kadının üç aylık kazancına denkti. Yanına gidip avucuna sıkıştırdı. "Şimdilik bunları al. Kısa zamanda sana ve ailene güvenli bir çözüm bulacağım."

Nihayet evine geldiğinde şafak sökmek üzereydi. Cesetlerden kurtulmak çok vaktini almıştı. Harabede bir bodrum girişi bulmuş, dört cesedi buraya attıktan sonra üstünü taş ve tuğlayla örtmüştü. Kısıtlı ışığa ve kuvvetli hafızasına güvendiği kadarıyla kanlı mücadeleden kalan bütün izleri yok etmişti. Aslında yorgun olması gerekirdi ama son derece canlı ve mutlu hissediyordu kendini.

Serin, tuhaf bir özgürlük duygusu sarmıştı içini. Yeni hayaller bulmuş bir çocuk gibiydi. Yıllar süren bekleyişi sona ermiş, yeteneklerine vurulan "yasak" mührü sökülüp atılmıştı. Artık bu yasak zırvasını dinlemeyecek; gerek kendi hayatı, gerekse yardıma ihtiyacı olanlar için elinden geleni yapacaktı.

Bu bekâr evinden de bir an önce kurtulacaktı. Eve gideceğini düşünmek bile ruhunu sıkıyordu... Sadece yatak, yanında kırık dökük bir koltuk ve eski bir taburesi vardı. Odanın geri kalan boşluğuna ev sahibinin eskileri yığılmış, üzerine sigara delikleriyle dolu, pis bir çarşaf örtülmüştü. Odada boşluk bir cisim, bir eşya gibiydi. İşte bu nedenle konuğunu fark etmesi zor olmadı.

Karanlıktaki iri gölge, sigarasından derin bir nefes çekti. Koray ışığı yaktığında onun trençkot ve şapkasıyla oturduğunu gördü. Sivri, biçimli bir burnu ve çukurda gözleri vardı. Adam, "Selam Gri-13," dedi. Koray bu unvanı yıllardır duymamıştı.

Orkun Uçar

"Kimsin?"

"Bu önemli mi? Gözetmenindim, ama şimdi bir haberciyim." Cebinden uzun, sarı bir zarf çıkarıp uzattı.

Koray zarfı tuttu ve adamın gözlerinin içine o bakışlarını kaçırana kadar baktı. "Artık beni unuttuğunuzu sanıyordum."

Adam kalkıp gitmeye hazırlanırken sigarasını söndürmek için boş yere bir küllük aradı, sonunda dışarıya atmaya karar vermiş olmalı ki avucunda sakladı. "Biz unutmayız. Eğer işimize yaramayacağını düşünseydik bir zarf değil, güzel bir kurşun alırdın."

Koray, "O hiç belli olmazdı," diye mırıldanarak gülümsedi.

Gri Takım anıları beynine doluverdi. Sınıfın en başarılı öğrencisiydi... Hepsinden, Kurt'un gözdesi Gökhan'dan bile kat be kat yetenekli olduğu kesindi, ama buna rağmen yıllardır arayıp soran olmamış, herhangi bir görev verilmemiş ve kesinlikle ölümcül yeteneğini kullanmaması emredilmişti...

Bu, arada kalmışlık ve beklenti Koray'ın hayatını mahvetmiş, ondan bir tutunamayan yaratmıştı. Ne bir yere, ne bir işe, ne bir kadına bağlanabilmişti. Hiç arkadaşı olmamış, oradan oraya sürüklenmişti. Sanki rolünün gelmesini bekleyen bir aktör gibi hayat yerine kulisi yaşamıştı.

İşin komik yanı, beklediği görevin yasakları yıktığı, artık özgür olduğunu ilan ettiği gece gelmesiydi.

Zarfı, içinde hoş bir boş vermişlik duygusuyla açtı. Bir adres ve randevu tarihi ve saati yazılıydı.

Kızıl Kurt

19 Ekim 2005 - Saat: 23.15
Gümüşsuyu - İstanbul

İstanbul... Bu şehir, yalnız bir kalbin yaşaması için çok ağırdı. Tutunamamıştı bir türlü. Ne zamandır çekiyordu bu yükü. Nefreti besin yapmıştı. Bu kadar geç bir saatte verilen randevu için yağmurla ıslanmış yollarda ilerlerken kim bilir suça meyilli kaç surat gördü ve kim bilir kaç kez istençsizce tetik çeker gibi titredi parmağı.

Nihayet ayakları, üst katları boğazın nefis manzarasını sahiplenen bir apartmanın önünde durdu. Elindeki adreste beşinci kattaki dairenin numarası vardı. Demek efsane burada yaşıyor, diye düşündü.

Kapıyı çaldığında, sinirleri alınmış gibi görünen kibar bir uşak onu içeri aldı. Mutfakta, muşamba masa örtüsünün üzerine yayılmış gazeteyi okuyan yaşlı bir bayan vardı. Bakıcı veya hemşire olmalı, diye düşündü.

Bekleme odasındaki ağır mentol ve kolonya kokusu genzini yaktı. Yine de çeşitli ilaçların kokusunu ayırt edebiliyordu. Cebindeki garip nesneyi düşündü; naylon bir torba içinde biraz tuz... Adresin altındaki notta bunu Beyin'e vermesi yazılıydı.

Boğaz manzaralı bu evde yaşayan adama Beyin diyorlardı. Büyük ihtimalle bunun nedenini birazdan öğrenecekti.

Uşak kapıyı açıp içeri davet etti. Nedense ilk önce dikkatini perdeleri açık büyük pencereden görünen Boğaz'ın ışıkları çekti, daha sonra da odaya yeşil ve solgun mavi renklerde yansıyan birkaç televizyon ekranı.

Orkun Uçar

Kolundan tutularak karanlık köşedeki yatağın kenarına götürüldü. Burada, yataktaki yaşlı adamı canlı tutan makinelerin sesi duyuluyordu. Hırıltılı bir ses, "Boynumdan aşağısı felçli," dedi. "Bu nedenle bana Beyin dediklerini tahmin edebilirsin. Koltuğa otur. Ekrem ışığı açar şimdi."

Gülümseyen mumyalaşmış bir surat aydınlandı. Koray, Tanrım, kaç yaşında bu adam, diye düşündü.

Kendini tanıttıktan sonra emaneti uzattı; naylona sarılmış bir tutam tuz.

Bir sessizlik ardından, iç çekiş duyuldu. Kısık kahverengi gözler, elânın derinliklerine beğeniyle bakıyordu. "Ne kadar uzun zamandır bunu beklediğimi bilemezsin," dedi ihtiyar. "Sen özelsin. Herhalde yıllarca unutulduğunu düşündün. Arkadaşların tek tek görevlendirilirken, sen mutsuz bir hayatın içine tıkıldın."

Doğru söylüyordu. Liseye kadar süren üç yıllık eğitimden sonra bir Gri Takım üyesi olmuş, ama arada sırada gelen Denetçi dışında hiçbir haber alamamıştı. Üstelik bu beklenti dolu yıllarda ne bir işe sahip olabilmişti, ne de bir sevgiye... Askerden döneli beş yıl olduğu halde geçici işlerde zaman geçiriyordu.

Beyin, "Sen özelsin," diye tekrar etti.

"Nedir benim özelliğim?" diye sordu.

"Bilgi ile analiz yapmak, strateji çizmek önemli bir yetenektir, ama bunu aşan bir durum daha vardır. Eksikleri dolduran sezgi... İçinde doğruyu bilmek... Emin olmak, işte sende bu var. Eğitimin sırasında dikkati çekti..."

Konuşmayı bir öksürük nöbeti kesti.

Bu doğru olabilirdi. Bazen beyni böyle işliyordu, yarım bir binanın tamamını görebilmek gibiydi bu... Bir sorun önüne geldiğin-

Kızıl Kurt

de beynini bir ışıltı doldurur, öğretilenlerden farklı bir yöntemle doğru sonuca ulaşırdı. Gazete haberlerini okuduğunda birbiriyle ilgisiz haberler arasında bağlantı kurar ve zamanla her şey gerçekten düşündüğü gibi gelişirdi.

Bu yeteneğini olumlu bir şekilde değerlendirdiği söylenemezdi. Peki, ama onlar bunu biliyorlarsa niye bunca zaman beklemişlerdi? Bu soruyu sadece düşünmekle kalmadı.

"Dönemin ruhunu taşıman beklendi," dedi yatağa bağlı adam.

"Her dönem kendi ruhunu taşır. Gençlerin dinlediği müzikten tut, modaya, duygulara, hayata bakış açısına, politikaya... savaşlara kadar! İşte sen doğru analiz ve strateji adına, dönemin ruhunu taşıman için görevden uzak tutuldun, bizim bakış açımıza göre *kirlenmemen* sağlandı. Artık sezgilerin, teşkilatın eski düşünce yapısıyla, sistemiyle çarpıklaşmadan hizmet verebilecek."

Dönemin ruhu mu? Neydi ki solmuş bir ruh, sevgisizlik, yalnızlık, bağlanamamak...

Farkında olmadan omuzları düşmüş, başını öne eğip düşüncelere dalmıştı.

Beyin devam etti. "Merak ediyorsun değil mi, taşıdığın, temsilcisi olduğun dönem nedir? Bir değişim dönemindeyiz; tutunuşların olmadığı, belirsizliklerin, sislerin görüşü engellediği... Tıpkı insanlar gibi ülkeler ve dünya jeostratejisi de böyle. Soğuk savaş bittiğinde ardı ardına kısa geçişler yaşandı; ABD ile Japonya arasındaki ekonomik savaş, tek kutuplu dünya, medeniyetler çatışması... Ama hâlâ dev tektonik kütleler kayıyor ve oturmadı... Kim nerede yer alacak belli değil, ama sisler açılmaya başladı. İşte sen teşkilatı sislerin açıldığı zamana taşıyacaksın. Benim görevim senin gibi bi-

Orkun Uçar

rine sezgi vermek değil, ama sana belli bir düşünce sistematiği ve disiplin kazandıracağım."

"Yani sizin öğrenciniz mi olacağım?"

"Evet... Ama endişe etme, umduğundan kısa sürecek bu eğitim, daha sonra görevlendirileceksin. Senin için bir oda hazırlandı, bir süre burda kalacaksın. Haber vereceğin birileri varsa, bir şeyler uydurursun."

"Yok," dedi. Öylesine net ve acınası bir cevaptı bu. Gerçek adını hâlâ bilmiyordu Beyin'in. Zaten söylemeye niyeti var gibi de durmuyordu.

"Bir dahaki sohbetimize kadar konuştuklarımızı düşün olur mu? Artık yoruldum."

O sözünü bitir bitirmez uşak kapıyı açıp genç adamı dışarı davet etti. Büyük ihtimalle oda sürekli gözetleniyor, bütün konuşmalar dinleniyordu.

"Efendim, bir ricam var..."

Uşak, onu dışarı çıkarmak için ısrar edecekken Beyin'in görünmez bir işaretiyle durdu.

"Evet?"

Koray elinde tuttuğu kâğıdı gösterdi. Gaziosmanpaşa'daki harabeye gelen su faturasıydı, o evden çıkmadan önce bunu bulup karalayabilmişti. "Bu adreste yardım edilmesi gereken bir kadın var. İki çocuğu ile ortada kalmış. Ona bir..."

Beyin, "Tamam, tamam..." diye sözünü kesti. "Ekrem'e ver adresi, o ilgilenir."

Kapı kapandığında gölgede kalan suratında bir gülümseme vardı Beyin'in. Bu adamın gücün iyi tarafında olması sevindiriciydi. Ona görev verilmesine itiraz edenler vardı. Özellikle Kurt, "Bu

Kızıl Kurt

adam panzehiri olmayan bir zehir; düşman kadar bize de zarar verebilir. Kontrol sıfır," diyerek Koray'ın denklemden silinmesini savunuyordu. Ama zor zamanlar ufukta görünüyorken denize düşen yılana sarılırdı: ABD'nin Türkiye'yi işgal planının çarkları dönmeye başlamıştı bile!

Koray, Ekrem'in gösterdiği odasında her ihtiyacının hazır edildiğini gördü. Küçük masaya bir sofra hazırlanmıştı. Okuması için Orta Asya Türk Cumhuriyetleri ile ilgili kitaplar küçük kitaplığa dizilmişti. Karnını doyurduktan sonra, pijamalarını giyip uyumaya çalıştı, ama uyku tutmadı. Yatakta televizyonda gece yarısından sonra yayınlanan haberleri izledi.

Uyumadan önce, sanırım görev yerim Orta Asya, diye düşündü.

Koray tahmininde yanılmamıştı. Beyin ile yapılan üç aylık eğitim sonunda görev yeri Kazakistan olarak açıklanmıştı.

"Seni daha önce başka bir işte değerlendirmek sineğe bazukayla ateş etmek olurdu. İşte şimdi, tüm yeteneklerini kullanacağın bir görevin var."

"Tam olarak nedir efendim? Birinin yerine mi geçeceğim?..."

Eğitim sırasında Gri Takım üyelerinin çeşitli ülkelerde kimliklere bürünüp saklandıklarını öğrenmişti.

"Hayır," dedi Beyin. "Sana özel olduğunu söylemiştim. Gri Takım'ın diğer üyeleri saklanıp sinsice hareket etmeli, ama sen kısa zamanda ismini duyurmalısın. Onlar gölge iken sen ışık olmalısın. Senden Orta Asya'yı istiyoruz."

Orkun Uçar

Koray şaşırmıştı.

Beyin devam etti...

"Sovyetler yıkıldığından beri diğer Türk Cumhuriyetleri'nde çok başarılı olamadık. Ruslar zaten güçlüydü, Amerikalılar, Japonlar, Almanlar paralarıyla öne geçtiler. İran sıkı çalıştı. Hatta Suudiler bile bizden iyi. Yerel yönetimler güçlerini paylaşma konusunda çok paranoyak ve ne yazık ki biz genelde muhalefetle iyi ilişki kurabildik."

Koray okuduğu kitaplardan Türkiye için parlak bir durum olmadığını biliyordu. Ülkeyi bağımsızlıktan beri yönetenlere karşı bazı suikast girişimleri olmuş ve hep Türkiye ile ilişkili muhalefet suçlanmıştı. Kırgızistan'daki darbe, diğer ülkeleri hem ABD'den, hem de Türkiye'den uzaklaştırmıştı.

Son zamanlarda Türkiye'nin yandaşı kalmamış gibiydi.

"Sen oraya gidecek ve o ülkeleri bize vereceksin."

Koray ne imkânsız dedi, ne de bunu nasıl yapacağım diye sordu.

"Bu görev sırasında özgür hareket edebilir miyim?"

Beyin, "Elbette," dedi. "Masada sana yardım edecek bilgilerin bulunduğu bir dosya var. Temasa geçebileceğin isimler, kadrondaki adamların..."

Koray dosyaya şöyle bir göz atarken, "Adam filan istemiyorum," dedi.

Beyin şaşırmıştı. "Ama..."

"Ayrıca Kazakistan'a değil, Kırgızistan'a gitmek istiyorum. Orda başlamalıyım. Bana elli bin dolar verin yeter. Bu adamların hiçbiriyle temas etmeyeceğim."

"Neden?"

"Bunlar ya takip ediliyordur ya da ikili, üçlü oynadıkları için ortalıktadırlar. Kendimi açık etmek istemem."

Kızıl Kurt

"Peki sen öyle istiyorsan."

"Benim dönemin ruhu olduğumu siz söylemiştiniz Beyin. Ben artık ABD ipiyle kuyuya inmem. Bu strateji beni onların adamı yapar, kendi stratejim ise bağımsız hareket etme olanağı sağlar."

"O zaman sana başarılar Koray. Kızıl Kurtlar Operasyonu başladı."

3 Ocak 2006 - Saat: 13.35
Bişkek - Kırgızistan

Koray küçük, eski görünümlü havaalanının çıkışında bir taksi bulmakta zorlandı. Zaten tek tip değildi araçlar, ancak şoförlerin çığırkanlığı işe yarıyordu. Bir kargaşa hâkimdi ortalığa, askerlerle dolu kamuflajlı kamyonlar şehir merkezine gidiyor, bu nedenle taksiciler o yöne gitmek istemiyordu.

Neler olduğunu sorduğu bir hamal, ismini anlamadığı bir milletvekilinin sokak ortasında iki korumasıyla vurulduğunu söyledi. Geveze bir adamdı, milletvekilinin Özbek azınlıktan, Kırgızistan'daki mafya liderlerinden biri olduğunu da ekledi bir çırpıda. Öldürülme emrini veren de başka bir milletvekili, hatta bakan olabilirdi.

Devrimden beri düzen oturmamıştı. Yönetim, dinci Özbek azınlığa yakın güçlerin elindeydi.

Sonunda bir taksici, normal tarifenin iki katına ve elâ gözlerinin hatırına Koray'ı güzel bir otele götürmeyi kabul etti. "Memnun kalacaksınız Kıyat Bayım, Türkiye'den gelen işadamları orayı tercih ediyorlar," deyince genç adam başka bir otel istedi.

"Beni daha az bilinen, Kırgızların kullandığı bir otele götür. Diğer işadamlarının benim yaptıklarımı bilmesini istemiyorum."

Orkun Uçar

Kırgız şoför kahkaha atıp göz kırptı. *"Geçirip koyunuz bayım,* anlayamadım." Koray bunun "özür dilerim" anlamına geldiğini biliyordu neyse ki. "Geceleri renkli istiyorsunuz değil mi? Kadın isterseniz ayarlayabilirim."

İşte konuşma Koray'ın istediği gibi gelişiyordu. "Ben daha çok kumarla alakalıyım." Samimileşen şoföre göz kırptı.

Kırgız şoför, "Kumar yasak bayım," dedi. Çenesini ciddi görünmesini sağlayacak biçimde geri çekmiş, bu yüzden gıdığı bir torba gibi ortaya çıkmıştı.

"Fahişeler de öyle değil mi? Beni bir kumarhaneye götürürsen sana bir elli dolar veririm."

Timur adlı şoför çürük dişlerini ortaya çıkaracak şekilde bir daha sırıttı. "O zaman Nurbek'in mekânı en iyisidir. Eski, şampiyon bir boksördür, müşterilerini korur. Oyunlardan para alır. Kaybeden sadece müşterilerdir. Para kazanıp giden adamın soyulmasını önler. Yalnız Kuzeylidir."

Koray, onu biraz daha konuşturdu. Kırgızistan'da Kuzeyli Güneyli ayrımı yapıldığını biliyordu. Edindiği bilgilerden, bu Nurbek'in tam aradığı adam olduğunu düşündü.

Bu küçük grup, tahminin aksine uyuşturucuyu Batı'ya değil, Çin'e aktarıyordu. Bu topraklarda iki dev ülke, Rusya ve Çin'in ağırlığını hissetmemek imkânsızdı. Nurbek ve grubu, Sincan Türkleri aracılığıyla dünyanın en kalabalık ülkesine küçük miktarda uyuşturucu sokuyorlardı. Tehlikeli bir işti, çünkü her sene yüzlerce kişi uyuşturucu nedeniyle idam ediliyordu.

Ertesi gün aynı taksi şoförü onu otelinden alıp Bişkek'e yarım saat mesafedeki bir benzincinin arkasındaki villaya götürdü. Gözle-

Kızıl Kurt

ri Kırgız başkentinin geniş cadde ve sokaklarına artık alışmıştı. Kumar oynatılan villaya ulaştıklarında Koray sordu.

"Burdan nasıl döneceğim, bekleyebilir misin?"

"Burda taksi vardır bayım, görevliye söylerseniz çağırırlar. Benim müşteri getirmeme ses etmezler, ama beklersem başım belaya girer."

"Tamam o zaman, işte elli doların," diye yol parası hariç, söz verdiği miktarı ödedi Koray.

Kumarhane çok lüks değildi. Türkiye'deki bitirimhanelere benziyordu. Bir kenara dört tane eski kollu canavar konmuştu, ama bunlarla ilgilenen yoktu. Oyunlar masalarda dönüyordu.

Birkaç saat poker ve barbutta oyalandı. Bin dolar para kaybetmişti. Bir ara ortalık hareketlendi, iki iriyarı korumanın arasında kısa boylu biri yukarı kata çıktı. Koray fısıldaşmalardan bunun beklediği adam olduğunu anladı. Yani bitirimhanenin sahibi Nurbek.

Elinde iki kırmızı fişle oynayarak merdivene yürüdü. Hemen bir görevli yolunu kesti. "Yukarsı yasak!"

"Nurbek Banyarev ile görüşmek istiyorum."

Adam bu kez, "Bas git!" dedi.

Koray gülümsedi. "Sayın Nurbek'le konuşmam lazım. Türkiye'den geldim." Kollarını açtı. "Silahım yok."

Bir anda salondaki oyunlar durmuştu. Tüm müşteriler sessiz bir endişeyle o tarafa bakıyorlardı. Merdivenden kalın bıyıklı, dazlak bir adam indi. Koray'ı engelleyen görevli ile Kırgız lehçesinde hızla konuştu. Konuşmayı takip etmek ve anlamak imkânsızdı. Koray'ı baştan aşağı süzdü. Nihayet yukarı işaret etti.

Banyarev, onunla görüşmeyecek olsa bile sorunu yukarıda çözeceklerdi anlaşılan.

Orkun Uçar

Aynalarla kaplı olan koridorda üzerini büyük bir özenle aradılar. Yeşil halılı bir odaya soktuklarında cam masanın arkasında Nurbek Banyarev kendisine bakıyordu. Kabadayılar gibi ceketini omuzlarına almış, avuçlarını masaya dayamıştı. İki iriyarı koruma ve dazlak adamın dışında üç adam daha katılmıştı onlara.

Nurbek, Rusça konuştu. "Ne istiyorsunuz?"

Koray cevap vermedi, bu kez soru epey düzgün bir Türkçeyle tekrar edildi.

"Türkçeniz iyi," dedi Koray. Bu adam akıllı birine benziyordu. İriyarı biri olmasa da Koray'ın deneyimli gözleri, karşısında kastan oluşan sağlam bir vücut görüyordu. Büyük ihtimal, boks dışında diğer dövüş sporlarına da çalışmıştı. Nitekim Nurbek, "Boks ve karate takımıyla gelmiştim birkaç kere Türkiye'ye," dedi.

Demek ki bu küçük mafya lideri gücünü konuşturuyordu.

"Evet... Hâlâ yanıtlamadınız sorumu."

"Ben size güç ve çok para kazandırmak istiyorum," diye cevap verdi Koray.

Nurbek gevrek bir kahkaha attı. Diğerleri lehçeye aşina değillerdi, ama patronları gülünce zorla gülmeye çalıştılar. Ucuz yapımlardaki beceriksiz aktörler gibiydiler. Koray durumu sevimli bulmuştu.

"Peki bu nasıl olacak bayım? Bizi hangi ülke adına kullanacaksın?"

Koray bu adama giderek ısınıyordu. "Ülke yok, örgüt yok. Ben varım. Ortağın olarak sana güç ve para sunacağım."

Eski boksör, koltuğunda yaylandı. Gömlek içinden bir dövme gözüküyordu. Belki Yakuza ile bağlantısı vardır, diye içinden geçirdi.

Kızıl Kurt

"Bizim rahatımız yerinde bayım, ne yazık ki cömert teklifini reddetmek zorundayım."

Bu adamlar güçten anlardı, özellikle Nurbek gibi bir adam hem de. Koray gösteri vaktinin geldiğini anladı. Nurbek Banyarev konuşurken hemen harekete geçti... Önündeki sandalyeye basıp havalanarak iki iriyarı korumaya tekmeyi geçirdi. Onlar sersemlerken diğerlerine saldırdı. Dazlak, silahını çıkarmıştı, kolunu bükünce onu rahatlıkla aldı ve tek bir hamlede şarjörü çıkarıp cebine koydu.

Bir dakika içinde Banyarev'in adamları yerde inliyordu.

Şimdi sadece ikisi ayaktaydı.

Banyarev masanın arkasından tek bir zıplamayla önüne geçti. Ceketini atmıştı. Koray, Kırgızın atlama mesafesi almadan masayı aşmasını takdir etti.

Eski boksör, sert saldırıyordu, ama Koray sadece savunma yaptı. Böylece gelecekteki ortağını adamlarının önünde küçük düşürmüyordu. Nitekim, Banyarev birkaç açığını yakaladığını, ama darbeyi indirmediğini anladığında gözleriyle anlaştılar.

Birden yerde inleyen adamların şaşkın bakışları altında bilekten el sıkıştılar ve omuz vurdular.

Banyarev, "Rezil herifler," diye bağırdı onlara. "Tek bir adam devirdi hepinizi. Allah'tan kendisi ortağım, yoksa ölmüştünüz. Yarından itibaren iki kat çalışacaksınız."

Koray planının ilk adımını başarıyla geçmişti.

II. BÖLÜM

YAŞAM GÜCÜ

Kızıl Kurt

25 Mayıs 2008
Bursa yakınları

İrili ufaklı yapraklar dallarda hışırdıyor, sırtını batıya yaslamış güneş, tepelerin üstünde parlıyordu. İki yanı ağaçlarla kaplı, metrelerce dümdüz uzanan yol, serin ilkbahar havasında sükûnet ve huzur dolu pastoral bir tablonun kusursuz bir parçası gibi görünüyordu. En azından, gri binek otomobil, köşeyi dönüp yolun bu kısmına girene kadar...

Otomobilin yola girmesiyle birlikte başka herhangi bir arabadan çıkamayacak kadar çirkin, periyodik seslerden oluşan bir gürültü havayı yırtmaya başladı. Gürültünün hemen ardından yolun ve ağaç gövdelerinin üzerinde titreyerek ilerleyen gölge, bir sivrisineği andırıyordu.

Laciverde boyanmış, altı kişilik sivil helikopterin içindekiler ateş edebilmek için fırsat kollarken altlarındaki otomobil düz yolda hızını artırdı. Sürücü, müthiş bir ivmeyle hızlanan aracı olabildiğince yolun kenarına, ağaçların korumasına yaklaştırmaya çalışıyor, araçsa bu duruma isyan edercesine bağırıyordu. Helikopterdekiler, önce dönemeçler boyu aracı takip etmekten kurtuldukları için sevinmişler, düz yolda hedeflerini rahatlıkla vurabileceklerini düşün-

Orkun Uçar

müşlerdi. Oysa düz yola girdiklerinden beri ağaç dalları arasından göz kırpar gibi görünen siyah metal dışında hiçbir şey göremiyorlar, sürücünün ne kadar usta olduğunu daha iyi anlayabiliyorlardı.

Alnından süzülen ter damlalarıyla kaşları sırılsıklam olmuş pilot, sağ yanındaki levyeyi hafifçe sola yatırdı. Helikopter de levyeyle uyum içinde sola doğru minik bir açıyla döndü. Sivil canavar şimdi yolun tam üstündeydi. Pilot otomobille aralarındaki yatay mesafeyi biraz artırdı ve ne bekliyorsun, der gibi geriye baktı. Makineli tüfeğin arkasındaki adam bu bakışı görür görmez onaylama anlamında başını salladı ve kenara yaklaşma çabası içinde zikzaklar çizen araca nişan aldı.

Daha birkaç dakika önce kuşların şarkılarından başka bir şeyin duyulmadığı bu güzel orman yolu, şimdi kulakları sağır eden mermi atışlarıyla dolmuştu. Dallarında salınıp duran yapraklar çarpan mermilerle birlikte kopuyor, onlarcası havada uçuşup duruyordu. Mermilerin büyük bir kısmı yola isabet ederek asfaltta delikler açıyor ve çizgi halinde izler bırakıyordu. Ağaç gövdeleri budak budak parçalanıyordu. Asfaltta ilerlemekte olan otomobil, ağaçların koruması altında zikzaklar çizmeye devam ederken hızını daha da arttırdı. Helikopter de onun peşinde, uygun konum arayışı içinde dönüp durmaktaydı. Mermilerin ardı arkası kesilmiyordu, fakat silahın başındaki adam durumdan hiç memnun değildi. Aracı olabilecek en iyi şekilde görüyor olmalarına rağmen bir türlü istediği gibi nişan alamıyordu. Helikopter ne tarafa geçerse geçsin otomobil sığınacak bir manevra yapmayı başarıyordu. Sürücünün helikopterden bu kadar rahat kaçabilmesi tamamıyla saçmalıktan ibaretti ona göre.

Kızıl Kurt

Adam, mermi besleyen arkadaşını bekledi ve o işini yapar yapmaz tekrar tetiğe asıldı. Şimdi bir dönemeçten geçmiş ve daha dar bir yola girmişlerdi. Mermilerden birkaçının isabet etmiş olduğuna inanıyordu. Aracın hiç darbe almaması imkânsızdı. Ancak, az önceki yolda bile daha da birkaç tane isabetli atış yapabilmiş olması onu umutsuzluğa sürüklüyor, daha da öfkelendiriyordu.

Otomobil dar yolda yalpalamaya başlamıştı. Müthiş bir hızla neredeyse kontrolsüz ilerliyordu. Yol fazlasıyla bozuktu. Helikopterden ateş eden adam otomobilin sağ tarafa daha da yaklaştığını gördü. Biraz sonra aracın sağ yanı yoldan çıkmıştı. Hemen yolun kenarında başlayan ağaçlarla asfalt yolu sadece bir tümsek ayırıyordu. Otomobilin sağ ön tekerleği ve sağ arka tekerleği bu tümseğe çıktı. Bu ani yükselmeyle sarsılan araç kısa bir süre tümseğin üzerinde yol aldı ve tümseğin biraz daha dikleştiği bir noktada rampadan uçan gösteri arabaları gibi havalandı. Fakat düz değil; sol yanı aşağıda, sağ yanı yukarıda kalacak şekilde uçuyordu.

Helikopterdeki adam, otomobilin şimdi dümdüz görünen tavanına doğru mermi yağdırmaya başladı. Mermilerin araca isabet ettiğini görebiliyordu. Bu sırada belli belirsiz kendisine seslenildiğini duymuş olsa da umursamadan ateş etmeye devam etti. Şu aşağıdaki arabayı süren herife dersini verecekti. Demek kaçabileceğini sanıyordu ha! Kulağındaki ses, ateşi kesmesini emrediyordu kendisine, ama o bunu hiçbir şekilde umursamıyor, duyduğu kelimeleri anlamlandırmaya çalışmıyordu. Böyle bir şansı yakalamışken bırakmamaya kararlıydı. Tavanı delen mermileri görebiliyordu ve bunun için gerçekten çok beklemişti.

Otomobil tekrar dört tekerleği üzerinde ilerlemeye başladığında yalpaladı ve yolun ortasına kadar kaydı. Ateş eden adam açık hedefe mermi yağdırmaya devam ediyordu. Hatta, yanına kadar gelerek omzuna vuran arkadaşını umursamıyordu. Derken mermilerin aniden otomobilden çok daha uzaklara, yukarıya ve çeşitli yönlere savruluşunu izledi. Ani yön değiştirmeyle kendisi de helikopterin içine yuvarlanmıştı.

Yarı şaşkın, yarı kızgın bir ifadeyle tepesinde dikilen arkadaşına bakarken yüzü ifadesizdi. Önlerine bir tepe çıkmış, tepeyi aşmak için yükselmeleri gerekmişti. O ise bu durumda bile ateşi kesmemişti.

Tepeyi aştıklarında aracı yolda göremediler. Pilot helikoptere daireler çizdiriyordu, ama bir şey göremiyorlardı. Otomobil nereye gitmiş olabilirdi ki? Ormana girmiş olamazdı. Araçtakilerin bir yerlere kaçmadıkları da kesindi. Duran bir arabanın bir yerlere yuvarlanmadıkça böylesine kısa bir sürede saklanması mümkün değildi.

Yaklaşık bir saat sonra, hedefi anayolda buldular. Araba bir şekilde başka bir yola girip oradan anayola çıkmış olmalıydı.

Buradaki trafik, ateş etmeyi imkânsız kılıyordu. Uzun süre kendilerini belli etmeden aracı takip ettiler ve sonunda bekledikleri fırsat ayaklarına geldi. Otomobil, Yenişehir'e giden yola sapmıştı. Şimdi aşağıdakilere haber verebilirlerdi.

Otomobil dönemeci döndü ve ani bir frenle yolda yalpalayarak metrelerce kaydı. En fazla yüz metre mesafede, burunları birbirine çevrilmiş iki cip yolu kapatmıştı.

Soldaki cipten bir adam çıkıp yere diz çöktü. Bir başkası arkadan koştu ve diz çökmüş adamın omzuna kalınca bir boru yerleştirdi. Bu sırada helikopter yine belirmişti tepede. Araç geri geri gitme-

Kızıl Kurt

ye çalışırken diz çökmüş adamın omzundaki ölüm borusundan çıkan roket, araca doğru yol almaya başlamıştı bile.

Roketin otomobile çarpmasıyla büyük bir patlama meydana geldi. Olduğu yerde hoplayan araç alevler içinde yanarken sağdaki şarampolde yuvarlanmaya başladı. Uçurumun dibine ulaşan alevler içindeki otomobil, sonunda tavanı üzerinde kalakaldı. Bir süre alevin çıtırdayan sesi, uçurumun tepesine koşup aşağıdaki araca bakan adamların Türkçe olmayan konuşmaları ve tepede bekleyen helikopterin pırpırları duyuldu. Sonra araç kulakları sağır eden bir gürültüyle tekrar patladı. Yukarıdan bakan iki adama kadar ulaşan alevler yüzlerini sıcak bir köpek dili gibi yalayıp geçti. Aşağıdakiler de köpeğin midesinde olmalıydı şimdi.

Adamlar ciplerine koşarken, bir süredir yukarıda asılı duran helikopter de sıkılmış gibi aniden kuzeye yönelip uzaklaşmaya başladı.

26 Mayıs 2008
Kurtköy yakınları - İstanbul

Ambulans boş yolda çığlıklar atarak hızla ilerliyordu. Önde, şoförün yanında oturan iri yapılı adam son derece telaşlı görünüyor, dudakları sinirden titriyordu. Bulunduğu yerden, umutlarını bağladığı dal çok güçsüz görünüyordu.

Şoförün yanında oturan adam MİT görevlisi Eşref Kapılı'ydı. Kucağında silahı, yola boş boş bakıyordu. Yoldaki bir tümsekten geçerken ambulans sarsılınca uykudan uyanmış gibi hızla şoföre döndü. Adama ne diyeceğini bilemeyince, "Daha hızlı," deyip tekrar yola baktı. Sonra arkaya döndü. Yanmış bedenin başında genç, orta uzunlukta düz saçları omuzlarına dökülen, şirin yüzlü bir hemşire bekliyordu. Eşref Kapılı'yla göz göze gelir gelmez başını yaralıya dikti. Önde oturan bu adamdan nedensizce korkuyordu. Lisedeki biyoloji öğretmeni ve babasının arkadaşı Osman Bey'den de böyle korkardı. Onun karşısında ne yapsa yanlış olacak gibi hissederdi. İşte bu adamda da böyle hissetmesine neden olan bir şeyler vardı.

Eşref Kapılı sadece bir an önce Kurtköy'e varmayı düşünüyordu. Bir kucağındaki silaha, bir de yola baktı. *Olur mu*, diye düşünüyordu, *yapabilirler mi*?

İçini çekerek bu kez dönmeden seslendi. "Kızım, o adama dikkat et, sakın bir hata yapma." Hemşire o görmese de hiçbir şey demeden başıyla onayladı. Ölümle mücadele içindeki yaralıya baktı. Adamla ilgili yapılabilecek tüm hatalar zaten yapılmış, hemşireye pek bir şey kalmamıştı.

Yaklaşık sekiz saat önce, Eşref Kapılı haberi almış ve derhal arabasına atlayıp Bursa'ya doğru yola çıkmıştı. Üç saat sonra Bursa Devlet Hastanesi'nin danışmasındaydı. Danışmadaki hemşireden aradığı hastaların yerini öğrendiğinde içinde koşmak için delice bir istek duymuş, ama bunu yapmamıştı.

Eşref Kapılı'yı orta yaşlı, kısa boylu, kel ve suratsız bir doktor karşıladı. Kendini Mehmethan Cihan olarak tanıttıktan sonra, yaralıyla bağlantısını sordu Kapılı'nın. "Aile dostuyum," demekle yetindi o da.

Doktor dudaklarını birbirine bastırıp yüzüne acı bir ifade vermeye çalışırken Eşref Kapılı daha önce hiç olmadığı kadar endişeliydi. "Kadın ve çocuğu kaybettik," dedi doktor. "Bize yapacak bir şey kalmamıştı."

Kızıl Kurt

Kapılı bunu zaten biliyordu. Üzüntüyle başını sallayıp, "Ya bebek?..." diye sordu. Seda'nın hamile olduğunu birkaç ay önce öğrenmişler, hatta Kurt'la Kumkapı'ya gidip kutlama yapmışlardı.

Doktor ellerini iki yana açarak, "Ne yazık ki o da..." dedi.

Eşref derin bir of çekti.

Doktor birkaç saniye süre tanıdı karşısındaki adama. Burada ölümler her gün yaşanıyordu. Bir an önce söylemesi gerekenleri tamamlayıp işine dönmek istiyordu. Nihayet zamanıdır diye düşündü. "Adamınsa yaşama şansı çok düşük. Bu geceyi çıkarması bile mucize olur."

"Ne yapılması gerekiyor yaşaması için? Nereye götürebiliriz?"

Doktorun yüzünde çok kısa bir an alaycı bir ifade belirse de hemen kendini toparladı. Eşref Kapılı bunu yakaladı ama üzerinde durmadı.

"Bir yere götüremezsiniz. Bu adam için dünyanın herhangi bir yerinde burdakinden daha iyisini yapamazlar. Beden öyle yanmış ki, şu anda tüm sinir uçları acı çekiyordur. İlaçlarla sadece bunu azaltıyoruz. Ölüme kadar rahat bir uyku..."

"Saçmalama doktor!" diye bağırdı Eşref Kapılı.

"Üzüntünüzü anlı..."

"Anlama kalsın," diye kesti sözünü. "Şimdi bana biraz izin ver düşüneyim."

Doktor karşısındakinin saygısızlığını hoş gördü. Yıllardır nelere şahit olmamıştı ki. "Siz bilirsiniz," deyip uzaklaştı. Yürürken birkaç kez boynunu geriye attı. Hemşirelerin çay içerken alay ve sohbet konusu ettiği bir tikti bu.

Yalnız kalan Eşref Kapılı çaresizliği tüm bedeninde hissediyordu. "Yapılabilecek bir şey yok," demişti doktor. Bu doğru olamazdı! Bir çare mutlaka olmalıydı. En azından deneyecek bir şeyler olmalıydı.

Birkaç dakika eli alnında, öylece bekledi. Bu şekilde bir şeyler planlaması imkânsızdı. Birileri bir şeyler önermeliydi. Doktor bile böyle diyorsa o ne yapabilirdi ki? Yoksa... Eşref Kapılı eli çenesinde öylece durdu. Bir an tüm dünya durmuştu sanki. Doktorun bilmediği bir şeyler biliyordu Eşref Kapılı.

Tabi ya, diye çığlık attı içinden... Nasıl unuturum?

Aklına delice de olsa bir şeyler gelmişti ve bu küçük kıvılcım ona dev bir güneş topu gibi görünüyordu şimdi...

Eşref Kapılı, Kurt'un emriyle, bir süredir Part Holding'e bağlı gen şirketinin çalışmalarını izliyordu. Bu şirkete olan ilgileri Atatürk'ün naaşı geri alındıktan sonra da devam etmişti. Enver Akad adlı doktorun bazı araştırmalar yaptığını biliyordu. Şimdi madem ölecekti bu adam, oraya götürüp şansını denemekten başka bir çare gelmiyordu aklına.

Hemen doktoru buldu.

"Doktor," diye seslendi. "Mehmet Bey!"

"Mehmethan olacak," diye düzeltti doktor, ona doğru yaklaşırken.

"Ulan, ben kibar olacağım diye ne hallere düşüyorum, sen... İki dakikalığına Mehmet olsan ne olur be adam?" diye çıkıştı Enver Kapılı.

Doktor irkildi.

"Bak arkadaşım..." Kapılı, kendine hâkim olmakta güçlük çekiyordu. "...Şimdi beni dinle..." Doktor karşısındaki adamdan korkmuştu. Adam koluna girmeye çalışınca panikle çekti elini. Eşref Kapılı, olduğu yerde durup bir ya sabır çekti ve en tatlı ses tonuyla

Kızıl Kurt

konuşmaya başladı. Birbirine kenetlenmiş dişleri ses tonunu pek yumuşatmasa da etkisini artırdığı kesindi.

"Mehmethan Bey, çok acelemiz var, şurda bir şeyler söyleyeceğim size, bir gelin hele."

Doktor boynunu geriye atıp, "Tamam tamam," dedi ve adamın koluna zoraki girip kenardaki radyatörün önüne yürüdü.

"Doktor, bir konuda emin olmak istiyorum. Gerçekten hiçbir şey yapılamaz mı?"

"Yapılamaz Eşref Bey. Allah'tan umut kesilmez derler, ama bu durumda bunu söylemek bile fazla iyimserlik olacaktır."

"Emin misin doktor? Yurtdışında bile mi yapılamaz bir şey? Onu her yere götürebiliriz. En iyisine..."

"Maalesef Eşref Bey, maalesef... Burda sadece hastanın ölmesini ve ölüm saatini kaydetmeyi bekleyeceğiz. Artık bitmiş her şey."

"O halde şimdi beni iyi dinle. Hemen bir ambulans hazırlatacaksın. Bir hemşire ve bir şoför yeter. Şu an onu yaşatan tüm cihazlar ambulansa eksiksiz yerleştirilecek. Adamlarına, benim yaralımı ambulansa yerleştirmelerini söyleyeceksin. Hiçbir kayıt tutulmayacak."

Kapılı'nın her söylediğinden sonra doktorun gözleri biraz daha büyüyordu. En sonunda cevap verebildi.

"Ne diyorsunuz siz? Böyle bir şey mümkün değil!" Boynunu üç defa peş peşe geriye attı.

"Neden mümkün olmasın? Bakın, zaman kaybediyoruz." Eşref Kapılı istemsizce saatine baktı konuşurken.

"Hayır, bunu kesinlikle yapamam. Şimdi gidip güvenliğe haber veriyorum. Siz... siz saçmalıyorsunuz."

Doktor, arkasını dönüp ilk adımını atmıştı ki Kapılı, onu kolundan yakaladı. Bu sırada doktor sırtında sivri bir şey hissediyor ve bunun ne olduğunu tahmin etmekte hiç de zorlanmıyordu.

"Ses çıkarma," diye fısıldadı Kapılı, adamın kulağına. "Yavaşça dön şimdi, tam önümde dur."

Doktorun ensesinden gelen nefes soğan kokuyordu. Önce buna dikkat etti ve sonra uysalca söyleneni yaptı. Döndüğünde yüzündeki ifade kırklı yaşlardaki bir adam için fazla çocuksuydu. "Bunu görüyor musun?" dedi Eşref Kapılı silahı doktorun midesine dürterek. Doktor korkuyla başını salladı ve Eşref Kapılı devam etti. "Bu hiçbir şey..." MİT kimliğini alttan gösterdi. "Esas güç burda."

Doktorun gözlerindeki ifadeden artık her şeyi kabul edeceğini anlamıştı. Kimlik ve silah hızla ortadan kayboldu. "Bak, ben suçlu falan değilim. Ama acelem var. Şimdi, sana az önce söylediklerimi yapacaksın. Bu olaydan kimseye söz etmeyeceksin. Aksi olursa, buraya üç saat mesafede olduğumu hatırlatırım sana. Kötü bir şey yapmıyoruz doktor. Kötü hiçbir şey yapmıyoruz."

Doktor kısık bir tonda bağırırcasına karşılık verdi. Boynu artık geri gitmiyordu, ama sesi titriyordu. Yüzünde buruşuk bir tiksinme ifadesi vardı.

"Kötü bir şey yapmıyor musunuz? Ya şimdi ne yapıyorsunuz?"

Kapılı gülümseyerek yere baktı ve boynunu kaşırken yanıtladı.

"Ne mi yapıyoruz? 'Allah'tan umut kesmemek' doktor, tek yaptığımız bu."

Doktorun kolunu bıraktı ve, "Hadi, durma artık, dediğimi yap," dedi. Doktor uysalca başını sallayıp hızlı, titrek adımlarla uzaklaştı. Koridorda kösele ayakkabılarının çıkardığı ses yankılanıyordu. Eşref Kapılı ambulans hazırlanana kadar yaralıyı ziyaret etmeye karar verdi.

Kızıl Kurt

İlk gördüğü şey, bir insana kesinlikle benzemiyordu. Yatakta her tarafına cihazlar bağlanmış halde yatan adamın derisi közlenmiş patates kabuğu gibiydi. Toprakta bir çukur açılır, üstünde ateş yakıldıktan sonra oluşan közün içine patates gömülür, uzun süre sonra közlenmiş patates hazır olur. Onu közden çıkardıktan sonra kabuğunun neredeyse tamamı kömür karasına bulanmış olur. Bazı kısımlar ise yer yer soyulmuştur ve bu nedenle siyahın arasından soyulmuş pembe, sarı kısımlar görünür. İşte böyle görünüyordu yataktaki şey. Eşref Kapılı dokunmak istedi, ama bunu yapmadı. Yatağın çevresinde düşünceli ve üzgün dolaştı. Ambulans hazırlandığında gözleri yataktakinin görüntüsüne alışmış, yine tanıdığı adamı görür olmuştu bu bedende.

Ambulans ilerlerken olanları düşünüyor, çekilen tüm acıyı adeta bedeninde yaşıyordu. Seda, Aslı ve daha doğmamış minik bebek ölmüştü. Arkada yatan şey de artık Gökalp kimliğiyle yaşayan Gökhan'dı. Kapılı, kendine engel olamıyor; durmadan Seda'yı, Aslı'yı ve bebeği düşünüyor, içine kaynar bir şeylerin durmaksızın akıtıldığını hissediyordu.

Yenişehir yakınlarında, birileri arabalarını roketle vurmuştu. Araba tamamen yanmıştı. Aslı, Seda ve Gökhan da öyle... Kurt ise Orta Asya'da kayıptı; ya öldürülmüş cesedi bir yerde çürüyordu ya da ele geçirilmişti. Şimdi ne olacak, diye düşünüyordu Kapılı. Şimdi ne yapacağız?

Kurt'un emanetlerini koruyamamıştı. Şoförün şaşkın bakışları altında, kendine ağır bir küfür savurdu.

Orkun Uçar

26 Mayıs 2008
Kurtköy

Gen şirketi her zamanki gibi tekinsiz göründü aracın penceresinden bakan Eşref Kapılı'ya. Buraya ilk gelişini hatırladı... İçeride Mossad'a bağlı özel tim Sayeret Matkal ve savaş sırasında Anıtkabir'den çaldıkları Atatürk'ün naaşı vardı. Başında Kurt'un olduğu başarılı bir operasyonla naaş zarar görmeden geri alınmıştı.

Tellerle çevrili bir arazinin ortasında, hangarı andıran bir yapı... Solgun duvarlar ve içinde ne olduğu bir türlü anlaşılamayan alçak sıra sıra binalar... İnsanların sadece istemedikleri evcil hayvanları bırakmak için gelebileceği, kuş uçmaz kervan geçmez bir yerde, terk edilmiş bir kasabayı andıran özel bir bölge... Buranın bir gen şirketi olduğunu öğrendiğinde şaşırmış ve bu, onun son şaşkınlığı olmamıştı. İçeride doktorlar vardı, ama bunlar daha çok büyücüye benziyordu. Akıl almayacak araştırmalar, deneyler yapıyorlardı.

Ambulans, tellerin birleştiği kapının önünde durdu ve Eşref Kapılı dışarı atladı. Artık yaşlıydı, üstüne üstlük uzun ve yorucu bir gün geçirmişti. Şimdi ona enerji veren yalnızca umuduydu. Akşam olmuş, hava kararmıştı. Çevredeki ışıklandırılmamış boş arazide hafif bir rüzgâr dolaşıyor, boşluğun kuru kokusunu deneyimli MİT görevlisinin burnuna taşıyordu.

Kapılı, Enver Akad'ın merkezde olmaması olasılığından endişe duydu. Akşam olmuş, adam evine dönmüş olabilirdi. Gerçi uzun süre bu merkezi gözlemlemiş ve adamın alışkanlıkları hakkında epey bilgi sahibi olmuştu. Gördüğü kadarıyla Enver Akad tam bir

Kızıl Kurt

işkolikti. Bazen bir hafta boyunca evine gitmediği, gecelerini merkezde çalışarak geçirdiği oluyordu. Eşref Kapılı, Akad'ın araştırmalarıyla ilgili öğrendiklerinin çok azını yorumlayabiliyordu, ama yaptığı işin böyle yoğun bir çalışmaya değeceğini düşünüyordu. Şirket de bunun farkında olacak ki, Enver Akad'ın araştırmalarına ayrılan fon, şirketin en büyük araştırma masrafını oluşturuyordu. Ayrıca Enver Akad resmen bir yönetici olmasa da merkezin en değerli doktorlarının başında yer alıyordu.

Kapının arkasındaki bekçi kulübesinin ışığı yanmaktaydı. Binadaki bazı pencerelerden de dışarı ışık sızıyordu.

Bekçi kulübesinden, lacivert üniforması ve başında şoförlerinkine benzer şapkasıyla orta boylu, temiz görünümlü bir adam çıktı. Kapıya, Eşref Kapılı'ya yanaştı ve öylece kaldı. Belli ki ne diyeceğini bilmiyordu. Neyse ki Kapılı'nın böyle bir derdi yoktu.

"Kapıyı açar mısın? Çok acil!"

Bekçi şaşırmış görünüyordu.

"Kimsiniz? Burası özel bir şirket..."

"Adım Eşref Kapılı. Devlet adına burdayım." Kimliğini gösterdi. "Kapıyı açın da girelim."

"Bir dakika bekleyin," deyip kulübeye girdi bekçi. Çıktığında, yüzünden olumsuz haber vereceği anlaşılıyordu.

"Efendim, şu an yetkili kimse yok. Kusura bakmayın, kapıyı açmam mümkün değil."

Buraya kadar geldikten sonra geri dönmeyi Eşref Kapılı'ya kabul ettirebilecek tek güç vardı ve o da şu an kayıp olduğu için gittikçe artan sinirine hâkim olmaya çalışmaktan vazgeçti.

Demir parmaklıklardan oluşan kapıdan bir hamlede kolunu içeri soktu ve bekçiyi yakasından yakalayıp parmaklıklara çarptı. Bek-

Orkun Uçar

çi daha neye uğradığını anlamadan adamı ileri itti ve hızla geri çekerek bir kez daha çarptı parmaklıklara.

"Bak aslanım. Devlet adına burdayım diyorum... Çok acil bir mesele var diyorum... Sinirliyim diyorum... Yetkiline başlatma ulan aç şu kapıyı!"

Eli hâlâ bekçinin yakasındaydı. Adamın, elini silahına attığını görür görmez sol eliyle silahını çekti ve parmaklıkların arasından bekçinin sol yanağına bastırdı. Namlu bekçinin avurdunu çökertiyordu.

"Bak," dedi, durup bekçinin yaka kartına baktı. "...Ersin Gök, ben ne diyorum sen daha ne yapıyorsun."

Bekçinin parmaklıklara çarpan burnu kırılmış, kanamaya başlamıştı. Aldığı ani darbenin de etkisiyle paniğe kapılmış, nefes nefese kalmıştı. Zar zor konuşabildi.

"Ağabey, ben emir kuluyum. Gözünü seveyim ben ne yaptım sana?"

Eşref Kapılı, bekçiye acıyordu ama başka çaresi olmadığını da biliyordu.

"Aslanım hadi aç şu kapıyı da daha fazla üzme beni."

"Kapı otomatik ağabey... İçerden açılıyor."

Eşref Kapılı, bekçiyi bıraktı. "Haydi, git aç."

Olanları dehşet içinde seyreden şoför, hemşirenin başında olduğu yaralıya bakarak, "Bu adamın sağlık sigortası hangi şirkettense ben de istiyorum," diye mırıldandı.

Bekçi içeri seğirtince Eşref Kapılı arkasını döndü. Şoförün korku dolu bakışlarıyla göz göze geldi ve o an, *şu işi bir bitireyim, hepinizi yemeğe götüreceğim,* diye kendine söz verdi. Böyle korkuttuğu, zarar verdiği adamlara çok acıyordu. Ancak, pek çoğu öldüğü için üstleri böyle bir zayıflığı olduğundan haberdar değildi.

Kızıl Kurt

Sabırsızlığı artmıştı; kapının açıldığı falan yoktu. Başını uzatıp bekçi kulübesinin içini görmeye çalıştı, ama hiçbir şey görünmüyordu. Bir sigara yaktı. Tadı iğrenç gelse de içmeye devam etti.

Eşref Kapılı parmaklıklı kapının önünde ileri geri yürüyüp sigarasını tellendirirken içeride bilinçsiz yatan, acılar içindeki Gökhan'ı düşündü. Sonra da kapı on saniye içinde açılmazsa bekçinin en az üç dişini kırmaya karar verdi.

Üçüncü saniyede kapıya yaklaşan adamları fark etti. Beş ya da altı kişiydiler. Güvenlik görevlisi olmalıydı bunlar. Saati kaçırmamaya çalışıyordu. Sekizinci saniyede tekrar kafasını kaldırdığında adamlar bekçi kulübesinin yanından geçiyorlardı. On ikinci saniyede kapı açıldığında bu defa parmaklıkların yerinde beş tane ızbandut dikiliyordu. Ne olursa olsun, bekçi için artık çok geçti.

Eşref Kapılı, ambulans şoförüne aracı içeri sürmesini işaret etti.

Görevlilerin başı olması muhtemel adam Eşref Kapılı'ya, "Ne istiyorsunuz?" diye sordu. "Görevliye zarar vermişsiniz..."

Eşref Kapılı hepsinin yakasındaki isimleri okudu. Ömer Çapraz, Balkan Şahin, Hakkı Şahin, Emrah Özkoç ve Agah Tokgöz...

"Hakkı Şahin... Devlet adına burdayım. Daha önce de buraya geldim, ama anlaşılan patronlarınız sizi yeni tutmuş. Acilen girmemiz gerekiyor. Ambulansa yol verin."

"Kimliğinizi görebilir miyim?"

Kapılı hemen kimliğini çıkarıp gösterdi.

"Bu kimlik bizim için hiçbir şey ifade etmiyor. Burası yurtdışı ortaklı özel bir şirket... Sizi içeri almam mümkün değil."

Eşref Kapılı, ambulans şoförüne dönüp motoru durdurmasını işaret etti.

"Enver Akad burda mı?"

Orkun Uçar

Yanıtlayan yine aynı görevliydi. "Neden soruyorsunuz?"

"Yetkili biriyle görüşmek istiyorum."

"Yetkili biriyle görüşüyorsunuz zaten."

Eşref Kapılı yine sinirlerinin gerilmeye başladığını hissediyordu.

"O ambulansta ölmek üzere olan bir adam var, anlıyor musun? Ölmek üzere olan bir adam!"

Görevli şaşırmış görünüyordu. "Ama burası hastane değil ki... Burda araştırma yapılır."

"Enver Akad'ı çağırın bana yahu! Biliyorum hastane olmadığını. O beni tanır."

Görevli arkasını dönüp adamlardan birine seslendi.

"Emrah, doktora haber ver." Tekrar Kapılı'ya dönüp sordu. "İsminiz neydi?"

"Eşref Kapılı."

"Eşref Kapılı görmek istiyor de."

Emrah adlı görevli hızla uzaklaşırken arkasından bağırdı Hakkı Şahin.

"Bekçinin burnunu kırdığını da söyle. Ambulansla gelmiş bir de onu söyle."

Birkaç dakika sonra Enver Akad yanında görevliyle beraber gelmişti.

"Oh, doktor bey! Merhaba," deyip elini uzattı Eşref Kapılı.

"Merhaba," diye karşılık verdi doktor ve tokalaştılar.

"Hemen içeri girmemiz gerekiyor, mümkün mü?"

"Tabi, girelim, içerde konuşalım," dedi Enver Akad ve görevlilere döndü. "Arkadaşlar siz gidebilirsiniz."

Görevlilerin başı, doktora sokulup bekçi kulübesini işaret ederek bir şeyler fısıldadı. Belli ki bekçinin başına gelenlerden söz edi-

Kızıl Kurt

yordu. Enver Akad, biliyorum der gibi başını salladı ve yine gitmelerini bildirdi. Görevliler gittiğinde doktora ambulansa binmesini söyledi Kapılı. Doktor ambulansa binince, "Bir dakika bir işim var," deyip ayrıldı.

Enver Akad ambulansın içinde, Kapılı'nın bekçi kulübesine yöneldiğini gördü. Özür dileyeceğini umuyordu, ama kötü bir şey yapacak olsa da elinden bir şey gelmeyecekti.

Eşref Kapılı az sonra döndü ve ambulansa girdi. Kimse bir şey sormadan, "Üç kere özür dileyeceğime söz vermiştim, dört kere dilemek zorunda kaldım. Neyse, gidelim," dedi.

Ambulans hareket edince Enver Akad, "İşinizin acil olduğunu söylemişsiniz, nedir?" diye sordu.

"Arkaya bakın," diye yanıtladı Eşref Kapılı.

Enver Akad arkasını döner dönmez panikle Eşref Kapılı'ya bağırmaya başladı.

"Ben içeri girebilmek için bir yalan uydurduğunuzu düşünmüştüm! Bu da ne böyle? Bunu buraya neden getirdiniz?"

Şoför korkuyla Kapılı'ya bakıyor, belli ki adamın doktora bir şey yapmasından endişeleniyordu.

"Sakin olun doktor bey, bir dinleyin bakalım."

"Şoför bey durun lütfen," diye seslendi Enver Akad titreyen bir sesle.

"Yahu, ne olur bir dinleyin... ne durması, durma sen şoför."

"Durun lütfen, geldik."

Şoför, Eşref Kapılı'ya bakıyordu soran gözlerle.

"Dursana aslanım. Gelmişiz."

Eşref Kapılı ambulanstan inmeden önce arkaya bakıp hemşireyi uyardı. "O adama iyi bak kızım."

Orkun Uçar

Hemşire yine başıyla onayladı ve iki adam arabadan indiler. Enver Akad'ı takip eden Eşref Kapılı binanın içinde yürümekten sıkılmıştı. Öfkesinin bir kısmını bekçi sayesinde boşaltmış olsa da hâlâ büyük endişe duyuyordu ve doktorun zaman kaybetmesi sinirlerini bozuyordu. Yine de adamı ikna edebilmek için kredi toplamalı, uslu durmalıydı şimdi.

Sonunda bir kapıdan içeri girdiler. İçeride bir masa, arkasında bir koltuk ve önünde iki sandalye vardı. Duvarlar, masanın üstü ve sandalyelerin arasındaki sehpa tamamen boştu. Enver Akad sehpanın sağ yanındaki sandalyeye oturdu ve Kapılı'ya karşısındaki sandalyeyi gösterdi. Burnundan soluyordu doktor. "Sizi dinliyorum," dedi küsmüş bir sevgili gibi.

"Ambulanstaki adam büyük bir kaza geçirdi. Onu buraya getirmek zorunda kaldım."

"Fakat burası hastane değil ki... Yaralı biri için ameliyathane ve bir bakım odası gerekir. Burda sadece laboratuvarlar var. Biz, yaralı biri için hiçbir şey yapamayız."

"Doktor bey, o adam bir yaralı değil zaten. O adam bir ölü. Hastane yerine burayı seçecek kadar aptal bir adam mıyım ben? Bugün yedi saat yol gittim. İki adamı silahla tehdit ettim. Birinin burnunu kırdım. Sonra da dört dişini... O yüzden beni iyi dinleyin ki işimize çabucak başlayabilelim. Diğer hastanedeki doktor, yaralının yaşama şansı olmadığını söyledi. Yani normal yollarla tedavi edilemeyecek. Sizin araştırmalarınızı biliyorum. Bir şeyler yapabilirsiniz belki. Hem size de araştırmalarınızı uygulamak için büyük bir fırsat."

Doktorun yüzünde düşünceli bir ifade dolaşmaya başlamıştı.

"Bakın Eşref Bey, benim de yapabileceklerim çok kısıtlı. Üstelik araştırmalarım henüz deneme aşamasında. Hem böyle bir şey için kişinin rızası gerekir."

Kızıl Kurt

"Enver Bey, uzatmayalım. Kişinin durumunu görüyorsunuz. Hiçbir yakını yok. Bu işi resmi olarak yapacağımızı düşünmeniz de çok saçma. Lütfen, siz de biliyorsunuz bizim nasıl çalıştığımızı. Adamı kurtarmak için bunu denemek zorundasınız."

"Araştırmalarımla ilgili ne biliyorsunuz ki, onu kurtarabileceğimi düşünüyorsunuz?"

"Deri üreten bir teknoloji üzerinde çalıştığınızı biliyorum. Farelerin vücutlarına uyumlu çipler falan yerleştirdiğinizi biliyorum. Başka birkaç şey daha işte..."

"Bu araştırmalar tamamen gizli yürütülüyordu. Ama garipsememem gerekir, değil mi? Sizi uyarayım. Henüz deri üretimi adına pratik hiçbir şey yapmadık. Çip yerleştirdiğimiz farelerin tamamı da doksan gün içinde tüm iç organları yanarak öldüler. Şimdi ne düşünüyorsunuz?"

"Anlamıyor musunuz? İsterseniz fareler çipleri yerleştirir yerleştirmez ölmüş olsun. Kaybedecek bir şeyimiz yok. Bu adam yarına çıkmaz nasıl olsa. En azından denemiş olmalıyız."

Doktor, "Bana biraz izin verin," deyip eğildi ve başını elleri arasına aldı. Hemen sonra kapı açılma sesiyle irkilerek o tarafa baktı. Eşref Kapılı odadan çıkıyordu.

"Nereye gidiyorsunuz?"

"İzin istemediniz mi?"

Doktor gülümsedi. "Hayır o anlamda değil, şimdi en fazla beş dakika düşüneceğim. Siz burdayken de yapabilirim bunu."

Eşref Kapılı dönüp sandalyeye oturdu ve boş duvarlara bakmaya başladı. Şu karşısında oturan adamın bir dâhi olduğunu anlayacak kadar araştırma yapmıştı onun hakkında. Yine de durum çok umutsuz görünüyordu.

Orkun Uçar

Enver Akad kafasını kaldırıp konuşmaya başladı.

"Tamam. Yaralıyı içeri, laboratuvarlardan birine aldıralım. Hemen bu gece muayene edeceğim ve ne yapmamız gerektiği konusunda bir karara varacağım. Yalnız bu konuda sizden yazılı sorumluluk belgesi istiyorum. Yani, doğacak her sonuçtan siz sorumlusunuz."

"O kolay... Çok teşekkür ederim," dedi Eşref Kapılı büyük bir içtenlikle. Beraber kalkıp odadan çıktılar. Ambulanstaki Gökhan hâlâ hiçbir şeyin farkında değildi. Rusların saldırıp mahvettiği bedeni Kurtköy'de şimdiye kadarki en tuhaf deneyimine hazırlanıyordu. Enver Akad da en tuhaf deneyine...

16 Haziran 2008 - Saat:13.23
İstanbul Atatürk Havalimanı

"Paranoyak davranıyorsun, kesinlikle paranoyak davranıyorsun."

"Böyle konuşma Sergei. Gördüm, o çocuğun doğrudan burnuma baktığını gördüm."

"Benim burnumun seninkinden farkı ne ki bana değil sana bakıyor?"

"Ben de onu soruyorum ya... Eminsin değil mi burnumda bir şey olmadığına?"

"Eminim İvan, eminim."

Sergei bıkkınlıkla başını yana çevirdi. Koskoca adamın bir çocuğun bakışı yüzünden burnunda sümük olduğunu düşünmesi gibi saçma bir konu için gelmemişti bunca yolu. Pasaport kontrol alanına yöneldiler.

Kızıl Kurt

Kontrolden kısa sürede geçen iki Rus, birbirine şaşılacak kadar benziyordu. Sarı kısa kesilmiş saçları, köşeli yüzleri ile kardeş zannedilebilirlerdi. İvan Chissky ve Sergei Kurshkova birbirlerine altı yüz kilometre uzaklıkta iki küçük kasabada doğmuştu. İki metreye yaklaşan boylarıyla insanları tepelerinden süzerken, sıcak hava yüzünden, giydikleri pahalı takım elbiseler içinde terliyorlardı.

İvan bir süre kendilerini karşılamaya gelen kişiyi görmek için etrafına bakındı. Tarif edilene benzer kimseyi göremiyordu. Telefonunu çıkarıp bağlantının numarasını arayacaktı ki önlerinde bir Mercedes durdu ve şoför koltuğundan yılışıkça sırıtan biri onlara seslendi. "Hey sizi bekliyordum..." Bir an tereddütle baktıklarını görünce hemen ekledi. "İvan ve Sergei değil mi?"

Şoför, İvan'a tarif edilen gibi değildi, ama Türklerden bir tehlike beklemiyorlardı, üstelik arkaya yaklaşan taksi korna çalmaya başlamıştı. İki Rus arka koltuğa oturduklarında şoför ıslık çalarak Mercedes'i hemen hareket ettirdi.

Araba sahil yolundan Maslak'taki otele gidecekti, Kumkapı'da ışıklara yaklaşırken yavaşlamaya başladı. İvan tedirgince boynunu uzatıp çevreye bakındı. Sergei oralı olmasa da, o bu işten hiç hoşlanmamıştı. Sanki şoför bilerek kırmızıya yakalanmaya çalışıyordu. Yine de sesini çıkarmadı. Sergei'den bir daha paranoya zırvası dinlemek istemiyordu. Araba kırmızı ışıkta durduktan hemen sonra şoför arka kapıları kilitleyerek kendini dışarı attı. İvan'ın sesini çıkarmadığına pişman olacak kadar bile vakti olmamış. Mercedes'in arkasına yaklaşan BMW'den inen maskeli iki adam, uzilerle aracı delik deşik etmişti.

Rus mafyasının iki önemli ismi infaz edilmişti.

Orkun Uçar

Uzaktan dürbünle operasyonu izleyen Eşref Kapılı, arabasını çalıştırırken, "Bu iki!" diyerek gülümsedi.

Usta ajan, olaydan hemen sonra tüm vaktini araştırmaya vermişti. Gökhan'a yapılan saldırıyla ilgili raporlarda bir helikopterden de söz ediliyordu. Bunun üzerine kayıtları incelediğinde Rusya ile çok sıkı ilişkileri olan, silah satışına aracılık eden bir isme ulaşılmıştı. Eylemi yapanlara özel helikopterini veren oydu.

İşadamına dokunamıyordu, ama bir haftalık telefon dinleme ve büroları takip sonucu, liderleri hariç dört Rusu paketleyip temizlemişlerdi. Bugün öldürülenler de Rusların güçlerini arttırmak için kullandıkları kişilerden ikisiydi, ama işte gereken darbe vurulmuştu.

Şimdi, liderlerini ele geçirmeye gelmişti sıra. Onu hemen öldürmeyecek, sorgu sonrası Gökhan sağlığına kavuşursa, onun insafına bırakacaktı.

18 Haziran 2008 - Saat:11.00
Antalya - Gezgin Kafe

Andrei Rostov saatine sabırsızlıkla baktı. Buraya kafeyi satın almak için gelmişti, ama sahibi yüz bin dolarlık teklifi beğenmiyordu.

Ekrem Alnıpak, "Bakın, zaten satmak istemiyorum. Siz illa alacağız diyorsunuz. Öyleyse iki yüz bin dolar olsun," diye tekrarladı.

Andrei avını ısırmadan önce hep gülümserdi. Yine dudak uçları yukarı büküldü ve kemikli eli kafenin sahibine doğru uzandı. Ekrem Alnıpak bunu teklifinin kabul edildiği şekilde yorumlayıp uzatılan eli sıktı ve bir anda suratı acıyla buruştu. Adam elini demir mengene gibi sıkıyordu.

Kızıl Kurt

Andrei sesini kısarak acıyla inleyen adamın kulağına eğildi. "Beni iyi dinle aptal Türk. Sana verdiğim parayı yirmi bin dolar düşürdüm. Eğer kabul etmezsen bir yirmi bin daha düşüreceğim. Ondan sonra hiç para vermeyeceğim. Beni duyup anladıysan kafanı salla."

Ekrem Alnıpak hemen kafasını salladı. Yüzü kıpkırmızı kesilmiş, yanakları yuttuğu acıyla şişmişti. Antalya ve Alanya'da korku saçan Rus mafyası sonunda onu da bulmuştu.

Andrei, karşısındaki sandalyede korkuyla kesik kesik nefes alan adama baktı. İçinden, ne kolay, dedi. Türkiye aç aslanların girdiği bir koyun ağılına benziyor. Karşısında bir koyun durmuş, koruyanı kollayanı olmadan çaresizce bekliyordu. Kendisi de avını her an mideye indirmek üzere bekliyordu. Fakat birden sezgileri alarm çalmaya başladı aslanın, gözucuyla bir hareket hissetmişti. Belindeki silahı çekemeden küçük bir acı hissetti, sanki bir böcek sokmuş gibi. Görüşü kararmaya başladı. Düşerken, birkaç saniye önce ensesinden giren iğneyi tutmakta olan karaltıyı fark etti. Biçimsiz karaltılardan başka bir şey görmeyen gözleri sorarcasına kocaman açılmıştı. Dışarıda bıraktığı adamlarına ne olmuştu?

Rus mafyasının Antalya sorumlusu ve Gökhan'ın ailesinin arabasına yapılan saldırıyı yöneten Andrei Rostov ele geçmişti.

25 Haziran 2008
Bir telefon görüşmesi

"Efendim?"
"İyi günler Eşref Bey."
"İyi günler."

Orkun Uçar

"Nasılsınız?"

"Teşekkür ederim, siz?"

"Ben de iyiyim. Eşref Bey, Gökalp birkaç saat önce kendine geldi."

"Deme! Neden şimdi arıyorsun be adam? Hemen oraya geliyorum."

"Hayır hayır! Buraya gelmeyin."

"Nedenmiş o?"

"Gökalp kendine geldi ama kazayla ilgili hiçbir şey hatırlamıyor. Bu da bizim için büyük şans. Moralinin yüksek olması ve düzenli çalışması gerekiyor. Duygu durumunun düzgün olması çok önemli bizim için."

"Eee, ne yapacağız?"

"İşte anlatacağım dinlerseniz."

"Tamam tamam, dinliyorum."

"Gökalp kendine gelir gelmez buranın neresi olduğunu, bulunma nedenini ve ne zamandır burda tutulduğunu sormaya başladı. Çok şüpheci bir karakter... Ona burası hakkında doğru ve detaylı bilgi aktardım. Fakat neden buraya getirildiğiyle ilgili bir bilgim olmadığını söyledim. Üstlerinin kendisini sürekli gözlemlediğini, bunun gizli bir operasyon olduğunu anlattım. Ama adam, bana inanmıyor. Üstlerimden biriyle hemen görüşmezsem olacaklardan sorumlu değilim diyor. Zaten şu durumda olabilecekleri düşünüyorum da, burdaki o beş ızbandut hiç de içimi rahatlatmıyor. Şimdi, sizden istediğim, beş dakika sonra benim ofisimi aramanız. Gökalp'la görüşeceksiniz. Ona durumun benim anlattığım şekilde olduğunu ve en az bir hafta boyunca üstlerinden kimseyi göremeyeceğini söyleyeceksiniz. Burda çalışmasını ve benim söylediklerime harfiyen uymasını emredeceksiniz. Onu görmeniz için uygun zaman geldiğinde

Kızıl Kurt

-ki yakındır- ben size haber vereceğim. Ama lütfen ona hiçbir soru sormadan istediklerimi yapmasını söyleyin. Bu bizim için çok önemli. Kendine gelmiş olması bir şeyin ispatı değil. Hâlâ durumu üst seviyede kontrol gerektiriyor. Umarım beni anlamışsınızdır..."

"Hah, bir nefes al be adam. Anladım. Arayacağım, size tam yetki vereceğim, burda elim kolum bağlı bekleyeceğim. Bak doktor, eğer bir bit yeniği varsa..."

"Saçmalamayın Eşref Bey."

"Tamam tamam. Kapatın da arayım."

"Beş dakika sonra... Telefonu o açacak. Görüşmek üzere."

"Görüşürüz."

Dört hafta önce minicik bir umut ışığıyla pek çoğuna göre deli saçması olan bir işe girişmişti Eşref Kapılı ve şimdi aldığı sonuç muhteşemdi. Gökhan kendine gelmişti ve Eşref Kapılı, doktorun bunu bekliyor olduğunu bilse de bir türlü inanamıyordu bu mucizeye. Bu doktoru Allah göndermiş olmalıydı.

Beş dakikanın geçtiğini gördükten sonra ahizeyi kaldırdı ve numarayı çevirdi. Birkaç bip ve ardından duyduğu tanıdık ses...

"Alo?"

```
                                    2 Temmuz 2008
                                    Kurtköy
```

Eşref Kapılı'nın otomobili araştırma merkezinin kapısına yaklaşır yaklaşmaz parmaklıklı kapı iki yana açıldı. Kırılan dişlerinin masraflarını üstlenen bu adamı uğraştırmak bekçinin aklının ucundan bile geçmiyordu.

Orkun Uçar

Otomobil, beş hafta önce tam da ambulansın beklediği noktaya gelince durdu ve hemen ardından motor sustu. Kapılı heyecanlıydı. Gökhan'ı Enver Akad'ın ellerine bıraktıktan sonra ilk üç hafta birkaç kere ziyaret etmiş, ama kendine geldiği süreçte operasyonlarla ilgilenmek zorunda kalmıştı. Bu sürede Enver Akad bir mucize yaratmıştı.

Doktor, ilk önce Gökhan'ı serumlar, ilaçlar ve makinelerle hayatta tutmuştu. Ondan sonra, uzun süredir üzerinde çalıştığı minik makineleri Gökhan'ın vücuduna yerleştirmeye başlamıştı. Kapılı, sürecin tam olarak ne işe yaradığını bilmese de az çok anlayabiliyordu. İlk başta hiçbir şey bilmediği bu konuyla ilgili araştırmalara başlamıştı. Gökhan'ın vücudunun her tarafına küçük, mikroskobik boyutlarda makineler yerleştirilmişti. Bu makineler vücudu sürekli tamir ediyordu. Gelecek nanoteknoloji ile şekillenecekti. Tüm Avrupa devletleri bu alandaki araştırmalara büyük paralar yatırıyordu. Avrupa'da sadece Malta ve Türkiye'nin bu alanla ilgili bir planı olmadığı biliniyordu. Fakat işte Part Holding'in gizlice yürüttüğü çalışmalar, devletin açığını kapatacak derecede ilerlemişti. Tek sorun bu holdingin yabancı ortaklarının planlarıydı.

Dünyanın her yerinde nanoteknoloji büyük gelişmeler sağlayacak ve elektronik devrimin çok ötesinde etki yaratacak bir alan olarak görülüyordu. Eğer Türkiye'deki özel bir şirket bile bu kadar ileri gidebiliyorsa, tüm dünyada büyük bir hazırlık ve gizli bir yapılanma söz konusu olmalıydı. Nanoteknoloji, kendini temizleyen pencere camları veya mevsime göre özellik değiştiren giysiler gibi şeylerden çok daha *önemli* imkânlar sunacaktı. Bu kadar büyük bir gücü böylesine masumane amaçlar için kullanmasını beklemek gülünç olurdu haliyle.

Kızıl Kurt

Eşref Kapılı asansöre girdi. Üst kapağı biraz zorladı ve açılan bölmedeki küçük düğmeye bastı. Tek eli o düğmenin üstündeyken diğer eliyle "3" e bastı.

Bina, görünürde -2'den 3'e kadar toplamda beş seviyeden oluşuyordu. Asansörün Eşref Kapılı'yı götürdüğü yer ise -3'tü. Bu katın varlığını çok az kişi biliyordu. Enver Akad'ın nanoteknoloji laboratuvarı vardı burada. Şimdi laboratuvarın yanındaki denek, malzeme ve makine odalarının birkaçı boşaltılmış, buralarda Gökhan için çalışma ve yaşama alanı yaratılmıştı. Yerin üç kat altında, ölümden dönmüş bir adam, içindeki topluiğne başı büyüklüğündeki makinelerin desteğiyle harıl harıl çalışıyordu.

Eşref Kapılı asansörden çıkıp doğruca Enver Akad'ın ofisine yöneldi. Kapıyı çalıp içeri girdiğinde doktor, masasının arkasında oturmuş, önündeki dizüstü bilgisayarda bir şeyler yapıyordu. Kapılı'yı görünce ayağa kalktı ve tokalaştılar. Kapılı, davet beklemeden sandalyelerden birine oturdu.

"E, Gökalp nerde?" Elbetteki Enver Akad'a tedavi ettiği adamın Washington'u yok eden, Türkiye için çok önemli görevleri başarmış, arananlar listesinin başında olan Gökhan olduğunu açıklamamıştı. Herkes için Kurt'un damadı Gökalp'ti o.

"Ah, çok sabırsızsınız Eşref Bey." Enver Akad gülümsüyordu. "Ama nerde olduğunu söyleyince çok şaşıracaksınız."

"Nerde yahu? Neye şaşıracakmışım bakalım?"

"Dolapta."

"Dolapta mı?"

"Evet, dolapta."

"Ne dolabı?"

"Buzdolabı."

Orkun Uçar

"Buzdolabı mı? Dalga geçmeyin doktor efendi! İşimiz gücümüz var."

Enver Akad koltuğundan kalktı ve, "Gelin öyleyse," deyip kapıya yöneldi.

Kapılı merak içinde takip ediyordu doktoru. Az önce, delilikle dâhilik arasında olduğu söylenen o çok ince çizgiyi görmüş olmaktan korkuyordu. Ağır metalden, ortasında kamara penceresi şeklinde küçük, yuvarlak bir pencere olan bir kapının önünde durdular. Enver Akad iki elini yüzünün yanlarına siper ederek içeri baktı ve kenara çekilip MİT görevlisini çağırdı.

"Bakın."

Eşref Kapılı doktorun yaptığı gibi içeri baktı. Pencereden bakıldığında kapının on santimetreden daha kalın olduğu anlaşılıyordu. İçerisi bir çeşit hamama benziyordu. Fayans kaplı oturma yerleri vardı ve zeminde bazı bölgelerden buharlar yükseliyordu. En uzak köşede de Gökhan, üstünde sadece donuyla oturmuş geriniyor, titriyor, esniyordu. Eşref Kapılı pencereden çekilip doktora döndü.

"Adamı banyoda gözetlemiyorsunuz ya?"

"İçerde hiç su gördünüz mü? Burası bir soğutma kabini."

"Yani şimdi motor soğutur gibi soğutuyor musunuz adamı?"

"Şimdilik başka çaremiz yok. Birazdan Gökalp dolabın, buzdolabının arka kapısından çıkıp yatak odasına girecek ve biraz dinlenecek. Ancak hazırlanınca onla konuşursunuz. Bu yüzden gelin odama geçelim."

Doktor, odasına yönelmişti bile. Arkasından onu takip eden Eşref Kapılı endişeyle seslendi. "Doktor, bana anlatacaksın şu işi adam gibi!"

Kızıl Kurt

"Sizin anlayacağınız şekilde, tabi ki... Odama onun için gidiyoruz."

Koridorda ilerleyip yeniden Enver Akad'ın ofisine girdiler ve Akad bu defa kendi koltuğuna değil, masanın önündeki sandalyelerden birine oturdu. Eşref Kapılı, adamın bu alışkanlığını çok seviyordu.

"Kusura bakmayın, bu katta çay ya da başka içecek yok. Benim de pek aram olmadığından su ısıtıcı falan da getirmedim. Gökalp'in mutfağı var, ama şimdi rahatsız etmeyelim. Yani, üzülerek bir şey ikram edemiyorum."

"Yahu, bırak ne ikramı. Şimdi, nedir bu mevzu? Ne oluyor burda?"

"Peki. Baştan başlıyorum."

"En güzeli." Eşref Kapılı, doktorun kendisine sinirli sinirli baktığını görünce bir dahaki sefere yorumunu kendisine saklaması gerektiğine karar verdi.

"Gökalp'in dışından içine doğru ilerleyelim. Öncelikle derisi... Bize getirdiğinizde deri tamamen yanmıştı. İşi kabul etmemin asıl nedeni de budur zaten. Hatırlarsanız, o gün size deri üretmediğimizi söylemiştim. Oysa o sırada bu katta, hemen beş kapı ilerde rastlayacağınız laboratuvarda, kollajen havuzlarda deri üretiyorduk. Biliyorsunuz, bu kat gizli olduğu için bunu size söyleyemedim.

"Gökalp'i zor şartlarda ameliyat ettim, ki ben bir cerrah değilim. Yanmış derisini tamamen temizledikten sonra, ancak vücudunu kaplama işini tamamlayabildik. Vücudu kaplandıktan sonra, iki gün havuzda kaldı. Nasıl anlatayım? Bu havuz, derimizi oluşturan lifli proteinlerin bulunduğu bir çözeltidir. İçinde, daha sonra Gökhan'ın bedenine yerleştirdiğimiz makinelere benzer bazı nanomakineler bulunur."

Orkun Uçar

"Bir dakika. Anlamadığımı sanmayın. Konuyla ilgili araştırma yaptım. Yani şey yapmayın, gerilmeyin."

"Yok yok, gerilmiyorum zaten. Her neyse... bu makineler, Gökalp'in vücudunu daha önce kapladığımız maddenin -ki o da tamamen organiktir ve sizin derinizde de bulunur- üzerine Gökalp'in derisine eşdeğer canlı deriyi işlediler. En zoru surat kısmıydı, ama onda da bir sorun çıkmadı.

"Biliyorsunuz, yöntemlerimiz henüz deneysel ve ben de bu işi büyük endişeyle yaptım. Gökalp'in mahvolmuş vücudunun kendi kendini tamir etmesi gerekiyordu. Ancak bunu kendisinin yapması imkânsızdı. Bu yüzden, dediğim gibi bedene nanomakineler yerleştirmeye başladık. Bu küçük makineler, burda yıllardır gerçekleştirdiğimiz çalışmalar sonucu vücuda tamamen uyumlu hale getirilmiştir. Eğer böyle olmasaydı, vücut makineyi bir süre sonra atardı -ki bu uzun yıllar boyunca en büyük handikabımız olmuştur.

"Gökalp'in vücudu kısa sürede kendini yeniledi. Şimdi eskisinden bile daha sağlıklı bir Gökalp var karşımızda."

"Anlıyorum ama," dedi Eşref Kapılı düşünceler içinde. "Bu soğutma neden? Çiplerden söz etmiştiniz, onlar ne oldu?"

Enver Akad'ın yüzü kısa bir süre asılır gibi oldu ve hemen ardından eski halini aldı.

"Çipler adı verdiğiniz küre yongalar da nanomakinelerle benzer bir işlev görür. İyileşme hızını artırır. Fakat yaptıkları bunla kalmaz. Vücudu güçlendirirler. Hatta, biraz fazla güçlendirirler. Burda, bir çeşit uyarıcı etkisinden söz ediyorum. Beden, şimdilik imkânsız görünen bir güce ve hıza kavuşur ki, bunu sağlayanda yongaların uyarıcı etki yapmakla beraber dışardan ve bedenden kaynak kullanmadan enerji üretmesidir. Gökalp'in üzerinde bu yongaları kullan-

Kızıl Kurt

madık. Çünkü yongalar henüz deneysel bir aşamada. Üstelik onların görevini yerine getirmek için nanomakineler kullanıyoruz. Ayrıca Gökalp'in de fazladan bir güce ihtiyacı yok bildiğim kadarıyla."

"Orası öyle de soğutma neden?"

"Hah, soğutma... Gökalp'in vücudundaki makineler, sürekli bir çalışma içinde. En ufak bir eksikliği bile derhal kapatmak için çalıştırıyorlar vücudu. Düşünün. Elinize topluiğne battı. Makineler derhal vücudun burayı tamir etmesi için çalışmasını sağlıyorlar. Bir insanın vücudu, içi ve dışı beraber olmak üzere günde kaç kez tamire gerek duyar düşünsenize! Tırnak etlerini yiyen bir adamı düşünün. Nanomakineler, Gökalp'in vücudu harabe halindeyken görevlerini kusursuz yaptılar. Fakat hâlâ orda kalmaları gerekiyor ve orda olunca vücudu durmamacasına çalıştırıyorlar. Bu da bir ısınmaya neden oluyor. Gökalp'in vücut sıcaklığı kırklara vuruyor böyle bir durumda. Bu yüzden ona önce bazı ilaçlar verip sonra dolaba koyuyoruz. Ardından büyük yorgunlukla yatağa gidiyor ve uyuyor."

"E, peki bu hep böyle mi olacak? Adam en ufak yorulmada dolaba mı girecek?"

"Hayır. Dolap, bu nekahet sürecinde bizim işimizi kolaylaştırması için kullandığımız bir araç. Normal hayatına devam etmek üzere burdan ayrıldığında, ilaçları onun için yeterli olacaktır. Herhangi bir ısınma durumunda ilaçlarını içmesi yeterli. Ancak, Gökalp bundan sonra çok uyuyan bir adam olmak zorunda..."

"Nasıl yani?"

"Metabolizmasının yeni dengesi, günde ortalama on saat uyumasını gerektiriyor."

"On saat mi? Çok kötü doktor!"

Orkun Uçar

"Aslına bakarsanız kötü olacağını sanmıyorum. Zira Gökalp'in uyanık kaldığı bir saat içersinde yapabileceği iş sizin, benim ya da başka bir normal insanın yapabileceğinden çok daha fazla... Burda bilimsel anlamda *iş*ten söz ediyorum."

"Doktor, farelere küre çip mi takmıştınız, nanomakine mi?"

Enver Akad garip, endişeli bir gülümsemeyle sordu.

"Neden sordunuz?"

"Fareler yanmıştı ya hani..."

Biraz duraksadıktan sonra, "İkisi de değil. Farelerdeki başka bir teknolojiydi," diyebildi doktor. Ne var ki Eşref Kapılı, doktorun daha önce bunların küre çipler olduğunu söylediğini hatırlar gibiydi.

Eşref Kapılı makinelerin neden böylesi bir ısınmaya yol açtığı konusunda tatmin olmuş değildi. Onarım için çalışmalarını ve bu nedenle vücudun ısınmasını anlıyordu, ama yorulunca yahut fazla hareket edince neden ısınıyordu bu vücut? Üstelik Gökhan nasıl oluyor da normal bir insanın yapabileceğinden daha fazla iş yapabilecekti? Konuyu şimdilik kendi bilgisizliğine bağladı, ama gerek olduğunda hatırlamak üzere zihnine kazıdı. Gökhan iyileşmişti ya, gerisini sonra düşünürdü.

❖ ❖ ❖

Gökhan yatağında dürtülerek uyandırıldığında, karşısında gördüğü yüz onu çok şaşırttı. Bir süredir hep bu şekilde uyandırılıyor ve Doktor Enver Akad'ın getirdiği ilaçları içiyordu. Bu defa ilaçları getiren yüz tanıdıktı. İki adam kahkahalar atarak birbirlerine sarıldılar.

Kızıl Kurt

Gökhan ilaçlarını içtikten sonra Eşref Kapılı yatağın yanındaki sandalyeye oturdu ve konuşmaya başladı.

"E, nasılsın?"

"Görüyorsunuz işte efendim. Çok iyiyim. Ama biraz meraktayım."

"Haberler iyi değil Gökhan."

"O kadarını tahmin edebiliyorum, ama hiçbir şey bilmemektense kötü de olsa bir şeyler bilmeyi tercih ederim."

Eşref Kapılı derin bir nefes aldı. "Gökhan, başına gelen kazanın ne olduğunu, buraya nasıl geldiğini bilmiyorsun değil mi?"

"Hayır, bilmiyorum. Kurt'un nerde olduğunu bilmiyorum. Seda ve Aslı'nın nerde olduğunu bilmiyorum. Son hatırladığım sizinle telefonda konuştuğumuz. Ne konuştuğumuzu bile hatırlamıyorum. Bana ne oldu?"

"Arabayla yola çıktığınızı hatırlıyor musun?"

"Evet, yarım yamalak hatırlıyorum."

"Ruslar saldırdılar. Yolda, sizin arabanızı roketle vurdular."

Eşref Kapılı, olaya katılanların öldürüldüğünü, şefleri Andrei Rostov'un yakalanıp MİT'e ait bir sorgu evine götürüldüğünü şu aşamada saklamaya karar vermişti. Gökhan'ın tam olarak kendine gelmesine ve burdan ayrılmasına biraz vakit vardı, oysa Andrei'yi duyarsa onu hiçbir duvar tutamazdı.

"Seda! Seda nasıl? Nerde?"

Eşref Kapılı yüreği dağlanarak konuşmaya başladı. Kendisi gibi biri için bile çok zordu bunları söylemek.

"Seda öldü Gökhan. Aslı da..."

Gökhan olanları hatırlamaya başlıyordu. Nasıl tuzağa düşürüldüklerini ve son olarak Seda'nın nasıl baktığını... Oğlu da ölmüştü ha! Daha dünyaya gelemeden, annesinin rahminde yanarak, parçalanarak ölmüştü ha minicik oğlu! Dünyasının karardığını, başının döndüğünü hissetti. Önce bayılacağını sandı, ama kısa sürede kendine geldi. Ağlamak istiyordu, bağırmak... Ama hiçbirini yapamazdı. Karşısında amiri olduğu için değil, böyle şeyleri asla yapamayacağı için. Sanki insanların içinde bu tip şeyleri yaptıran bir organ vardı da Gökhan'ınki yıllar önce sökülüp atılmıştı.

"Kötü haberler daha bitmedi," diye devam etti Eşref Kapılı kendini zorlayarak. Sesinde büyük bir kararlılık vardı.

"Sizi dinliyorum," dedi Gökhan duygudan yoksun, mekanik bir tonda. Yatağında doğrulup oturmuş, yorganı üzerinden atmıştı.

"Kurt... Kurt da Rusların elinde..."

Gökhan şimdi çok daha iyi hatırlıyordu neler olduğunu...

24 Mayıs 2008
Alanya

Gökhan, Seda'yı öpüp evden çıktığında saat henüz öğlen on ikiye geliyordu. Bugün Sedir Kafe'nin sahibi Baki Bey ile go oynamak için sözleşmişlerdi. Kafe eve yürüyerek on dakika mesafedeydi ve ılık mayıs havasında bu yürüyüş Gökhan'ın çok hoşuna gidecekti. Yanından birçok tanıdık yüz geçerken o, böylesine huzur dolu bir hayatın ne kadar da güzel olduğunu tekrar tekrar hissetti.

Yolda birkaç kişiyle selamlaşıp birkaçıyla şundan bundan konuştuktan sonra, kafeye ancak yirmi dakikada ulaşabilmişti.

Sedir Kafe yine doluydu. Burası, otantik bir hava verilmeye çalışılmış, Anadolu desenli figürlerle donatılmış orta büyüklükte bir işletmeydi. Dekor olarak kağnı tekerleğinden tut yabaya kadar pek çok

Kızıl Kurt

eski araç gereç kullanılmıştı. Alanya'nın orta gelirli çiftleri için gündüzleri vakit geçirecek en gözde mekânlardan biriydi. İçeride gürültülü pop müzik çalmazdı. Arkadan ya hafif hafif caz veya country müziği duyulur ya da orta seste klasik müzik çalardı. Türkü dinlemek umuduyla buraya girenler şaşırır kalırdı.

Gökhan kasanın yanındaki masada birkaç arkadaşıyla birlikte oturmuş laflayan Baki Bey'in yanına yöneldi.

"Oo, Gökalp, hoş geldin."

"Hoş bulduk ağabey, nasılsın?"

"İyi iyi, geç otur."

Buraya ilk seferinde Kurt ile gelmiş, daha sonra bir Fransız turistle anlaşmasına yardımcı olunca Baki Bey'le dostluğa giden bir muhabbet kurabilmişti.

Gökhan dört kişilik masadaki tek boş sandalyeye oturdu. Baki Bey sırayla yanındakileri tanıttı ona.

Gökhan masadakilerle tanışıp el sıkıştıktan sonra elini çenesine dayayarak masadaki sohbeti dinlemeye koyuldu. Bu sohbetin ilgisini çekeceği yoktu. Israrla her konuyu savaşa getiriyorlar, sonra da olur olmaz fikirler ileri sürüyorlardı. Birisi Amerika'ya atom bombası atan Türk ajanı hakkında duyduğu dedikoduları anlatacak kadar ileri gittiğinde Gökhan, Baki Bey'i masa altından dürttü.

"Ee ağabey, ne zaman oynuyoruz?"

"Ha, sen onun için geldin doğru ya. Sen geç, ben birazdan geleyim. O arada düşünür taktik yaparsın. Hatta ilk hamleni yapıver."

Gökhan bu alaylara alışıktı. Aynını kendisi de yapıyordu karşısındakine.

"Baki Ağabey, arkadaşlarının yanında utandırmak istemem seni, ama bugüne kadar hiç siyah olmadım ben oyunlarımızda."

Orkun Uçar

Go oyununda, zayıf olan taraf siyah rengi alır ve oyuna başlayan hamleyi yapardı. İkisinin bugüne kadar ki tüm oyunlarında Baki Bey siyah olmuştu. Kahkahayı basıp yanıtladı Baki Bey. "Onlar da anlar ya sen böyle deyince..." Gökhan gülümseyerek tezgâha yöneldi ve *go* setini aldı. Camın önündeki masalardan biri boştu. Oraya oturup tahtayı çıkardı ve beklemeye koyuldu. Eski hayatına ait anılar üşüşüyordu kafasına. Yoksa sıkılmaya mı başlamıştı bu hayattan? Yoksa yine eskisi gibi hiçbir duygusal bağ taşımadan, öldürerek yaşamak mı istiyordu. Ta başından memnun muydu tüm bunları yaparken? Şimdi neden böyle şeyler hissediyordu ki?

Kurt'u düşünmeye başladı. Kendisinin en yakını olan bu adam artık kayınpederiydi. O yaşta, bir operasyonu yürütmek üzere Orta Asya'daydı. Gökhan görevin ne olduğunu bilmiyor ve kendisinden gizlenmesinden de tuhaf bir hoşnutluk duyuyordu. O duygusuz adamın kendisini korumaya çalıştığını, bunun da sevgisinin kanıtı olduğunu bilmek mutlu ediyordu onu. Ama Kurt'tan haber almayalı hayli uzun süre olmuştu. Bir aksilik olma olasılığı çok düşüktü Kurt gibi biri söz konusu olduğunda, ama yine de endişeleniyordu.

Dirseklerini masaya dayayıp ellerini çenesinin altına yerleştirdi. Boş durduğu her vakit bu hareketi yapardı ve yıllar önce bu yüzden başına geleni hatırlayınca hemen doğrulup dik oturdu masada.

Kampta, eğitimdeydiler. Nil Timsahı kriptoloji dersi veriyordu.

Nil Timsahı tuhaf bir kadındı. Öncelikle adı çok komik gelmişti öğrencilerin hepsine. Diğerlerinin arasında saçma bir isim gibi görünüyordu. Kadın ilk derse girdiğinde kendini tanıttıktan sonra sormuştu.

Kızıl Kurt

"İsim şehir oynayanınız var mı?"
Sınıftaki herkes parmak kaldırmıştı. Elbette oynamışlardı.
"O halde ismimin nerden geldiğini biliyorsunuzdur."
Gökhan'a komik gelmişti bu. Kadın belki de komik olsun diye seçmişti bu ismi zaten.

O gün, sekiz öğrenci kolçaklı sandalyelere oturmuş tahtada anlatılanları dinliyordu. Diğer eğitimlere göre çok daha insaflı ve rahat geçen bir dersti bu. En azından bir ölüm çukurunda ya da ellerinde silahlarla birilerinin karşısında değil, sıradan bir sınıftaydılar. Gökhan dersi dinliyordu, ama duydukları için beyninin küçücük bir kısmını ayırması yetiyordu. Yine sıkılmış ve dirseklerini masaya dayayıp çenesini avuçlarına yaslamıştı.

Nil Timsahı sınıfta ileri geri yürüyerek saklı yazı makinelerini anlatıyordu. Gökhan bir darbeyle dirseğinin aniden kaydığını hissetti ve daha ne olduğunu anlamadan çenesini kolçağa çarptı. Ne olduğunu anlamak üzere arkasını döndüğünde suratında müthiş bir tokat patlamıştı. Yanağını tekrar eğitmenine çevirince bu kez kadının avuç içi burnunun üstüne inmişti. Diğer öğrencilerin hepsi şaşırmış, korkulu gözlerle olayı izliyorlardı. Gökhan bir kez daha sandalyesinde dönünce kadının sandalyenin bacağına hamle yaptığını görmüş ve hemen sandalyeden kalkmıştı. O kalkar kalkmaz sandalye havaya fırlamış ve Nil Timsahı havadaki sandalyeyi Gökhan'ın üzerine doğru tekmelemişti. Gökhan kendisine doğru gelen sandalyeyi havada yakalamıştı, fakat hemen olacakları fark ederek bunu yaptığına pişman olmuştu. Çünkü kadının sandalyeye alttan tekme atmasıyla sandalyenin arkalığının Gökhan'ın çenesine inmesi bir olmuştu. Bunun üzerine daha fazla dayanamayıp sandalyeyi karşısındaki kadına fırlatmıştı. Nil Timsahı sandalyeyi yakaladığı gibi yere bırakmış ve, "Oturabilirsin Gökhan," demişti.

Orkun Uçar

Gökhan nefes nefese kalmıştı. Peş peşe yediği darbeler o kadar sertti ki... Kalbi deli gibi çarpıyor, hata yapmaktan ölesiye korkuyordu. Bir yandan burnu kanıyor, bir yandan da çenesi çok kötü sızlıyordu. Yine de Nil Timsahı'nı dinleyip oturmuştu sandalyeye. Nil Timsahı tahtanın önüne geçip konuşmaya başlamıştı.

"Neden bunu yaptığımı merak ediyorsunuz öyle değil mi? Tabi ediyorsunuz. Bunu yapmamın bir nedeni yok. Kriptolojide en temel araçlardan biridir 'nedensizlik'. İlerde, hiçbir şekilde bir nedene dayanmayan, tamamıyla anlamsız metinler geçecek elinize. Bu metinlerin sırrı, 'deli saçması' denen şeyle kendilerini kusursuz biçimde kamufle etmiş olmalarıdır. Nedensizlikleri uygun biçimde yerleştirirseniz, karşıdakinin sizi istediğiniz şekilde anlamasını sağlayabilirsiniz.

"Aranızdan bazı aklıevveller az önce yaptığımın nedeninin konuyu bağlamaya çalışmam ya da bir örnek vermek istemem olduğunu düşünebilir. Ama dikkatli bakarsanız, az önce gördüklerinizi daha iyi süzerseniz göreceksiniz ki, yaptığım gerçekten tamamen nedensizdi.

"Sadece Gökhan'a zarar vermekten ne zaman vazgeçeceğim belliydi. O akıllanınca... Anlamıyorum, size bunları öğretmiyorlar mı? Biri size saldırıyor ve siz armut gibi bekliyorsunuz."

Gökhan dersin sonuna kadar öylece oturmuş ve nedensiz yere yediği dayağın tek nedeninin elini çenesine dayamış olması olduğuna karar vermişti. Birkaç gün sonra bunun da bir neden olmadığını anlayacak ve Nil Timsahı'na hak verecekti. Hayatında yediği en sert dayaklardan birini nedensiz yere yemişti.

Gökhan duyduğu ani bağırtıyla seneler öncesinden şu ana dönmeyi başardı. Hemen sesin geldiği yöne baktı. Arkasına iki ar-

Kızıl Kurt

kadaşını almış bir adam kasanın gerisindeki Baki Bey'e Rusça bağırıyordu. Gökhan duyduklarını anlamaya çalıştı. Tükürükler saçan adamın konuşması çevreden gelen gürültülere boğuluyor, ileri derecede Rusça bilen Gökhan bile söylenenlerin çok azını anlayabiliyordu. Ancak, bu anladığı kısım yeterliydi. Adamların Baki Bey'i tehdit ettiği açıktı. Kısa süre ne yapacağını bilemeden oturdu. O artık Gökalp'ti. Go oynayan, karısını ve üvey kızını gezmeye götüren, akşam evinde pijamasıyla televizyon izleyen Gökalp... Şimdi durduk yere Gökhan'ı çağırmanın ne âlemi vardı ki?

Daha fazla oturamadı ve masadan hızla kalkıp kasaya, kalabalıklaşan bölgeye yürüdü. O yürürken birden kalabalık bölgede çığlıklar kopmuş ve herkes kapıya doğru uzaklaşmaya başlamıştı. İnsanlar dağıldığı için Gökhan bunun nedenini görebiliyordu artık. Lider olduğu belli olan iriyarı kel Rus elinde satır sayılabilecek bir bıçak tutuyordu. Bunu gördükten sonra işi yavaştan almanın zamanı olmadığına karar verip kasaya doğru koşmaya başladı.

O karmaşanın arasında Ruslar onun geldiğini fark etmemişlerdi. En yakın olanı bir hamlede arkasından yakaladı ve kaval kemiğini tek bir topuk darbesiyle kırdı. Sağ bacağı iç burkan bir şekilde kıvrılan adam acılar içinde yere düşerken diğer ikisi Gökhan'a dönmüştü. Bıçaklı olan geride bekledi, hamle yapmadı. Diğeri ise Gökhan'a doğru bir yumruk savurdu.

Gökhan geri çekilip yumruktan kolayca kurtuldu ve havadaki kolu yakaladı. Lider olan bunu görür görmez ona doğru bir hamle yaptı, ama arada geçen süre Gökhan'ın kolu üç yerden kırmasına yetmişti. Rus, bıçağın önünde arkadaşını görünce ne yapacağını şaşırmıştı şimdi. Arkadaşının omzu üzerinden Gökhan'a doğru bıçağını

Orkun Uçar

savurdu, ama Gökhan kolunu ve gövdesini tuttuğu diğer Rusu bu hamlenin önüne getirdi. Bir süre, arabanın çevresinde birbirini kovalayan çocuklar gibi böyle tepindikten sonra Gökhan önündekini bıraktı ve karşıdaki daha ne olduğunu anlamadan yumruğunu adamın burnunun üstüne indirdi. Adam bu darbeyle iki adım geriledi ve Gökhan bir tekmede bıçağı kafenin uzak bir köşesine yuvarladı.

Kolu kırılan adam pes etmemiş, arkadan Gökhan'a yaklaşıyordu. Gökhan ise diğerinin işini bitirmeye karar vermiş, ona doğru yürüyordu. Karşıdakinin yumruğundan eğilerek kurtuldu ve hayalarına bir tekme indirdi. Ne var ki aynı anda kendi hayalarında da büyük bir acı hissetmişti. Arkadaki Rus da onu tekmelemişti. Kasılarak biraz öne eğildi ve arkasındaki adam ikinci hamleyi yapamadan, eline geçirdiği sandalyeyi geriye doğru savurdu. Sandalye doğrudan adamın gövdesine çarptı. Diz çökmüş hayalarını tutan adamı geride bırakıp sandalye darbesiyle yere devrilenin üstüne gitti ve yerdeki adamı deli gibi yumruklamaya başladı. Sonra kırık kolunu tutup yere dayadı ve adamı bu kolun üstüne yatırdı. Şimdi kendi gövdesinin baskısıyla acılar içinde kıvranıyordu adam, ama Gökhan onu bu kadarla bırakacak değildi. Adamın diğer kolunuda kaldırdığı gibi üç diz darbesiyle iki yerden kırdı.

Artık arkadakiyle ilgilenme vakti geldiğini düşünüp döndüğünde iriyarı Rusun yerden kaptığı bıçakla kendisine doğru koştuğunu gördü. Oralı olmadı ve hiç beklemezken suratına tekmeyi indirdi. Adam daha bıçağı savuracak kadar yaklaşmamıştı bile. Bacağı kırılan ilk Rus kapıya doğru sürünüyordu bu sırada. Gökhan, ona doğru koşup sırtına tekmeyi indirdikten sonra hâlâ yerden kalkmaya çalışan lidere yöneldi. Adamı boğazından yakalayıp kafasını defalarca yere vurdu.

Kızıl Kurt

İşte şimdi müthiş bir zevk duygusu yayılıyordu vücuduna. Bedenindeki her hücre adamı öldürmesini söylüyordu. Bunu tek bir hamlede yapabilirdi. Adamın başını çevirip gözlerine baktı. Kan içindeki surat ifadesizdi, ama gözler yalvarır gibi bakıyordu. Hiçbir acıma hissetmedi. Elini adamın boynuna doğru götürdü. *Tek bir hamle,* diye tekrarlıyordu kendine. *Tek bir hamle.* O sırada, birkaç dakika önce oturmakta olduğu camın önündeki masa çarptı gözüne. *Go* tahtası öylece duruyordu. Hemen adamı bırakıp kasaya yöneldi. Evli ve sıradan bir yaşam süren Gökalp katil değildi, olamazdı.

Baki Bey kasanın arkasında saklandığı yerden ürkekçe kalkıp kafasını uzattığında Gökhan'la göz göze geldi. Şok içindeydi, ama büyük bir rahatlama hissetti. Hemen kasanın arkasından çıkıp Gökhan'a koştu ve, "Aslanım ne yaptın sen? İyi misin?" diye soruları sıralamaya başladı.

"Ben iyiyim ağabey, bir şeyim yok. Yalnız nedir bunlar? Ne istiyorlar senden?"

"Rus mafyası. Çevredeki bazı otelleri ele geçirdiler. Bunlar da güya animasyon, bir süredir gezip para istemeye başladılar esnaftan. Savaştan önce de vardılar ama Rusya devlet başkanı, Türkiye'ye destek verdiğinden beri daha pervasız oldular. Para vermeyince de tehdit ettiler. Belki diğerlerine ibret olsun diye bana bir şey yapacaklardı. Neyse ki sen vardın. Ben polisi arayım aslanım."

"Ara ağabey ara da ben eve gideyim şimdi. Üstüm başım berbat oldu."

"İyi ama ifadeni isterlerse?..."

"Sen benim ismimi ver, bir ara karakola uğrarım." Komiser, Kurt'un damadı olduğunu biliyordu, birkaç kere sohbet etmişlerdi.

Orkun Uçar

"Gökalp," dedi Baki Bey ahizeyi kulağına götürürken. "Parayla dövüştürelim mi lan seni?"

Gökalp bir kahkaha atıp, "Git ağabey ya dalga geçme, hayalarımı tekmeledi adam," dedi. "Haydi ben çıkıyorum, sana da kolay gelsin."

"Eh, kesin çok kolay gelir," dedi Baki Bey, Gökhan çıkarken. Gözleri genç arkadaşının uzaklaşan sırtına takılmış, tuhaf bir şaşkınlıkla parlıyordu.

✣ ✣ ✣

Gökhan'a kapıyı Aslı açtı ve adam küçük kızı kucaklayıp havaya kaldırdı.

"Nasılmış bakalım benim ufaklığım?"

"İyi," dedi Aslı sadece. Hâlâ Gökhan'dan utanıyordu az da olsa, ama çok seviyordu bu yeni babasını.

Seda mutfaktan seslendi. "Gökalp, seni Eşref Kapılı aradı."

"Hadi ya, ne diyor?"

"Bilmiyorum, söylemedi."

Gökhan bu sırada kucağında Aslı'yla mutfağa girmiş, yemek hazırlayan Seda'nın arkasındaki sandalyeye oturmuştu.

"E arayayım bari," dedi, Aslı'yı sandalyelerden birine oturturken.

"Evet iyi olur, o da gelir gelmez arasın beni dedi zaten," diye seslendi Seda. Büyük ihtimalle babasıyla ilgili olduğunu düşündüğünden sabırsızdı.

Gökhan hemen sandalyeden kalktı ve telefona yürüdü. Cep telefonunu unutacak kadar az mı kullanıyordu artık? Ya çok önemli

Kızıl Kurt

bir şey olduysa diye düşünüyordu şimdi. Eşref Kapılı hemen aramasını istediğine göre zaten çok önemli bir şey olmuş demekti. Daha ilk çalışta karşıdaki telefon açılmıştı.

"Efendim?"

"Efendim, ben Gökalp."

"Ha, Gökhan nerdesin yahu? Sabahtan beri sana ulaşmaya çalışıyorum."

"Özür dilerim, telefonumu yanıma almayı unutmuşum. Niçin arıyordunuz beni?"

"İşler iyi gitmiyor Gökhan. Büyük sorunlar var."

"Hangi işler?"

"Kurt... Biliyorsun. Orta Asya'da bir süredir."

"Evet, biliyorum. Bir şey mi oldu, gelişme mi var?" Seda'nın kulak kabarttığından emin olduğu için Kurt'un ismini anmıyordu.

"Orasını bilmiyoruz. Sorun da bu zaten."

"Efendim bence telaşa kapılmaya gerek yok. Operasyonu gizli yürütmek istiyordu zaten. Bana da hiçbir şey söylemiyordu. Ben de görüşmeyeli bayağı oluyor."

"İşler senin bildiğin gibi değil Gökhan. Biz sürekli iletişim halindeydik Kurt'la. Sana bilerek bir şey söylemiyordu. İşlerin dışında kalmanı arzu ediyordu, zaten çok şeyi feda ettin ülken için..."

"Biliyorum ama..."

"Şimdi, Kurt kayıp... Rusların elinde."

"Lanet olsun! Planınız nedir?"

"Her şeyden önce ordan hemen ayrılmanız gerekiyor. Siz de tehlikede olabilirsiniz. Kızları da al ve acil olarak İstanbul'a gelin. Burda sizin için güvenli bir yer ayarlayacağım."

Orkun Uçar

"Peki efendim," dedi Gökhan ve karşıdaki telefonun kapandığını duydu. Kafası allak bullak olmuştu. Düşünceler arasında mutfağa seslendi.

"Seda, hemen buraya gelir misin?"

"Ne oldu canım?"

"Gelir misin Seda?"

"Tamam, elimi yıkayıp geliyorum."

Seda kucağında Aslı'yla salona girdiğinde Gökhan telefonun yanındaki bloknotu almış rasgele karalıyordu.

"Ne oldu canım?"

"Hemen hazırlan Seda. İstanbul'a gidiyoruz."

"Ne oldu Gökalp? Babama bir şey olmadı ya?"

"Hayır, babana bir şey olmadı. Ama gitmemiz gerekiyor. Bana da bir şey söylemediler. Ama Eşref Kapılı çok endişeliydi. Hemen gelin dedi. Bir saat içinde yola çıkacağız. Ona göre hazırlığını yap. Ben de arabayı hazırlayacağım."

Seda, babasının nasıl bir iş yaptığını biliyordu. O yüzden bu endişeleri hafife alacak bir kadın değildi. Belki de Gökhan'ın en büyük şansıydı bu.

Gökhan, gri Fiat'ın deposunu doldurup lastiklerine baktırdı. Eve döndüğünde Seda çoktan hazırlanmış, Aslı'yı giydirmiş bekliyordu. Kapının yanına yığmıştı çantaları.

Gökhan çantaları bagaja taşıdı ve derhal yola çıktılar.

Afyon çevre yolu...

Saatlerdir direksiyon sallayan Gökhan kendini yorgun hissediyordu. Uzun süredir sakin bir deniz gibi durgun olan hayatı onu

Kızıl Kurt

hamlaştırmıştı belki de. Ama şu an en son istediği şey bu sakin denizin ani bir fırtınayla çalkalanmaya başlamasıydı. Birkaç küçük dalgayı atlatabilir, hatta bundan keyif bile alabilirdi, ama eskisi kadar büyük dalgalar üzerinde sörf yapmak onun için artık eğlenceli değil, sadece tehlikeliydi.

Dikiz aynasından arkaya baktı. Seda gözleri yarı aralık karşılık verdi hemen. Aslı ayakkabılarını çıkarmış, annesinin kucağına başını koymuş, koltukta uyuyordu. Seda, küçük kızın dalgalı saçlarını okşarken eşine gülümsedi. Gökhan da karşılık verdi buna. Fakat asıl görmek istediğini bu arada görmüştü.

Siyah Lada Octavia yine arkalarındaydı. Gökhan on beş dakika önce fark ettiğinden beri arkalarından ayrılmamıştı bu araba. Artık takip edildiklerinden emindi Gökhan. Yine de eşine bir şey belli etmemeye kararlıydı. Bu işi tereyağından kıl çeker gibi halledebilirdi.

Hızını değiştirmeden, kontrollü bir şekilde yola devam etti. Takip edeceklerse etsinler, diye düşünüyordu. Takibin ötesine geçeceklerini sanmıyordu ve ilk fırsatta arkadakini atlatmaya karar vermişti.

Eskişehir'e yaklaşırken Gökhan'ın planı şekillenmişti kafasında. Aynadan arkaya bakıp, "Seda, Eskişehir'e girelim," dedi. "Hem biraz şehirde dolaşırız, hem de dinleniriz."

"Sen bilirsin canım, ama Eşref Ağabey kızmasın."

"Yok yok. Kızacak bir şey yok."

"İyi madem."

Gökhan takibin farkında olduğunu belli edecek hiçbir şey yapmamaya çalışıyordu. Takiptekiler ya onun bilerek böyle yaptığını düşünüyor ya da gerçekten farkında olmadığına inanıyorlardı. İki şekilde

Orkun Uçar

de Gökhan'ın yapabileceği pek bir şey yoktu. İki taraf da uzun süredir tahtaya bakıyor ve birinin hamle yapmasını bekliyordu. Gökhan ilk hamleyi onlara bırakmamaya karar vermişti. Belki *go*'da Baki Bey'e bu şansı verirdi, ama söz konusu olan şey, arkada oturan iki melek ve doğmamış şeytanın hayatı ise zayıf taraf olmayı kabul ederdi.

Takip edenler, muhtemelen Rus mafyasıysa ve Eşref Kapılı'nın aramasından haberdarlarsa, Eskişehir'e girmek büyük bir hata olabilirdi. Gökhan böylece takibin farkında olduğunu anlamalarına izin vermiş olacaktı. Ancak, er geç bir riks alması da gerekecekti. Bugüne kadar kazanmasını sağlayan beynine güvenmekten başka çaresi yoktu şimdi.

Gri otomobil çevre yolundan ayrıldı ve hızını azaltıp şehir merkezine yöneldi. Hemen ardından arkadaki Lada da aynı şeyi yapmıştı. Çevre yolundayken yüz elli metre civarında olan mesafeyi şimdi daha kısa tutmaya çalışacaktı Lada'dakiler.

Kalabak Suyu Dolum Tesisleri'nin yanından geçerken Seda sordu.

"Gökalp, şu tepedeki bina ne?"

Gökhan arabanın içinde eğilip Seda'nın gösterdiği yere doğru baktı. Küçük bir uçurum molozlarla doldurulmuştu. Uçurumun tepesindeki düzlükte, Gökhan'a minicik görünen iki insan oturuyordu. Birbirlerine sokulmuşlardı ve rüzgârda birinin saçları dalgalanıyordu. İkilinin arkasında yeşil bir bina yükseliyordu. Onun hemen yanında da mavi bir bina vardı. Binanın yarısı savaşta bombalanmıştı. Savaşın etkilerini hâlâ bir yerlerde görmek mümkündü. Gökhan tekrar yola döndü.

"Bir okul sanırım," dedi. "Ama üniversite değil. Meslek lisesi falan olmalı."

Kızıl Kurt

Seda lise yıllarını hatırladı. Ankara Fen Lisesi'nde yatılı okumuş ve hayatının en güzel anılarını dağın tepesindeki o küçük ormanlık alanda yaşamıştı. Şimdi uçurumun kenarında oturan çifte bakınca emin oldu. Bu bina fen lisesiydi. Uçurumun kenarındaki o iki genç de hayatlarının en güzel anılarını yaşamakla meşguldü şu an. Önlerinden, bu yoldan kim bilir kaç araba geçmişti... Hiçbirini önemsememişlerdi şüphesiz. Arabaların içindekilerin kimler olduğunu, nereye gittiklerini, ne yaptıklarını, önemli kişiler olup olmadıklarını bilmiyorlardı... Seda bir an ürperdi. Çok tuhaf olmuştu bu düşüncelerle. Garip bir hüzün çökmüştü üzerine. İçindeki diğer canı düşündü nedensizce. Gökalp'in, şimdiye kadar tanıdığı en özel adamın meyvesini taşıyordu içinde ve bu meyveye iyi bakamayacağına dair bir korku sarıyordu her yanını.

Kısa süre sonra Osmangazi Üniversitesi'nin önünden geçmiş, Atatürk Bulvarı'na varmışlardı. Ne Gökhan, ne de Seda biliyordu bu şehri. İkisi de daha önce birkaç defa buraya gelmişler, ama çok kısa süre kalmışlardı. Şimdi öylece turluyorlardı şehirde. Bazı yerlerde yıkılmış binalar duruyordu. Gökhan dikiz aynasından arkadaki Lada'yı görebiliyordu hâlâ. Arada trafiğin olması içini rahatlatıyordu. Rus mafyası da olsa, şehrin ortasında onlara zarar vermeyi riskli bulurlardı, hele İstanbul'a gittiklerini biliyorlarsa saldırmak için çok daha uygun yerler vardı. Gerçi amaçlarının zarar vermek olduğunu sanmıyordu Gökhan. Büyük bir ihtimalle sadece takip olmalıydı bu.

Atatürk Bulvarı'ndan çıkıp stadyumun yanından şehrin göbeğine varmışlardı şimdi.

"Bir yemek yiyelim ha?" diye sordu Gökhan.

"Olur canım," diye yanıtladı Seda. Bitkindi ve hâlâ içindeki anlamsız karamsarlıkla boğuşuyordu.

Orkun Uçar

Gökhan daha önce burada, Ömür Lokantası, diye bir yerde yemek yemişti. Şimdi araba tesadüfen buranın yanından geçince aklına gelmişti yemek yeme fikri. Yoksa açlık hissettiği falan yoktu. Biraz dolaştıktan sonra lokantanın yakınlarında bir otopark buldular. Otopark ara sokaklardan birindeydi ve bu Gökhan'ı endişelendiriyordu. Diğer arabadakiler en fazla beş kişi olabilirdi. Silahlı olsalar da onlarla bir şekilde başa çıkabileceğine inanıyordu, ama Seda ve Aslı'yı tehlikeye atmak hiç işine gelmiyordu.

Otoparktan yürüyerek çıktıklarında Lada'nın kapının önünde beklediğini gördü fakat gördüğünü belli edecek en ufak bir tepki vermedi. Yeni uyandırdığı Aslı'yı yürümeye ikna ettikten sonra gülüşerek restorana doğru yürüdüler.

"Buraya daha önce gelmiştim, güzel bir yerdi, şimdi nasıldır bilmiyorum ya," dedi Gökhan üçü birlikte kapıdan girerken.

"Güzel bir yere benziyor," dedi Seda.

Restoran üç katlı, oldukça büyük bir yerdi. Garsonlar Gökhan, Seda ve Aslı'yı üçüncü kattaki aile salonuna yönlendirdiler. Aslı oradaki küçük çocuk parkını görür görmez uykusu dağılmış ve oynamaya başlamıştı. Seda ve Gökhan ise masaya oturup siparişlerini verdiler.

Gökhan her an tetikteydi, ama yakınlarda adamlardan kimse görünmüyordu. Otoparktan çıkarken arabanın içini görmeye çalışmış, sadece iki kişi görebilmişti. Fenotipleri Rus olduklarından emin olmasını sağlamıştı Gökhan'ın.

Yemeklerini bitirdikten sonra Aslı'yı zar zor ikna edip restorandan ayrıldılar. Hepsi yemekten memnun kalmıştı. Gökhan memnuniyetini belli edecek şekilde gülümsemeye çalışıyorsa da içindeki endişe bunu istediği gibi yapmasına engel oluyordu.

Kızıl Kurt

Otoparka ulaştıklarında, Lada daha önce durduğu yerde değildi. Gökhan hemen çevreye bakındı ama arabayı göremedi. Ne planlıyorlardı acaba? Neredeydiler şimdi? Şimdi onları kaybetmiş olmak sinirlendiriyordu Gökhan'ı.

Otomobillerine binip otoparktan çıktılar ve yine şehir merkezine yöneldiler. İstasyon bölgesine ilerlerken üç araba arkada yine fark etti Gökhan, Lada'yı. İşte şimdi istediği olmuştu. İleride bir trafik lambası vardı.

Seda'ya döndü.

"Seda, Aslı'ya sahip çık ve hiçbir şey sorma."

Seda daha yanıt veremeden araba yolda zikzaklar çizmeye başladı. Sıkışık trafikte kornalar birbiri ardına çalıyordu olsa da Gökhan amacına ulaşmıştı. Çok geçmeden Lada ile aralarına en az on araç girmişti. Işıkların önüne vardıklarında trafik lambası yeşil yanıyor ve Aslı, annesine sarılmış ne olduğunu sorup duruyordu. Seda, küçük kızı yatıştırmaya çalışırken kızgın kızgın Gökhan'a bakmayı ihmal etmiyordu. Gökhan'ın ise derdi bambaşkaydı.

Trafik lambasındaki saniye sayacı son üç saniyeyi göstermekteydi. Birazdan kırmızı ışık yanacaktı. Gökhan arkadan gelen kornaları umursamadan arabayı 45 derecelik açıyla trafik lambasının önünde durdurdu. Biraz sonra kırmızı ışık yandığında artık kimse isyan etmiyordu.

Gökhan aynadan arkaya baktı. Lada sıkışık trafikte çaresizce bekliyordu ve hayli uzaktaydı. Gaza basarak hızla devam etti. Onun kırmızı ışıkta geçtiğini gören duyarlı Eskişehirli sürücülerden bazıları hemen kornalarına asılmışlardı, ama Gökhan'ın bunu umursayacak hali yoktu. Biraz ilerideki dönemeci döndükten sonra Lada'dakiler onları göremez olacaklardı. Ondan sonrası kolaydı.

Orkun Uçar

Direksiyonu kırdı ve gri otomobil yolda devam etti. Yüz metre ilerideki sokak ayrımını görünce içine soğuk sular serpildi. Ayrımın önüne geldiklerinde buranın ters yön olduğunu gördü ve sevinci daha da arttı.

Sokak boştu. Hemen daldı ve sokaktan çıkana kadar karşıdan hiçbir araba gelmemesi için dua ederek gaza bastı. Ne var ki sokağın çıkışında, üzerinde Aytekin Yumurta yazan bir minibüs yola girmeye çalışıyordu. Gökhan lanetler ederek camı açtı ve bağırdı.

"Beyefendi yabancıyız da ters yöne girmişiz. Biz bir çıkalım ondan sonra girin olur mu?"

Sesini olabildiğince mazlumlaştırmıştı.

Minibüsün arkasından sürücüye işaret veren adam bir süre düşünür gibi oldu ve başını kızgın kızgın iki yana sallayarak minibüse ileri çıkmasını işaret etti.

Müthiş bir rahatlamayla sokaktan ayrılan Gökhan, adama camdan, "Çok teşekkür ederim," diye bağırdı ve ana caddede ilerlemeye başladılar. Ruslar ancak yeşil ışık yandığında hareket edebileceklerdi. Ondan sonraysa Gökhan'ın ne yöne gittiğini bulmaları çok zordu. Adam zaten şimdiden şehir çıkışına yönelmişti. Ana caddede trafik rahatlıkla akıyordu. Son yıllarda yapılan tramvay olmalıydı bunu sağlayan.

Şehir dışına çıktıklarında Gökhan atlatma işini tamamladığından emindi. Ancak ondan sonra Seda'ya dönebildi.

"Şimdi ne istersen sorabilirsin canım."

"Gökalp ne sorayım ben? Neden trafik kurallarının hepsini ihlal ettiğini mi sorayım, neden birden böyle bir şeye ihtiyaç duyduğunu mu sorayım? Off, kafamı çok karıştırıyorsun. Görmüyor musun kız kornalardan nasıl korktu!"

Kızıl Kurt

Gökhan dikiz aynasından dönüp Aslı'ya baktı. İlk başta biraz bağırmış ve ağlamıştı, ama şimdi hiç de korkmuşa benzemiyordu. Uysal uysal oturmuş camdan dışarıyı izliyordu.

"Korkmaz benim kızım," dedi Gökhan. "Değil mi bir tanem?"

"Korkmam," dedi Aslı, annesine bakarak.

"Yalancı seni," diye güldü Seda.

"Takip ediyorduk canım," dedi Gökhan. "Atlatmak için bunları yapmak zorunda kaldım."

"Peki neler oluyor Gökalp? Kim takip ediyor bizi?"

"Canım anlamıyor musun? Bana hiçbir şey söylemedi Eşref Kapılı. Hemen İstanbul'a gelin dedi sadece. Ben de bu adamların bizi takip ettiğini görünce atlatmam gerektiğini düşündüm. Sen, babanın kızısın Seda. Biraz sabırlı ol, elbet öğreniriz."

Gökhan gerçeği biliyordu, ama Seda'nın bilmesi konusunda kararsızdı. Bu yüzden tedbiri elden bırakmıyordu.

"Korkuyorum Gökalp. Bir an evvel varalım şu yere."

"Korkma canım. Varacağız. Az kaldı..."

Karısını rahatlatmak için söylediği bu sözler belki işe yarıyordu, ama Gökhan için durum hiç de öyle değildi

Rus mafyası peşlerine sadece bir araç takacak kadar temkinsiz davranmazdı. Eğer nereye gittiklerini biliyorlarsa yollarını kesmiş olmalıydılar. İstanbul'a varana kadar atlatmaları gereken birçok badire olacağına kesin gözüyle bakıyordu Gökhan. Bir ara Ankara'ya gidip uçakla devam etmeyi kafasından geçirdiyse de sonradan yanlış olabileceği düşüncesiyle bundan da vazgeçti. Eşref Kapılı'yı aramayı düşündü ama bunun gereksiz olduğuna karar verdi. Bugüne kadar tek başına birçok iş halletmişti. Pek çoğunun hayal bile edemeyeceği işler hem de...

Orkun Uçar

Bursa'ya giden yolun neredeyse tamamını sol şeritte gitmişlerdi. Başka zaman olsa bu hıza Seda'nın vereceği tepki Gökhan gibi birini bile korkuturdu, ama şimdi Seda mümkün olsa daha hızlı gitmelerini isteyecekti.

Gökhan helikopteri fark ettiğinde koltuğunda dikleşti ve arkadakilere sordu.

"Seda, kemerleriniz bağlı değil mi?"

"Evet, bağlayın demiştin ya..."

"Tamam. Şimdi sakin olmanı istiyorum. Arka camdan eğilip bakınca görürsün. Çok uzakta bir helikopter var. Sanırım bizi takip ediyorlar ve bu defa ateş de edebilirler. Bilmiyorum, niyetleri nedir. Ama sakin ol ve Aslı'ya sahip çıkmaya bak."

Aslı emniyet kemerinin üzerinden sarkıttığı boynunu annesinin göğsüne yaslamış uyuyordu yine.

Seda duyduklarından dolayı paniğe kapılmıştı.

"Ne diyorsun Gökalp? Kaçalım! Bir şeyler yap!"

"Canım korkma. Sakın paniğe kapılma. Hiçbir şey söylemeden otur. Ben halletmeye çalışacağım. Lütfen bana yardımcı ol. Bu adamlardan kurtulabiliriz. Bana güvenmeni istiyorum."

"Lütfen Gökalp, lütfen bir şeyler yap."

Seda'nın sesi titriyordu ve her an ağlayabilirdi. Gökhan bunu fark etmiş ve içi bu belanın kaynağına karşı büyük bir nefretle dolmuştu. Şimdi, helikopter yaklaşamadan ilçe yollarından birine girmeliydi. Başka türlü kurtuluşları olamazdı. Helikopter de bu işin içindeyse Rus mafyasının niyetinin sadece takip olmadığı anlaşılıyordu.

Yan yollardan birine, tabelaya bile bakmadan saptı ve daha birkaç dakika geçmeden helikopterin gürültüsü duyulmaya başlandı.

Kızıl Kurt

Seda bu sese dayanamıyordu. Eskişehir'e girerken hissettikleri anlamsız değildi demek ha! Çok zordu Seda için buna katlanmak. Kucağındaki, rahmindeki ve ön koltuktaki varlıklar onun için her şeyden daha değerliydi. Kendisini umursamıyor ama onlara zarar geleceği düşüncesi, içinde büyüyen tarifsiz bir duyguya neden oluyordu. Bu hissettiği, aslında bir histeri krizinin başlangıcıydı.

Helikopter tepelerine geldiğinde Gökhan dar yolda hızını artırdı ve ağaçların kendilerini koruyacağı düşüncesiyle arabayı olabildiğince sağa yanaştırdı. Şanslarına yol dönemeçlerle doluydu ve böylece helikopterin işi zorlaşıyordu. Gökhan kapıya sabitlenmiş olan makineli tüfeği görmüştü.

Bir dönemeç daha çıktı karşılarına ve önlerinde dümdüz uzanan yolu görünce içinden bir küfür savurdu. Şimdi işi çok daha zordu. Tepeden takip eden helikopterin görüş açısı o ne yaparsa yapsın çok iyi olacaktı. Yine de elinden geleni yapmaya karar verdi. Çıkıp ateş edecek hali yoktu ya!

Tek şansları yol kenarlarının ağaçlarla kaplı olmasıydı.

Gökhan camdan elini çıkarıp dikiz aynasına vurmaya başladı. Üç dört darbeden sonra yuvanın içindeki ayna kırılmış ve yukarı dönmüştü. Şimdi çok küçük de olsa aynanın bir bölümü, helikopteri görmesini sağlıyordu.

Ateş başladığında, Seda, Aslı'nın başını göğsüne yasladı ve küçük kızın hıçkırıklarını kendininkiler arasında boğdu. Gökhan hâlâ sakindi. Helikopterdekiler iyi bir şekilde nişan alamıyor, mermiler ancak aracın yarım metre çevresinde yola çarpıyordu. Ama bu durumu koruyabilmek için şanstan başka güvenebileceği hiçbir şey yoktu Gökhan'ın.

Orkun Uçar

Araba bagaj bölgesinden birkaç yara almıştı, ama bunlar etkisiz darbelerdi. Gökhan işini iyi yapıyor, arabayı ustaca saklıyordu. Yolun düz kısmı da ilerideki bir dönemeçle sona ermek üzereydi. Gökhan nerede olduklarını bilmiyor ve bu yolun gizlenmesi kolay bir yere çıkması için dua ediyordu. Belki de ilk defa bu kadar endişeliydi ve bunun nedeni ölüme yaklaşırken ilk defa yanında birilerinin olmasıydı.

Dönemecin ardından devam eden yol daralıyor ve kötüleşiyordu. Bu Gökhan'ın bir yandan işine gelse de bir yandan da işini zorlaştırıyordu. İşine geliyordu, çünkü bu köy yoluna benzeyen yerde ağaçlar yolun üstüne iyice eğiliyor ve dönemeçler otomobilin mermilerden kurtulmak için kullanacağı boşluğu sağlıyordu. İşini zorlaştırıyordu, çünkü böyle bir yolda bu hızla ilerleyen bir aracı kontrol etmek çok zordu. Her an savrulabilirlerdi.

Helikopterden edilen ateş kesilmemiş, aksine devamlı hale gelmişti. Arkada Seda ve Aslı koltuğun önünde yere uzanmış, korkuyla çığlıklar atıyorlardı.

Gökhan, kırık dikiz aynasından helikopteri kontrol etti ve o sırada araç aniden sarsıldı. Lanetler yağdırırken kenardaki tümseğe çıktıklarını fark etti. O kısacık bakış bile yoldan çıkmalarına neden olmuştu. Direksiyonu sola kırdıysa da tümseğin rampa oluşturan uç kısmından arabayı kurtaramadı ve otomobil sol yanı aşağıda sağ yanı yukarıda uçmaya başladı. Araç daha havadayken tavanda müthiş bir gürültü duyulmaya başlamıştı. Tüm mermiler kusursuzca tavana isabet ediyordu. Gökhan gözünü yoldan ayıramıyor, arkaya bakamıyordu. Birinin yaralanıp yaralanmadığını anlamak da süregiden çığlıklar yüzünden imkânsız bir hal almıştı.

Kızıl Kurt

Metale çarpan mermilerin çınlaması yerini ansızın havayı hızla yaran mermilerin uğultusuna bırakınca Gökhan hemen kırık aynaya baktı. Aynada helikopter görünmüyordu, ama gördüğü onun için yeterliydi. Tanrı yardımcıları olmuş, aynadan görünen tepe helikopterin yön değiştirmek zorunda kalmasını sağlamıştı. Şimdi bir şeyler yapması gerekiyordu ve yapacağı şeyi bulmak için sadece üç yüz metre ilerleyecekti.

Helikopterin yokluğunda arkaya bakmaya fırsat bulan Gökhan gördüğü şeyle beyninden vurulmuşa döndü. Aslı hâlâ çığlık çığlığa ağlıyordu ve Seda kanlar içindeydi. Sağ ayağı refleks olarak frene gitti, ama kısa sürede beyni görevi devralıp ayağını tekrar gaz pedalının üzerine oturttu.

Tavandan giren mermilerden biri Seda'nın omzuna isabet etmişti. Ölümcül bir yara değildi, ama basit bir sıyrık olduğu da söylenemezdi. Mermi muhtemelen kemiği parçalamış ve içerilere kadar devam etmişti. Uzun süre müdahale edilmezse ölümcül hale gelebilirdi. Gökhan önce durup kendisi müdahale etmeyi düşündüyse de hemen bu fikirden vazgeçti. Helikopterdekiler onları bulabilir ve sadece Seda'nın değil, Gökhan'ın, Aslı'nın ve daha ismi bile olmayan küçük prensin ölümüne yol açabilirlerdi.

Gökhan, Seda'yı teskin edecek bir şeyler saçmalamaya çalıştı ve bu işteki beklenmedik becerisine şaşırdı. Kadına nefes almasını, paniğe kapılmamasını ve yaraya eliyle bastırmasını söylüyordu. Acılar içinde kıvranan genç kadın yayıldığı koltukta nefes nefese, başıyla onaylıyor, sevgilisi ne derse yapmaya çalışıyordu.

Yol ayrımına geldiklerinde Gökhan hiç düşünmeden patika sayılabilecek köy yoluna sürdü otomobili. Böyle bir yol varsa, gittiği bir yer de olmalıydı. Gittiği o yer her neresiyse en azından bir sağlık ocağı da olmalıydı. Bu yolda giderek helikoptere izlerini de kaybettirebilirlerdi.

Aynadan bakıp Seda'yla konuşmaya devam etti. "Geçecek bir tanem. Geçecek. Birazdan bir kasabaya varırız. Orda hemen ilgilenirler seninle."

"Çok kanıyor baba!" diye bağırdı Aslı gözleri yaşlar içinde.

"Biliyorum bebeğim. Ama bu önemli bir yara değil. Kimseye omzundan vurulmakla bir şey olmaz. Biraz kanayacak, sonra doktorlar gerekeni yapacak. Sen şimdi bir çiçek olup ona bakarsan annen daha çabuk iyileşir bebeğim."

Kesik kesik, "Benim kızım bana bakar," dedi Seda, zoraki gülümsüyordu. Aslı'nın başını sağlam olan koluyla kendine doğru çekmiş, küçük kız da elini hemen annesinin yarasına bastırmıştı.

Seda, kızına duyduğu sevginin kat kat arttığını hissetti bunun üzerine. Gökhan'ın söylediklerinin doğru olduğuna inanıyordu. Kimse omzundan vurulmakla ölmezdi herhalde. Roket değildi ya bu, basit bir mermiydi işte.

Stabilize yol, Gökhan'ın düşündüğünün aksine herhangi bir kasabaya veya başka bir yerleşim merkezine çıkmamıştı. Yol doğrudan şehirlerarası yola bağlanıyordu. Muhtemelen eskiden kullanılan bir geçiş yoluydu. Gökhan bu beklenmedik talihsizlik karşısında öfkesini kontrol etmekte zorlanıyordu, ama anayol sayesinde daha büyük bir yerleşim merkezine ulaşacakları düşüncesiyle kendini avutuyordu. Bozuk yolda yarım saat geçirmişlerdi ve arabadaki sürekli sarsıntı Seda'nın yarasını kötüleştirmiş olabilirdi.

Anayola çıktıktan yaklaşık on dakika sonra Yenişehir yol ayrımı tabelasını gördü ve içinde büyük bir rahatlama hissetti. Helikopterden iz yoktu ve bir ilçeye çok az bir mesafeleri kalmıştı.

Kızıl Kurt

Sapa yolun iki yanı da uçurumdu. Neyse ki sert dönüşler yoktu ve Gökhan hızını azalttığı için tehlikeli bir durum söz konusu değildi. Küçük bir tepenin çevresini dolaşan dönemeci döndüğünde hiçbir şeyi umursamadan frene asıldı. Hemen karşıda iki cip yolu kesmiş bekliyordu.

Şimdi aracı geri vitese takmaya çalışırken soldaki cipin yanından bir adamın çıkıp yere diz çöktüğünü görüyordu. Bir başkası hemen adamın omzuna kalınca bir boru yerleştirdi. Bunun bir roketatar olduğunu biliyordu Gökhan. Arkaya baktı, hızla geri gidebilirse dönemeci tekrar dönüp kurtulabilirlerdi. Yanlarda kaçacak yer yoktu. Yolun iki yanı da şarampoldü. Araçtan inip kaçmayı düşünseler bile Seda yaralıydı. Üstelik helikopter yine belirmişti tepelerinde. Araç geri geri gitmeye başladığında diz çökmüş adamın omzundaki ölüm borusundan çıkan roket arabaya doğru yaklaşıyordu. Gökhan son kez arkaya baktı ve Aslı'nın başını yaralı omzuna bastıran Seda'yla göz göze geldi. Son gördüğü, Seda'nın yüzündeki büyük umutsuzluktu.

3 Temmuz 2008
Kurtköy

Eşref Kapılı gözlerine inanamıyor, ama izlemekten de büyük keyif alıyordu. Gizli laboratuvarların bulunduğu, yerin altındaki üçüncü katta bir de spor salonu vardı. Bu salon, Doktor Enver Akad tarafından Gökhan'ın tüm ihtiyaçlarına cevap verecek şekilde hazırlatılmıştı.

Orkun Uçar

Gökhan kendine gelir gelmez Enver Akad tarafından çalıştırılmaya başlamıştı. Önce küçük egzersizler, ardından biraz daha komando işi sayılabilecek, Gökhan'ın alışık olduğu şeyler ve şimdi de gösteri yapan aygırlara yakışır işler... Gökhan camdan dışarı baktı ve iki adamla göz göze geldi. Onlara göz kırpıp üstünde 110 kiloluk halterin yuvasında beklediği yatağa uzandı. Enver Akad belli etmemeye çalışarak Eşref Kapılı'ya bakıyor, birazdan vereceği tepkiyi heyecanla bekliyordu.

MİT görevlisinin sesi endişeliydi.

"Ne yapıyorsun doktor? Öldürecek misin çocuğu?"

"Merak etmeyin Eşref Bey. Sadece izleyin."

Enver Akad mutlulukla gülümsüyordu. Yüksek kalitedeki malını sunan bir satıcının yüzündeki memnuniyet vardı yüzünde. Gördüğü bu ifadelerden rahatsız olan Eşref Kapılı, akademide kendilerine zorla okutulan Frankenstein romanını hatırladı. Oradaki doktorun yaratacağı ucubeyi düşündükçe neler hissettiğini anlatan Mary Shelley'nin cümleleri geliyordu aklına. Yazarın tarif ettiği adamın yüzündeki ifade, şimdi yanında dikilen adamınkinden farklı olamazdı. İçi ürpererek tekrar içerideki Gökhan'a döndü.

Gökhan koca halteri ilk seferde zorlanarak kaldırmıştı. Müthiş gerilmiş kol adalelerinin üzerinden mavi damarları görünüyordu. Yüzü kızarmış, yanakları şişmişti. Fakat kolları titremiyordu bile. Gökhan yavaş yavaş halteri indirirken Eşref Kapılı'nın yüzündeki şaşkınlığı izliyordu Enver Akad. Beklediği tepki daha çok memnuniyetti, ama ilk aşamada bu şaşkınlığı da çok görmüyordu.

Gökhan halteri ilkine göre daha hızlı kaldırınca Eşref Kapılı'nın içinde endişe kalmamıştı. Genç adama bir şey olacağı yoktu. İlkinden daha hızlı indirdi halteri ve kaldırdı... ve indirdi... ve kaldır-

Kızıl Kurt

dı... Eşref Kapılı gözlerine inanamıyordu. Gökhan en fazla doksan kiloydu. Bunu yapabilmesi kelimenin tam anlamıyla imkânsızdı. Gökhan halteri yuvasına yerleştirip döşek üzerinde doğruldu. Her yanından akan ter, bedenini saran atleti sırılsıklam etmişti. Gerildi ve omzundaki kaslar tüm görkemiyle gözler önüne serildi.

"E, ne diyorsunuz?"

Şimdi fabrikadan yeni çıkmış Ferrari'nin kaportasında elini gezdiriyor gibiydi Enver Akad. İçeride Gökhan başka bir alete yönelmiş, çalışmaya devam ediyordu. Eşref Kapılı gözlerini Gökhan'dan ayırmadan cevapladı doktoru.

"Doktor, ne yaptın sen bu çocuğa?"

"Eşref Bey, Gökalp artık eskisinden biraz daha atletik diyelim."

"Atletik mi? Sen buna atletik mi diyorsun? Bu adam ikimizi de tek seferde yutar yahu!"

Eşref Kapılı'nın memnuniyeti iyiden iyiye belli oluyordu ve bu durum Enver Akad'ı oldukça mutlu ediyordu. Doktor gülümseyerek yanıtladı.

"Efendim, biliyorsunuz, Gökalp'i iyileştirmek için bazı müdahaleler yaptık."

Bu sırada Gökhan koşu bandına çıkmıştı. Normal tempoda bandın üzerinde devinen Gökhan'ı inanılmaz bir şey yapıyormuş gibi izliyordu Eşref Kapılı. Doktor kısa süre bu manzaraya baktı ve açıklamaya devam etti.

"Bu müdahalemiz, neredeyse tamamen bitmiş olan Gökalp'i baştan yaratmak sayılır konuya aşina olmayan birinin gözünde. Size daha önce söylediğim gibi, Gökalp'in içinde çalışan makineler bedenini sürekli optimum düzeyde tutuyor."

Orkun Uçar

"Uygun değer efendim, uygun değer diyeceksiniz..."

"Efendim?"

Enver Akad, Kapılı'nın gözleri Gökhan'da sabit haldeyken söylediği bu cümleden hiçbir şey anlamamıştı.

"Optimum nedir? Türkçesini kullanın. 'Uygun değer' Türkçesi." Enver Akad konuyu kafasında şöyle bir tarttı. Uygun değer, optimum için uygun bir karşılık değildi. Bunu Eşref Kapılı uydurduysa, açıkça cahillik etmişti. Eğer bir kitapta falan gördüyse, yazan adam beceriksiz olmasa bile ukala olmalıydı. Yine de buna bir karşılık vermedi ve adamın bu tepkisine güldü.

"Peki, devam edeyim mi?"

Eşref Kapılı başıyla onayladı. Gökhan hızı üç seviye artırmış, hızlı tempoda koşuyordu bir süredir. Eşref Kapılı ter damlalarını tek tek görebiliyordu neredeyse. Enver Akad devam etti.

"Şimdi, sizin bedeniniz birçok dış ve iç etken yüzünden uygun değer şartlarında." Enver Akad bu lafı hiç beğenmedi. Üstelik Eşref Kapılı'nın bu tavrı ona yapmacık geliyordu. "Kusura bakmayın, kullanmak zorundayım," diye devam etti. "Sizin bedeniniz optimum koşullarda yapabileceğinin neredeyse yarısı kadar iş yapabiliyor." Eşref Kapılı kelime için herhangi bir tepki göstermemişti ve dinlediğini belli edecek şekilde başını sallıyordu kısa kısa. Doktor devam etti. "Şimdi Gökalp'in bedeni, neredeyse her an optimum koşullar altında. Böylece, dünyadaki tüm insanlar için bir ütopya olan şeyi gerçekleştirebiliyor, bedenini tam kapasite kullanabiliyor."

Eşref Kapılı'nın gözleri yaklaşık on beş saniyedir depar temposunda koşan Gökhan üzerinde kilitliydi. Doktorun söyledikleri kulağında çınlıyordu.

"Yani?" diye sordu Kapılı ve hemen doktora dönüp elini adamın koluna koydu. "Doktor, durdur şunu ölecek çocuk."

Kızıl Kurt

Gökhan hiç de ölecek gibi görünmüyordu. Sadece fazlaca terlemiş ve yüzü kızarmıştı. Ama sanki terleyen başkasıymış gibi hiçbir yorulma belirtisi göstermeden hâlâ depar hızında koşuyor, ayakları altında devinen bantla neredeyse yarışıyordu.

Enver Akad kısaca içeri baktı. "Saçmalamayın, ona hiçbir şey olmaz, baksanıza ne kadar rahat."

"Düşecek şimdi yahu!"

"Size öyle geliyor. O bandın üzerinde koşan ben değilim Eşref Bey, siz de değilsiniz. Herhangi bir başkası da değil. Gökalp o! Muhteşem başarımızın muhteşem ürünü."

Eşref Kapılı basit endişelerinden bir türlü kurtulamıyordu. Gökhan söz konusu olduğunda, şimdiye kadar çok yakın bir ilişkileri olmamasına rağmen hassaslaşıyordu. Bunun nedeni belki Gökhan'ın vatanı adına başardığı inanılmaz işlerdi. Belki böyle bir kahramanın kendine bu kadar yakın olmasının verdiği sorumluluk yüzünden hassaslaşıyordu. Doktora söylediklerini düşününce bu sorumluluğu kaldıramadığını hissetti ve kendinden utandı. Şimdi bunları söylemek yerine taş gibi sert olmalı ve adamının bu özel durumuna sevinmeliydi. Düşünmesi gereken çok şey, yapması gereken çok iş vardı. Önceki gibi konuşmamayı başardı Eşref Kapılı, ama farklı bir şey de söyleyemedi. Öylece susup izlemeye devam etti.

"Kafanıza takılan bir şey mi var?" diye sordu Enver Akad. Az önce Kapılı'nın, yüzünde endişeli bir ifadeyle düşüncelere daldığını görmüştü.

"Kafama takılan şeyler var," diye yanıtladı Kapılı. "Ama bunlar sizi ilgilendirebilecek şeyler değil. Biz işimize bakalım. Bilmem gereken başka ne var?"

Orkun Uçar

"Bilmeniz gereken..." Enver Akad bir süre düşünür gibi bekledi ve tekrar konuştu. "Bilmeniz gerekenleri siz belirleyin efendim. Bilmek istediğiniz ve bilmenizi sağlayabileceğim her şeyi anlatabilirim."

"Gökalp ne zaman burdan çıkabilir?"

"Aceleniz var mı?"

"Enver Bey, Gökalp'in burdan çıkması için sınır niteliğinde bir zaman olmalı. Ben size bunu soruyorum. Cevap verecekseniz verin."

Doktor, yanında dikilen adamdaki bu tavırdan hemen korkmuştu. Oysa buraya Gökalp'i ilk getirdiğinde nasıl da çaresizdi. Şimdi bu yaptığı nankörlük değil de neydi? Hem pekâlâ Gökalp'in burada kalmasını isteyebilirdi. O baştan yaratmıştı Gökalp'i. O yapmıştı her şeyi.

Gökhan koşu bandının temposunu seviye seviye azaltarak durmuş, aletlerin arasında bacaklarını, kollarını germeye başlamıştı. Nefes alışı son derece düzenli görünürken ter içindeki kırmızı suratı ve bedenindeki şişme hareketinin eksikliği büyük tezat oluşturuyordu.

Enver Akad, Eşref Kapılı'ya yanıt verdi.

"Eşref Bey, Gökalp burda ne kadar kalırsa o kadar iyi. Çalışmasını ve ilaçlarını düzenli olarak kontrol ediyorum. O yüzden, bir aceleniz yoksa, şimdilik ne zaman çıkabileceği konusuna cevap vermemeyi tercih ederim. Eğer hiç işiniz yoksa süresiz olarak burda kalmasını isterim zaten."

Eşref Kapılı duydukları karşısında çok şaşırmıştı.

"Ha ille acelemiz var diyeceğim yani. Acelemiz var, evet. İşimiz de var, acelemiz de var."

Kızıl Kurt

"Ne gibi bir iş bu?"

"Sizin için hiçbir anlamı ve önemi olmayan bir iş."

"Gökalp'in yapacağı her iş benim için anlamlı ve önemlidir, Eşref Bey. Kusura bakmayın. Bir doktor olarak, Gökalp'in doktoru olarak bunları sormak zorundayım."

"Pekâlâ. Sordunuz. Ama cevap alamıyorsunuz. Görevinizi yerine getirdiğinize göre şimdi cevaplayabilirsiniz sorularımı."

Gökhan içeride hız torbasını yumruklamaya başlamıştı. Bunlar vurunca geri tepen torbalardı ve bilen kişiler tarafından vurulduğunda çok seri vuruluyormuş gibi gösterirlerdi. Eşref Kapılı'nın gözleri bu aldatmacaya alışıktı, ama yine de Gökhan'ın fazla seri vurduğu hissine kapılıyordu.

"Sizinkiyle aynı cevabı vermek zorundayım o halde," diye yanıtladı doktor. Yerinde dönmüş, gözlerini meydan okur gibi Kapılı'nın gözlerine dikmişti. Yüzünde mahallenin serserisine yumruk atmak üzere bekleyen muhallebi çocuğunun kararlılığı ve korkusu vardı. Üstelik şimdiye kadar bu çocukların hiçbirinin başarılı olamadığını herkes gibi o da biliyordu.

Eşref Kapılı inanamayarak doktora döndü. Gözlerini kısmış, başını hafif yan yatırmıştı.

"Sorularımı cevaplayamayacağınızı mı söylüyorsunuz, ben mi yanlış anladım?"

Sesi titreyerek yanıtladı Enver Akad. "Ha-hayır! Yanlış anlamadınız."

"Silahınızı görebilir miyim?"

"Ne?"

"Silahınız olmadan bana bunları söyleme cesareti bulamayacağınızı biliyorum. Şimdi gösterin bakalım."

Orkun Uçar

"Silahım f-f-falan yok."

Gökhan, içeride inanılmaz bir hızla ip atlıyor ve dışarıdaki iki adamı izliyordu. Çok fazla terlemişti ve başındaki ağrının gittikçe arttığını hissediyordu. Birkaç saniye önce gözlerinin önünde uçuşmaya başlayan siyahlı yeşilli beneklerden de çok rahatsız oluyordu. Üstelik klimalı odada tüm vücudunun kumsaldaymış gibi yandığını hissediyordu. Sadece dışı değil içi de yanıyordu. Sanki içinde bir güneş vardı.

"O halde sorumu yanıtlamanızı emrediyorum. Çünkü benim silahım var. Silahım olmasa kimliğim var. O da olmasa yumruklarım var. Ama hiçbirini kullanmak istemem. Sizin mantıklı bir adam olduğunuzu ve Gökalp'in iyiliğini düşündüğünüzü biliyorum."

Gökhan, uçuşan beneklerin birbirine karıştığını görüyordu. Şimdi belli belirsiz doğal şekiller oluşmaya başlamıştı her renkten. Önce birkaç çiçek gördü. Bunların ne çiçeği olduğunu bilmiyor, umursamıyordu. Sonra her yanı çiçekler sardı. Hepsinin biraz önce gözünün önünde uçuşan benekler olduğunu biliyor, ama yine de uzanıp dokunmak istiyordu. Renk renk şekil şekildiler.

Dışarıda Enver Akad zor durumda hissediyordu kendini. Kravatını gevşetti ve bir şeyler söylemeye çalıştı.

İçeride Gökhan her an daha da fazla çekiliyordu çiçeklere doğru. Yaklaştı ve bir tanesine elini uzattı. Eli yarı mesafeyi kat edemeden birden ortalık karardı. Elektrik kesilip geri gelmiş gibi, saniyeden çok daha kısa bir sürede, etrafı aydınlandığında tüm çiçeklerin yerinde; kıvrılan, dolaşan, uçuşan böcekler görmeye başlamıştı. Bu görüntüyle beraber istemsiz bir çığlık attı ve yere devrildi. Ayağı ipe takılmıştı.

Kızıl Kurt

Eşref Kapılı ve Enver Akad ani gürültüyle tartışmalarından sıyrılıp içeri baktıklarında Gökhan'ın yerde yattığını gördüler. Doktor önde, MİT görevlisi arkada içeri koştular.

```
                            4 Temmuz
              Kadıköy MİT sorgu evi
```

Andrei Rostov boş gözlerle tavana bakıyordu. İçeriden, kendisi için yemek hazırlayan Eser adlı MİT görevlisinin neşeli ıslık sesi geliyordu, ama o çok uzaklardaydı.

Türkler beklediğinden yumuşak davranmışlardı ve o da teşkilatın gizlemediği birkaç bilgi kırıntısını vermişti, ama öyle ya da böyle sonunun geldiğini biliyordu. Opriçnina, Korkunç İvan, onu sağ bırakmazdı.

Elleri arkadan zincirlenmişti, boş duvara bakınmaktan sıkılınca başını boş tavana çevirmişti. Ayakları da bileklerinden birbirine zincirliydi. Birkaç manevrayla sırtüstü döndü ve dirseklerinden destek alıp ayaklarını havaya kaldırarak yatakta doğruldu. Şimdi gözleri işine yarayacak bir şey arıyordu.

Yatağın yanına doğru eğildi. Omzundan yukarısı yatağın kenarından sarkmıştı. Yavaş yavaş kaymaya başladı ve kollarını kullanamadığı için cansız bir kütle gibi düşerken gözlerini kapadı. Yere ilk çarpan burnu, son çarpansa ayakları oldu. Beton zeminin üzerinde halı vardı ve çok az ses çıkmıştı.

Rostov düşmek istememişti ve burnu çok acıyordu, ama şimdi gülümsüyordu. Yatağın ayakları arasındaki demir parçayı görmüştü. Bir kafa aralığında yatay bir demir parçası ayakların arasına kaynak yapılmıştı. Karadaki bir balık gibi sürünerek yatağın baş tarafına dolaştı. Sürekli boynunu çevirip kapıya bakıyordu. Gelen giden yoktu.

Orkun Uçar

Aralık beklediğinden dardı. Yan dönerek kafasını yatakla demir parça arasına sıkıştırdı. Bir kerede becermeliydi, çünkü tekrar deneme şansı olmayacaktı. Ayaklarını iyice gerdi ve vücudunu hızla havaya atıp dönmeye çalıştı. Korkunç bir çatırtı duyuldu. Başardığını düşünemedi bile...

Beş dakika sonra Eser Tekinalp elinde tepsiyle hücreye giriyordu. "Nefis bir ciğer sote hazırladım Andrei, ayrıca kasapta biraz yürek de varm..." İçerideki manzarayı görünce gayri ihtiyarı bir küfür savurdu... "A-ha şimdi bittim." Eşref Kapılı buna çok kızacaktı.

Adamdan henüz çok az bilgi alabilmişlerdi, şefleri sert sorguya izin vermemişti. "Ulan köpek, bari bu nefis yemeği yiyip gitseydin!" diye bağırdı. Yemek yapmayı çok sever, boş zamanlarında değişik mutfakları öğrenmek için kurslara giderdi. Andrei'nin zamanlaması aşçılığına hakaret gibi gelmişti.

Tepsiyi masanın üzerine bırakıp içinden dua ederek telefonu çıkardı. Eşref Kapılı'ya bu haberi vermek yerine, antik Spartalıların, domuz kanından yapılan o iğrenç kara çorbasından içmeyi tercih ederdi.

❖ ❖ ❖

Gökhan beş gündür hiç girmediği dolapta bedeni ateşler içinde uzanırken iki kapı ötedeki ofiste Eşref Kapılı ve Enver Akad sehpanın yanındaki iki sandalyede karşılıklı oturmuş konuşuyorlardı. Odaya olumlu mu, olumsuz mu olduğu anlaşılmayan bir hava hâ-

Kızıl Kurt

kimdi. Enver Akad defalarca tekrarladığı açıklamalardan bıkmış görünüyordu. Eşref Kapılı da bunun farkında olacak ki, yavaş yavaş tatmin olmaya başlamış, durumun aslında son derece olumlu olan yanlarını görür olmuştu.

Yaklaşık on dakika önce, Gökhan'ın ateşi yükselmiş ve havale geçirmişti. Dışarıda karşısındakiyle baş etmeye çalışan doktor içeriyi kontrol edememiş, Gökhan'a durmasını söylemeyi unutmuştu. Neyse ki adam düşer düşmez fark etmişlerdi ve onu neredeyse ölüyken diriltmeyi başaran doktor, zorlanmadan tehlikeyi bertaraf etmişti. Birkaç enjeksiyonun ardından dolaba götürülen Gökhan, kısa sürede kendine gelmeyi başarmıştı.

"Bana bir hafta verin Eşref Bey," dedi Enver Akad, düşünceli görünüyordu.

"Sana on gün veriyorum doktor," diye yanıtladı beriki. Karşısındakini tartıyor, Gökhan ve devlet için en iyi olanı yapmaya çalışıyordu.

"Pekâlâ. On gün içinde Gökalp'i taburcu ederiz. Bu sürede çalışmalarını ve ilaçlarını düzene koyar, durumunu çok daha iyi hale getiririz. Artık biraz fazla güçlü ve hızlı olmasının dışında normal bir insan olarak dışarda kalabilir."

"Bir hafta boyunca ortalarda olmayacağım," dedi Eşref Kapılı. Araştırması gereken çok şey vardı. Bu bir haftada her şeyi Gökhan için hazır hale getirmeyi amaçlıyordu. Konuşmasına devam etti. "...ama geldiğimde üç gün içinde Gökalp'i burdan götürebilmeliyim. Siz de kendinizi ve Gökalp'i buna göre hazırlayın."

"Tamam tamam," diye yineledi doktor. Artık kabullenmiş görünüyordu ve yüzündeki memnuniyetsizlik silinmişti.

Eşref Kapılı arabasına binerken telefonu çalmaya başladı. Bu numarayı elbette tanıyordu. "Buyur Eser?..."

Orkun Uçar

"Efendim, yarım saattir size ulaşmaya çalışıyordum..."
"Yerin altındaydım. Neyse... ne oldu?"
"Konuğumuz rahatsızlandı efendim."
Eşref Kapılı, "Allah kahretsin," diye mırıldandı. Andrei Rostov'u kaybetmişlerdi demek. "Nasıl olmuş?"
"Boynunda kireçlenme olmuş efendim."
"Hem de sağmadan yahu! Neyse, ben gelene dek aldığımız bilgilere yoğunlaşın. Mutlaka bana bir şeyler bulun, yoksa bunu ödetirim!"
Kurt yokken her şey ters gidiyordu. Artık son derece beceriksiz bir yönetici olduğunu düşünmeye başlıyordu.

```
11 Temmuz 2008
Kurtköy
```

Yoğun ve sıkıntılı bir hafta sonrasında Eşref Kapılı gen şirketine geri dönmüştü. Artık adının Opriçnina olduğunu öğrendikleri teşkilat, Andrei Rostov ve öldürülen adamlarının intikamını alması için İstanbul'a üç tetikçi göndermiş, adamlar havalimanında polis tarafından gözlem altına alınmıştı. Moskova'da bir işadamı kaçırılmaktan kurtarılmıştı.

Yerin altındaki üçüncü katta asansörden indiğinde Gökhan içeride çalışıyor, Enver Akad da ofisindeki bilgisayarında Gökhan'ın son kayıtlarını düzenliyordu. Kapılı önce spor salonuna yöneldi. Camdan duvarlar camdan bir kapıyla son buluyordu. Ağır kapıyı iterek açtı ve bunu fark eden Gökhan kollarını iki yana açıp üzerinde durduğu robot benzeri makineyi durdurdu.

Gökhan, amirini görünce hemen kalkmış ve havluyla terini kurulamaya başlamıştı.

Kızıl Kurt

"Nasılsın Gökalp?" diye sordu Eşref Kapılı, genç adama doğru yürürken. Doktorun duyma olasılığına karşı Gökalp, diye hitap etmişti.

"Teşekkürler efendim," diye yanıtladı Gökhan ve el sıkışırlarken ekledi. "Siz nasılsınız?"

"Beni boş ver aslanım," dedi Kapılı gülümseyerek. "Ben, seni merak ediyorum."

O sırada kapı tekrar açılmış, Enver Akad içeri girmişti gülümseyerek.

"Merhaba Eşref Bey, hoş geldiniz."

Eşref Kapılı, ona dönüp yanıtladı. "Hoş bulduk, nasılsınız?"

"Ben iyiyim," dedi doktor ve sustu. Eşref Kapılı'ya nasıl olduğunu sormayarak oluşturduğu boşluk, somut bir varlık gibi dikiliyordu havada. Bir süre sonra yüzüne sahte bir gülümseme yerleştirerek sessizliği bozan Eşref Kapılı oldu.

"E, Gökalp nasıl?"

"İsterseniz kendisi anlatsın," dedi doktor. "Ben, sizi yalnız bırakayım ha?"

Gökhan, iki adamın arasındaki soğukluğu fark ediyor, ama bunun anlamını merak etmiyordu. Bilmesi gerekiyorsa zaten öğreneceğini, aksi takdirde umursamaması gerektiğini biliyordu.

Eşref Kapılı, doktorun teklifine hiç gecikmeden yanıt verdi.

"Evet, çok iyi olur."

"Pekâlâ, ben odamdayım," dedi ve arkasını dönüp yürüdü Enver Akad. Tam kapıdan çıkarken dönüp, "Gökalp, konuşurken çalışmaya devam edebilirsin, etmek zorunda değilsin ama iyi olur," dedi.

"Peki," dedi Gökhan kısaca ve doktor koridorda uzaklaştı.

Orkun Uçar

Doktorun gidişini izledikten sonra Eşref Kapılı arkasındaki kondisyon bisikletine sakınarak oturdu ve Gökhan'ı karşısındaki dişçi koltuğuna benzer alete çağırdı.

"Otur bakalım aslanım. Bırak şimdi çalışmayı falan."

Gökhan sessizce denileni yaptı ve amirini dinlemeye koyuldu.

"Aslanım, sen bir kendini anlat hele. Nasılsın? Sağlığın nasıl? Burda işler nasıl gidiyor?"

"Efendim, ben çok iyiyim. Eminim doktor size anlatmıştır. Biliyorsunuz, şimdi bedenimi çok daha iyi kullanabiliyorum ve kendimi çok sağlıklı hissediyorum. Bu çalışmalarla daha da iyi bir form yakaladım. Açıkçası, hiç olmadığım kadar iyiyim. İlk başlarda korkuyordum. Bunun bir bedeli olmalı, diye düşünüyordum. Vücudumun bir gün iflas edeceği korkusuyla yaşıyordum. Oysa şimdi biliyorum ki, bu artık sadece benim vücudum değil. Artık içimde müthiş bir destek var. Belki sadece benim bedenim olsaydı gerçekten iflas ederdi, ama içimdeki bu destekle böyle bir korkum kalmadı. Şimdi doktorun da talimatlarıyla büyük hırsla çalışıyorum. Sizi ilk gördüğümde bir görevim olacağını biliyordum. Bu görevin içinde Seda ve Aslı'nın, Kurt'un olduğundan da eminim. Bu yüzden şimdiye kadar yapacağım en kişisel görev olacak. Şimdi her şeye hazırım ben. Doktor da böyle söylüyor."

"Dur bakalım. Görevi falan bir boş ver şimdilik. Doktor hakkında ne düşünüyorsun?"

"Onunla ilgili bir şüpheniz mi var?"

Gökhan, doktor ve Kapılı arasında bir şeyler olduğunu fark etmişti ama yine de şaşırmış göründü.

"Hayır, aslına bakarsan bir şüphem yok. Bizim milletimizden çıkmış bu kadar parlak bir bilim adamından şüphe duymak bana sa-

Kızıl Kurt

dece acı verir. Dediğim gibi, onunla daha çok gurur duyuyorum. Büyük iş başardı. Şimdiden vatanına çok büyük hizmet yapmış sayılır. Ama ben bir de senin ne düşündüğünü bilmek istiyorum. Olur ya, benim fark etmediğim bir şeyler fark etmişsindir."

Gökhan kısaca düşündü ve konuşmaya başladı.

"Madem öyle diyorsunuz, ben fikrimi söyleyeyim. Enver Bey, bana bir insandan çok, başarılı bir denek olarak bakıyor. Gerçi ben bundan memnunum, zira son olaylardan sonra çevremde duygusal hiçbir şey görmek istemiyorum. Sıradan bir adam değil. Ne olursa olsun, işinde müthiş başarılı... Gerçekten ne yaparsa yapsın, benim için en iyisi olacağına olan inancım tam."

Eşref Kapılı başıyla onaylıyor ve can kulağıyla dinliyordu. Gökhan'ın söylediği her şey içini rahatlatıyordu. Gökhan devam etti.

"Şimdiye kadar benimle ilgili hiçbir hata yapmadı. Kişiliğine gelecek olursam, çok şey söylemem mümkün değil. Bu süre içinde tanıdığım kadarıyla dışarıdan soğuk bir adam olsa da, bana karşı çok sıcak olduğu zamanlar da var. Eh, yaşamımı ona borçluyum."

Eşref Kapılı dirseklerini dizlerine dayamış, çenesini avucuna almış dinliyordu. Gökhan sözlerini bitirince bisikletin rahatsız selesi üzerinde doğruldu ve konuşmaya başladı.

"Anlıyorum. Ben bunları sana kendi araştırmam için soruyorum. Biliyorsun, geçen yıldan beri bu şirketi araştırıyordum. İlk, olarak Ata'nın naaşıyla ilgili mesele olduğunda Kurt'un emriyle burayı takibe almıştım. Kısa süre sonra bu adamdan başka takip edecek çok şey olmadığını anladım. Ama, işte görüyorsun. O uzun araştırmalarda bile adamın yapabileceklerinin çok azını öğrenmişim. Şimdi, sen bu kadar içerdeyken fark ettiğin tuhaf bir şey varsa, diye sordum. Araştırmaya seni katmak isteseydim önceden tetikte olmanı isterdim. Çok gerekli bilgiler değil yani bunlar."

Orkun Uçar

"Aslına bakarsanız, beni böyle bilgilendirmiş olsanız bile size farklı şeyler söyleyeceğimi sanmıyorum. Çünkü biliyorsunuz, zaten tetikte sayılırdım geçen sürede. Bunu bize nasıl öğrettiklerini duymuşsunuzdur. İster istemez yapıyoruz ve az önce söylediğim gibi, Enver Akad'la ilgili sıradışı hiçbir şey dikkatimi çekmedi."

"O zaman bırakalım çılgın profesörü de işimize bakalım," dedi Eşref Kapılı derin bir nefes aldıktan sonra. Gökhan da oturduğu makinede hafif doğrulmuş, dikkat kesilmişti. Şimdi büyük dalganın geldiğini gören bir sörfçü gibiydi. Bunun gibi birkaçını görmüş, dalgaları inanılmaz tehlikeler arasında sürmeyi başarmıştı. Artık içinde yeniden o heyecanı hissediyor, bir yandan da isimsiz oğlunu, Seda'yı ve minik Aslı'yı her an olduğu gibi hatırlarken içine iğneler batıyormuş gibi oluyordu.

Eşref Kapılı, Gökhan'ın herhangi bir karşılık vermesini beklemeden konuşmaya başladı.

"Kurt'la son konuşmamızda bir isim almıştım Gökhan. Elimizdeki tek kesin bilgi bu isimdi. Sen nekahetteyken Kurt'la yaptığımız önceki görüşmeler ve bu isimden yola çıkarak araştırma yaptım. Dedim ya durum hiç parlak değil. İsim Korkunç İvan... Gerçek ismini kimse bilmiyor. Hakkındaki bilgiler çok az. Korkunç İvan, bir Rus mafya çarı... Teşkilatına Opriçnina deniyor. Kanlı bir geçmişleri var. Rusya devlet başkanıyla yakın bir ilişkileri olduğu biliniyor, ama görünürde bir şey yok. Adam sanki bir hayalet... Kurt, Orta Asya'ya Opriçnina ve Kızıl Kurtlar arasındaki bir gerilim nedeniyle gitmişti."

Gökhan, pür dikkat dinliyor ve duyduklarını hafızasına kaydediyordu. Kızıl Kurtlar'ı duymuştu elbette, son yıllarda tüm Türk Cumhuriyetleri'nde etkisini arttıran Kırgız kökenli bir mafya oluşumuy-

Kızıl Kurt

du bu. Kızıl Şaman denilen liderleri, acımasız ve çok akıllı biriydi. Bugüne kadar sayısız tuzaktan ve suikasttan kurtulduğu söyleniyordu. Emrinde, Ruslardan nefret eden Çeçen savaşçılarının da bulunduğu acımasız adamlar vardı. İsimleri bir yıl kadar önce duyulmaya başlamış olsa da kısa sürede korkutma, şantaj ve cinayet ile tüm Türk Cumhuriyetleri'nin yeraltını ele geçirmişlerdi. Rus mafyası ile aralarında süregiden bir savaş vardı ve galip gelmek üzereydiler. Korkunç İvan'ın, Rus devlet başkanının yakınında olması merakını arttırmıştı Gökhan'ın. Eşref Kapılı devam etti.

"Korkunç İvan'ın teşkilat merkezi Moskova'da ama Almanya ve İsveç'te de üslenmiş durumdalar. Kendisinin nerde yaşadığını bilmesek de İsveç'teki bağlantıları hakkında bilgimiz var. Mafya, Baltık ülkelerinden getirdiği insanları İsveç'te kullanıyor. Estonya, Nordik ülkelere yaklaştıkça bu Rus oyunundan biraz daha sıyrılmış oluyor, ama Letonya ve Litvanya halkı Ruslar tarafından sistemli şekilde İsveç'e akıtılıyor. Burda bazı büyük iletişim şirketlerinin işlerinde kullanılıyorlarmış. Anlayacağın Ruslar Asya'da oynadıkları oyunun bir benzerini uzun zamandır Avrupa'da da oynuyor."

Eşref Kapılı karşısındakinin hazmetmesini bekler gibi durup derin bir nefes aldı ve konuşmaya devam etti.

"İsveç'te büyük paravan şirketleri var. Ben öncelikli olarak İsveç'i araştırman gerektiğini düşünüyorum. Ne diyorsun?"

"Efendim, Kurt, bu Opriçnina'nın elinde mi?"

"Evet, büyük ihtimalle... Kurt, Orta Asya bağlantılarından gelen bilgilerle bu konuyu araştırmaya başlamıştı ve ilk olarak İsveç izini bulmuştu. Öğrenmemesi gereken bir şeyler öğrendiği belli."

"Orası kesin," dedi Gökhan düşünceli... "Kurt'a bir şey yaptıklarını sanmıyorum. Ellerindedir."

Orkun Uçar

"Sağ tuttuklarına neredeyse eminim," diye atıldı Eşref Kapılı.

"Kurt, kartlarını oynamıştır. Şimdi de muhtemelen bizim hamlemizi yapmamızı bekliyordur."

"Evet, mutlaka böyle olmalı. Ama Kurt, Orta Asya'ya niye ve kime gitti?"

"Esasında Kurt oraya Kızıl Kurtlar'ı biraz yavaşlatmaya gitmişti," diye yanıtladı Eşref Kapılı. "Rusya ile son zamanlarda sıkı ilişkilerimiz var ve hükümet Kızıl Kurtlar'ın faaliyetlerinden rahatsızdı. Son zamanlarda Türk Cumhuriyetleri'ndeki Rusları göç ettirmek için sistematik şiddet uyguluyorlar."

"Kızıl Kurtlar'ın üzerinde hâkimiyetimiz var mı? Kurt, neden onları frenleyebileceğini düşündü?"

Tam da konuşmak için ağzını açmıştı ki derin bir nefes alarak bundan vazgeçti.

Gökhan, "Efendim?..." diye üsteledi.

"Kızıl Kurtlar'ın, başında senin de tanıdığın biri var Gökhan. 2006'da gönderildi."

Gökhan bunu tahmin etmişti. Anlaşılan Kızıl Kurtlar bir Gri Takım teşkilatıydı.

Eşref Kapılı sıkıntıyla konuşmaya devam etti. "Ne düşündüğünü biliyorum, ama bizim onayımızla yapılmadı. Hatta Kurt tamamen karşıydı."

Gökhan iyice meraklanmıştı.

"Gökhan, Kızıl Şaman'ın gerçek ismi Koray."

Bu gerçekten sarsmıştı Gökhan'ı. Gri Takım için eğitilen o küçük çocuğu hatırladı. Herkesin eğitmenler dışında çekindiği tek isimdi Koray. Bir anda yaşadığı öfke patlamaları ve kontrol edilmezliği... Kung fu dersi sırasında Gökhan'ı elinden üç kişi almıştı.

Kızıl Kurt

Takip edilemez hız ve kaya gibi konsantrasyon gerektiren hamleleri gülümseyerek yapıyordu. Darbeleri bir balyoz gibi inmişti Gökhan'ın üzerine. Sanki sağır olmuş, durmasını söyleyen kimseyi duymuyordu çocuk. Sadece vuruyor ve gülümsüyordu. Evet, bu iki şeydi Gökhan'ın Koray'da gördüğü. Acı veren ve karşılığında gülümseyen müthiş bir güç... Düşününce o günü tekrar yaşamış gibi oldu. Gözleri koşu bandının kadranına bakıyor, ama orada kadran falan görmüyordu. Eşref Kapılı, onun düşünceli halini fark etmişti. "Kurt hiç sevmezdi onu. Uzun yıllar görev de verilmedi. Hatta içindeki öldürme isteği nedeniyle yok edilmesini tavsiye etmişti, ama *Beyin*, Orta Asya'yı ondan istedi. Bu konuda haklıydı tabi ki... Bunu yapabilecek biri varsa o da Koray'dı."

"Neydi onun farkı? O da bizim gibi başarıyla eğitimi bitirmişti. Hatta en iyimizdi. Eğer bu kadar kısa sürede Kızıl Kurtlar'ı kurmuşsa yeteneğinden kuşku duyulmaz zaten. Niye görev vermek istemiyordu?"

Eşref Kapılı gözetmeni olduğu yıllardaki Koray'ı hatırladı. O gecekonduya giderek, Beyin'le randevusunun yazılı olduğu zarfı veren de kendisiydi.

"Hepiniz eğitimle bir yere geldiniz Gökhan. İçinizde elbette bazı yetenekler vardı, ama sizi siz yapan eğitiminizdi. O ise hep öyleydi. Koray kontrol edilemez, içindeki kan isteği beslendikçe iştahı artacak bir canavar... Kurt, onun kolayca bizim aleyhimize dönebilecek, tüm dünyayı aleve boğabilecek bir habis olduğunu söylerdi. Ama her şeyin bir sırası var, şimdi derdimiz Kurt'u sağsalim kurtarmak olmalı."

Gökhan başıyla onayladı.

"Kurt, Orta Asya'daydı kaybolduğunda. Ama bence işe oradan başlamak pek akıl kârı değil. Orda tetikte olacaklardır. Hem öncelikle bu Opriçnina'nın neyin peşinde olduğunu bulmamız gerekiyor. Kurt'un oynadığı kart da buna yönelik olacaktır zaten. Sen Kurt'a gittiğinde bir şeyler biliyor olmalısın."

Gökhan düşünceli düşünceli başını salladı, şu aşamada Koray'ın karşısına çıkmayı o da istemiyordu. Gülümseyerek Kapılı'ya doğru kaldırdı yere bakan gözlerini.

"Efendim, siz dosyaları verir vermez, ben İsveç'e yola çıkmaya hazırım."

Eşref Kapılı bisikletin üzerinden kalktı ve hâlâ elleri arasında tuttuğu çantayı Gökhan'a uzattı. "Üç gün sonraya alıyorum biletini," dedi Gökhan da ayağa kalkarken.

"Neden üç gün sonra?"

"Kimlik, pasaport, vize işleri... Yarın burdan alacağım seni. Biraz tipini de düzelteceğiz. Ondan sonrası senin bileceğin iş..."

Gökhan başıyla onayladı ve iki adam salonun çıkışına yürüdüler. Gökhan, İsveç'in soğuğunu düşünüyor, bu sıcak temmuz gününde içi ürperiyordu.

"Dışarı çıkınca ilk iş D-Day denilen bir adamı arayacağım, Amerikalıların Türkiye'yi işgal planından beni haberdar eden, New York'ta yaralıyken kurtaran oydu," dedi Eşref Kapılı'ya. "İsveç'te Alman istihbaratı güçlüdür ve o da her şeyden haberli gizemli bir adam. Belki bize yardımcı olabilir."

III. BÖLÜM
ALIN YAZIM İNTİKAM

Kızıl Kurt

27 Temmuz 2008
Kiruna - İsveç

Görkemli Kebnekaise'nin kuzey eteklerinde, varlığından çok az kişinin haberdar olduğu silah fabrikasının bacaları tütüyordu. Dışarıda sıcaklık yaklaşık dört dereceydi. Bu fabrika, İsveç'e ait diğer silah fabrikalarıyla aynı teknolojiyi kullanıyordu. Hammadde ihtiyacını ise bölgedeki neredeyse turistik bir seyir alanı haline gelmiş olan meşhur demir madenlerinden sağlıyordu.

İsveç'in en kuzeyinde, oldukça geniş bir alana yayılmış Kiruna şehri, kimsenin ummayacağı şekilde gizli ve tehlikeli olaylara sahne oluyordu. Şehrin ekonomisi, görünürde yüzyıllardır madenlere dayanıyordu ve bunun yanında önemsiz birkaç özelliği vardı. Buraya insanlar buz otelini, yirmi dört saat boyunca görünen gece yarısı güneşini, atmosferdeki muhteşem kuzey ışınımlarını, Doğulu halkı Hıristiyanlaştırmak için kurulmuş tuhaf mimarili Kiruna Kilisesi'ni görmeye gelirdi ancak. Bunun dışında şehre ve bölgedeki diğer birçok coğrafi oluşuma isim babalığı yapmış Sami halkının torunları dışında burada yaşayan yahut burayla ilgilenen yoktu. En azından görünen buydu.

Orkun Uçar

Fabrikada çalışan alt düzey işçilerin tamamı Baltık ülkelerinden buraya getirilmişti. Litvanyalılar, Letonyalılar ve Estonyalılar; sorgulamadan, konuşmadan, neredeyse umursamaz bir havada çalışıyordu fabrikanın her yanında.

Tam öğleyin ara verilirdi. Bir saat süren bu arada işçiler bitişikteki yemekhanede yemek yer ve bekleşirlerdi. Yemekhane otuzar kişilik beş sıradan oluşuyordu. Yeni gelen sağır Litvanyalı ikinci sıranın sonunda oturuyordu ve yakın çevresinde kimse yoktu. Dirseklerini masaya dayamış, kafasını eğmiş bir halde çevreye boş boş bakıyordu. Kimse onu umursamıyor gibiydi, o da kimseyi umursamıyor görünüyordu.

Fabrikanın üst düzey ayak işlerine bakan Rus görevlilerden ikisi, geniş omuzlu Litvanyalıya yaklaştılar. Litvanyalı da gelenleri görmüş, yaklaşmalarını izliyordu. İki adamdan önde olan sağır işçiyle konuşmaya başladı, ama bu istem dışı hareketine karşısındakiyle gülüşerek son verdi. İşaretlerle işçiye gelmesini anlattılar ve üçü birlikte yemekhaneden çıktılar.

Önde ilerleyen Rusların ikisi de uzun boylu ve yapılıydı. Biri diğerine Volgograd'daki sağır kuzenini anlatıyordu. "Zavallı kız doğuştan sağırdı," dedi ve, "Bu da öyledir ya," diye ekledi gözleriyle arkalarındaki adamı işaret ederek. Yanındaki dinliyordu. "Aslında çok güzel bir kızdı, ama nedense sağır olduğu için çocukken ondan korkardım, nasıl desem? Bana tiksindirici gelirdi. Anladın mı?"

"Anlamadım, ama anlamasam da olur."

"Hayır hayır," diye atıldı kuzeninden söz etmekte direten Rus. "Çok saçma biliyorum, yani sağır olmasa çok hoşlanacağım bir kızdan korku..."

Kızıl Kurt

"Şşt," diye susturdu yanındakini diğeri. Kapıya gelmişlerdi. Arkadaşını susturan adam kapıyı çaldı ve yanıt beklemeden kolu çevirdi. Diğeri Litvanyalıyı sırtından içeri doğru hafifçe iteledi ve iki adam içeri girmeden kapıyı kapattı.

Küçük ve sıcak bir odaydı burası. Duvarlar boştu fakat yer duvardan duvara halıyla kaplanmıştı. Kapının karşısında bir masa ve masanın üzerinde bir bilgisayar monitörü vardı. Masanın arkasındaki koltukta son derece iyi giyimli, atletik görünümlü bir adam oturuyordu. Masanın üstündeki saydam levhaya bakılırsa adı Björn Naslund olmalıydı.

Lepiska saçlı, mavi gözlü adam karşısında ürkekçe dikilen yapılı işçiye gülümseyerek baktı ve masanın önündeki sandalyeyi gösterdi. Bunu yaparken ağzını da ses çıkarmadan oynatmıştı. İşçi ürkek adımlarla gidip oturdu ve gözlerini bir çocuk gibi adama dikti.

Björn Naslund fabrika müdürüydü. İki ay önce bu son derece önemli gibi görünen göreve getirilmişti. Şimdi, adam masmavi parlayan gözlerini karşısındakine dikmiş gülümsüyordu. Birden koltuğunda gerildi ve tuhaf şekilde çatallı olan sesi odada duyuldu.

"Formunda Garmisch'de doğduğun yazılı. Bunda bir yanlışlık var. Orası Almanya'da küçük bir dağ kasabasıdır."

Sağır adam birden duymaya ve konuşmaya başladı. Temiz bir Almancayla, "Yanlışlık yok, sizinle aynı yerden geliyoruz," dedi.

Tam bir İsveçli gibi görünen fabrika müdürü yine karşısındakinin gözlerinin içine bakarak onu ölçüyordu. Sonunda bir kâğıda bir "D" harfi yazarak uzattı. İşçi, "D"nin yanına "-Day" yazdı.

Birkaç saniye için odayı gerilimli bir sessizlik sardı. Fabrika müdürü tekrar konuşmaya başladı.

"Size nasıl hizmet edebilirim efendim."

Orkun Uçar

Esasında Björn Naslund'un dedesi Almanya'da doğmuştu. O bir SS'di. Savaş sırasında yeni bir kimlik ile İsveç'te saklanmayı başarmıştı ama aile bizzat D-Day, yani Gerard Werchtmann tarafından bulunmuş ve Alman Gizli Servisi için çalışmaya başlamıştı.

"Önce uygun şekilde benden kurtulman lazım," dedi Gökhan. Bu Litvanyalı işçi kimliğini adama yaklaşabilmek için kullanmıştı.

"Sonra da sakin konuşabileceğimiz bir yere gidelim."

"Benim evime gidelim," diye yanıtladı adam hemen.

"Fabrika müdürü sensin," dedi Gökhan. "Hep arkanda olacağım ve şunu bil ki en ufak yanlışın intihar olur senin için. Şimdi doğrudan, nereye diyorsan oraya gidiyoruz."

"Pekâlâ," dedi adam.

"Yürü sen," dedi Gökhan kapıyı gösterirken.

Koridor boştu. Rusların Gökhan'ı getirdiği tarafa değil diğerine yöneldiler. İki defa sağa döndükten sonra koridor bir asansöre ulaşıyordu. Björn, çağırma düğmesine bastı ve asansör çok geçmeden önlerinde durdu. Kapıyı açıp girdiklerinde içeride iki kişi olduğunu gördüler. Fabrika müdürünü görünce gülümseyerek selam verdiler. Müdür, adamlara gülümseyerek karşılık verdi ve hemen yüzüne sert bir ifade yerleştirdi. Bu, adamlarla fazla yüzgöz olmayı sevmediği mesajını vermekte kullandığı bir yöntemdi. Adamlar bunu hiçbir seferinde yanlış yorumlamamış, anlamaları gerekeni anlamışlardı hep. Gökhan tetikte, çevresinde gerçekleşen her şeyi büyük bir dikkatle izliyordu.

Kısa süre sonra asansör durdu ve dört adam beraber gün ışığına çıktılar. İki Rus, fabrika müdürüne iyi günler dileyip arabalarına doğru yürürken Gökhan ve Alman ajan da diğer yöne yürümeye başlamışlardı. Hangar gibi görünen bir binalar dizisine doğru yak-

Kızıl Kurt

laşırken fabrika müdürü elindeki anahtarın düğmesine bastı ve kepenklerden en başta olan yukarı doğru açıldı. İçeride gıcır gıcır, siyah bir Cherokee duruyordu. Ona binene kadar ikili hiç konuşmadı. Naslund arabayı çalıştırmadan Gökhan'a dönerek gülümsedi.

"İsveçce biliyor muydunuz?"

Gökhan hâlâ olabildiğince soğuk davranmaya çalışıyordu, ama nedensizce bu adama ısınmaya başlamıştı.

"Hayır, çok az biliyorum. Neden sordun?" Aslında Frank Consal kimliğiyle yaşarken bir İsveçli ile yıllarca evli kalmış olmasına rağmen karısının diline hiç ilgi duymamıştı. O da tıpkı Seda gibi öldürülmüştü. Onu son olarak Kudüs'te bir otel odasında cansız yatarken görmüştü. Gökhan hayatına giren, sevdiği herkesin öldüğünü düşündü. Bir lanet taşıyordu ve ölümcül bir radyasyon gibi bunu etrafına yayıyordu.

Adam arabayı garajdan geri geri çıkartırken Gökhan'a cevap verdi.

"O ikisine bir iş için gitmek zorunda kaldığımı söylesem iyi olurdu. Ama siz anlamayıp başka bir şey söylediğimi sanırsınız ve ben de intihar etmiş olurum diye söyleyemedim."

"Rusça söyleseydin," dedi Gökhan. Araba yolda dönmüş, fabrika çıkışına doğru ilerlemeye başlamıştı.

"Rusça bildiğinizi bilmiyordum, ama tahmin etmeliydim, haklısınız. Neyse, ben bu fabrikanın müdürüyüm. İstediğim gibi girer çıkarım." Adam sözünü bitirince Gökhan'a dönüp içtenlikle gülümsedi.

"Ne zaman evinde olacağız?" diye sordu Gökhan gülümsemeye hiçbir şekilde karşılık vermeden.

"Kırk beş dakika içinde."

Orkun Uçar

"Güzel," dedi Gökhan ve sustu. Bir süre sessizlik içinde ilerlediler ve Björn derin bir nefes alıp konuştu.

"E, sormayacak mısınız?"

"Neyi?"

"Sormanız gerekenleri."

"Soracağım," dedi Gökhan. "Hele bir evine gidelim de."

"Siz bilirsiniz," dedi adam araba yolda hızlanırken.

✤✤✤

Gökhan elindeki bardağı BND ajanına doğru kaldırırken, "Skoal!" diye seslendi İsveçliler gibi. Björn de karşılık verdi. Hâlâ gergindi ve birbirlerini tarttıkları bu durumdan çok memnun olduğu söylenemezdi.

Fabrika müdürü, Kiruna'nın merkezinde şirketin tahsis ettiği büyük ve güzel bir evde oturuyordu. Evin salonu oldukça büyüktü. Zemin tıpkı fabrika ofisindeki gibi duvardan duvara halıyla kaplanmıştı. Duvarlar yine boştu, ama bu boşluğu odadaki mobilya kalabalığı kapatıyordu. Benzer desenlerdeki kahverengi tonlu iki ayrı oturma grubu odaya neredeyse sıkıştırılmıştı. Kapının hemen yanındaki bar, birçok pahalı içkiyle doluydu. Barın çaprazında dev ekranlı bir televizyon ve çevresinde New York gökdelenlerini andıran bir ses sistemi vardı.

Alman, konuşma başlatmak için, "Daha önce İsveç'e gelmiş miydiniz?" diye sordu.

Gökhan başını olumlu anlamda sallayarak soruyu geçiştirdi. Frank Consal iken evli olduğu Helen'le gelmişlerdi. İsveçli olan Helen'in doğduğu Ystad'ı ziyaret etmişlerdi ama o, bu soğuk ülkeyi hiç sevmemişti. Şimdi sanki o günler bin yıl öncesinde kalmış gibiydi.

Kızıl Kurt

Adam hâlâ onu bir yere koyamamıştı. "Kusura bakmayın, ama emin olamadım, Alman mısınız?"

Gökhan gülümsedi. "Hayır, Türküm," diye cevap verdi. Karşısındakinin şaşkınlıkla büyüyen gözlerine bakılırsa bunu hiç beklemiyordu. "Ortak bir operasyon," diye bağlantıyı kurdu. Elindeki boş bardağı sehpaya koydu ve ellerini ensesinde birleştirerek, "Şimdi sıra sende. Anlat," dedi.

Evi fazla düzenliydi. Bu sadece iş disiplini değildi. Gökhan, ajanın büyükbabasından ve babasından SS terbiyesi aldığını düşündü. Rus mafyasına kendini bu disiplini ile beğendirmişti anlaşılan. Yalnız bir sürpriz vardı. Bu adam eşcinseldi. Daha onuncu dakikada anlamıştı Gökhan. D-Day'in veya Rusların bilip bilmediğini merak etse de bunu konuşmanın sırası değildi.

"Emredin," dedi Björn. Biraz bekleyip içkisini yudumladı ve uyarır gibi konuştu tekrar. "En baştan başlayacağım. Böyle mi istiyorsunuz?"

"Bildiğin gibi anlat. Zaman kaybetmeyiz hiçbir şekilde."

"Pekâlâ," dedi Björn ve anlatmaya koyuldu. "Dört yıl önce buraya yerleşti Opriçnina. Bana gelen emirle fabrikada çalışmak için başvurdum ve yavaş yavaş yükseldim. İsveç'teki büyük patron, Sergei Voloshin, Gotland'da oturuyor. Gotland'ı biliyor musun?"

"Elbette biliyorum," diye yanıtladı Gökhan.

Gotland, İsveç'in en büyük adasıydı ve turistik bir yerdi. Fakat Kiruna'ya çok uzaktı. Gökhan büyük patronun uzak bir merkez tercih etmesini anlayabiliyordu.

"Gotland'da büyük bir villası var. Her şey orda saklanıyor. Bilgi, para. Çok adamla korunuyor, sızmak oldukça zor. Hatta imkânsız."

Orkun Uçar

"Oraya saldıracağım," dedi Gökhan.

Björn karşısındaki Türkü aşağılarcasına gülümsedi. "Ben imkânsız derken silahlı bir timden söz ediyordum. Siz tek başınıza mı?"

"Kolay olduğunu söylemedim ki," dedi Gökhan. "Saldıracağım sadece."

"Saldırarak bir şey elde edebileceğimizi sanmıyorum. Burası çok büyük bir mafyanın en önemli merkezlerinden biri..."

"Kaybedecek zamanımız yok, Herr Naslund. Seni bulmak bile benim için büyük şans."

"Fakat intihar olacak bu."

"Uygun zamanı bekler ve plan yaparız," dedi Gökhan. "Herhalde şimdi, bu halimizle ikimiz saldırmayacağız. Ben yarın Gotland'a gider, villayı gözlemlemeye başlarım. Sen de işine aynen devam edersin."

"Size fazla destek verebileceğimi sanmıyorum."

Gökhan gülümsedi. Ne alabilecekse onu alacağından kuşkusu yoktu. "Senin burda silah durumun nedir?" diye sordu birden aklına gelmiş gibi.

"Her türlü silahı bulabilirim. Ne isterseniz iki gün içinde elde ederiz."

"Doğru ya silah fabrikası müdürüsün."

İki adam kısaca gülüştü. Björn biraz rahatlamıştı.

"Yarın bir bakayım şu villaya. Ondan sonra ne lazım öğreniriz."

❖ ❖ ❖

Gökhan, İstanbul'dan Stockholm'e uçarken cebinde hiç var olmamış Gerard Pradier isimli Fransız bir şairin kimliğini taşıyor-

Kızıl Kurt

du. D-Day'den aldığı bilgilerden ilk kullanmaya karar verdiği Rus mafyasının gizli sahibi olduğu silah fabrikasıydı. Almanların bu fabrikada bir adamları vardı. D-Day'in, içerideki adamı Björn Naslund ile temasını doğal gösterecek bir konum bulmalıydı.

İki gün Stockholm'de gezip plan yapmış ve Rusların etkinliğini gözlemişti.

Baltık ülkelerinin bağımsızlığı, zengin İskandinav ülkelerinde sosyal bir değişiklik yaratmıştı. Fakir kuzenleri, refah içindeki İsveçlileri bir tür efendi yapmıştı. Litvanya, Estonya ve Letonya ile hızlı bir insan trafiği vardı aralarında.

Bu çağdaş köle sistemini kısa zamanda Ruslar yönetmeye başlamıştı. Uyuşturucu, seks ticareti, ucuz işçi bu mafyanın kasasını dolduruyordu.

Gökhan, Opriçnina hakkında da bilgi edinmeye çalışıyordu. Bu teşkilat tarihin en hastalıklı kan içici karakterlerinden biri olarak kabul edilen Korkunç İvan tarafından kurulmuştu. İvan, 1564 yılında Rusya'da dehşet rejimi yaratmıştı. Kitaplara göre Korkunç İvan, Hitler ve Stalin'e ilham kaynağı olmuş bir manyaktı. Aynı kaynaklarda insanlara işkence etmekten zevk aldığı, kendisine karşı çıkan bir kentin tüm halkını öldürttüğü, daha da inanılmazı yönetimi boyunca nüfusun yarı yarıya azaldığı yazılıydı.

Gökhan, Opriçnina üyelerinin tıpkı SS'ler gibi siyah giyindiğini ve simgelerinin kurukafa olduğunu şaşkınlıkla okudu.

İşte, karşısındaki örgüt ve lideri, böylesine kanlı ve iğrenç bir kökene özeniyordu. Gökhan artık yok etmesi gerekenin, örgütün şu an yarattığı kötülük olduğu kadar düşlediği korkunç gelecek olduğunu da biliyordu.

Arayışları üç gün sürdü ve tam pes edip daha doğrudan bir yol tercih edecekken fırsat karşısına çıktı.

Orkun Uçar

Limana Litvanya bandıralı Mindaugas isimli feribot giriş yapmıştı. Gökhan, geminin Litvanyalı işçileri taşıdığını öğrendiğinde harekete geçti.

O günün akşamında, Gökhan artık sağır dilsiz bir Litvanyalı işçi, Donatas Skikne'ydi. Zavallı genç Donatas'ın kumsaldaki kimliksiz cesedini polisin soruşturmasını engellemek ise Rus mafyasının işiydi. Gökhan, adamların bunu hasıraltı edeceğini biliyordu. Fabrikaya girmesi kolay oldu. Doldurduğu formlara D-Day'den aldığı bazı şifreleri yazdı, böylece Björn Naslund'un dikkatini çekecekti. Fabrikada küçük işlerde, kimseyle konuşmadan fakat sürekli tetikte, dinleyerek altı gün geçirdi. Artık beklemekten umudu kesmişken bir anda kendisini Naslund'un karşısında bulmuştu.

```
28-29 Temmuz 2008
Stockholm-Visby
```

Stockholm'de hava Kiruna'dakinden daha sıcaktı. On dört ada üzerine kurulmuş bu muhteşem şehirde, şimdi tüm kültürlerden yüzlerce insan sokaklara dökülmüş, çılgınca alışveriş yapıyor ve olabildiğince çok yer görmeye çalışıyordu. Gökhan da yanından geçen bu insanlar gibi olmayı dilerdi, ama bu dileğinin artık gerçek olamayacağını biliyordu. Seda ve çocukları toprak altındayken eğlenmek işkence olacaktı ona bundan sonra.

Naslund'un tavsiye ettiği araba kiralama merkezinin önündeydi şimdi. Stockholm'ün göbeğinde, küçük bir ofisti burası. Tabelasında hantal harflerle "Rent A Car" yazıyordu.

Gökhan ağır cam kapıyı itekleyip içeri girdi. Eski filmlerden fırlamış gibi bir atmosfer vardı içeride. Boşluk ve havasızlık... Şöy-

Kızıl Kurt

le bir bakındıktan sonra banka gişelerine benzeyen bölüme yöneldi. Tahta tezgâhın arkasında parlak mavi gözleri ve abartılı makyajıyla genç bir görevli duruyordu. Kadın, makyajsız olsa çekici sayılabilecek bir tipti.

Kız, Gökhan'a gülümsedi ve İsveç dilinde bir şeyler söyledi. Gökhan hemen anlamadığını belirtti ve Fransızca olarak kadının Fransızca bilip bilmediğini sordu. O da tıpkı Gökhan'ın az önce yaptığı gibi yüzünü buruşturdu ve gülümseyerek, "Do you speak English?" diye sordu. Gökhan rahatlamış göründü ve ağır bir Fransız aksanıyla İngilizce cevap verdi.

Birkaç dakika sonra, Gerard Pradier adına bir Saab kiralamış ve ofisten aldığı haritayla Nynashamn'a yönelmişti.

Nynashamn, Stockholm'ün güneyinde, Gotland'a gitmek isteyen turistlerin çokça kullandığı bir yerdi. İnsanlar burayı neredeyse sadece Gotland'a gitmek için kullanırdı. Stockholm'e giremeyen büyük feribotlar Nynashamn'dan kalkar ve Gotland'a ulaşırdı. Bu şehrin limanları her yaz karınca yuvasına dönerdi.

Hiçbir yanlış yola sapmadan Nynashamn'a öğleden önce ulaşmıştı Gökhan. Yarım saat sonra kalkacak olan bir arabalı feribota bilet aldı ve beklemeye koyuldu. Heyecanlanıyordu. Silahlıydı ve gün boyu, belki de günler boyu bir mafya kalesini gözetleyecekti. Yeniden hareket gelmişti hayatına. Bu defa Seda'nın, Aslı'nın ve öldükten sonra adını Kan koymaya karar verdiği oğlunun intikamını da alacaktı. Ruslar onu öldürememişti ya yaptıkları en büyük hata buydu.

Feribot kalabalıktı. Gökhan sırası geldiğinde kendisine gösterilen yere geçti arabasıyla. Çevreye bakmıyor, bakmak istemiyordu. Konsantre olmaya çalışıyordu. Bundan sonra konsantre olmak için

Orkun Uçar

böyle uzun zamanlar bulamayacağını biliyordu. Hatta nefes almak için bile zamanı olmayabilirdi.

Arabanın camından içeri zorlukla giren bir gürültü duyduğunda başını hızla yana çevirdi ve aynı hızla tekrar önüne döndü. Hemen yanında duran Volvo'da genç bir çift sevişiyordu. Dayanamayıp bir kez daha baktı. Çift sanki sevişmiyor, çok daha başka, hayvanca bir şeyler yapıyordu. O hafif gürültünün araba karoserinin isyanı olduğu anlaşılıyordu şimdi. Kafası yana çevrili, dalmış öylece bekliyordu ki, üstündeki gencin yarı çıplak omzu üzerinden boynunu uzatmış kendine bakan kızı fark etti. Kız arabayla beraber sarsılırken Gökhan'a ciddiyetle bakıyor ve şaşırmış görünüyordu. Durumu fark eder etmez, "özür dilerim" anlamına gelmesini umduğu bir baş hareketi yaptı ve kafasını tekrar önüne eğdi.

Feribot öğleden sonra iki buçukta Gotland'a ulaşmıştı. Gökhan'ın adanın başkentine, Visby'ye ulaşması ise yarım saatini almamıştı.

Sıcak temmuz gününde ada, Stockholm'ü aratmıyor, cıvıl cıvıl sokaklarıyla insanı kendine çekiyordu. Stockholm'den gelen turistler Visby kiliselerine akın ediyor, sahilleri dolduruyordu. Gökhan ise kucağında haritayla şehir dışına yönelmişti.

Saab dümdüz yolda sanki yolu biliyormuş gibi ilerliyordu. Yol kenarındaki ağaçlar bir dev tarafından özenle yerleştirilmiş maketler gibiydi. Araç artık bölgenin taşra sayılabilecek alanlarında ilerliyordu. Haritaya göre villa çok yakınlarda olmalıydı. Hatta Gökhan'a göre şu an görünmesi bile gerekirdi, ama önünde yolu dikleştiren yamaçtan başka bir şey yoktu.

Yamacı aştığında aradığını buldu. Kocaman bir bahçenin arkasında dikilmiş duran villanın cephesi yeşil vinille kaplanmıştı. Bahçedeki rengârenk çiçeklerin arasından fışkıran yeşille müthiş bir

Kızıl Kurt

uyum gösteriyordu bu cephe kaplaması. Villanın arkasında küçük bir tepe vardı. Bu, Almanın söz ettiği tepe olmalı, diye düşündü Gökhan. Villanın yanından hızını hiç değiştirmeden geçti ve beş dakika kadar yolda ilerlediğinde Björn'ün sözünü ettiği küçük koyağa giden orman yoluna ulaştı. Arabayı durdurup koyağa doğru baktı. Almanın söylediğine göre burası tam istediği gibi bir yer olacaktı. Arabadan indi. Canı inmek istemişti. Serin havayı içine çekti. Ellerini beline atmak için ceketini sıyırdı ve ceketin etekleri rüzgârda dalgalanırken karşıya, ufka doğru baktı. Hava o kadar güzeldi ki, kendini sanki buraya pikniğe gelmiş gibi hissetti. Gözlerinin önüne gelen Seda'nın silueti ise bu tatlı hissi bir bıçak gibi kesip atıyordu.

Yolda ileri geri yürüdü ve sonra tekrar arabaya bindi. Yoldan koyağa geçmek için zorlu bir yokuştan çıkması gerekecekti. Adım adım ilerler gibi yolun dışına çıkardı arabayı ve yokuşun başında iki manevrayla Saab'ın burnunu aşağı vermesini sağladı. Yüz metre kadar ilerleyince küçük bir çukur ortaya çıkmıştı. Aracı buraya rahatlıkla sürdü ve fren pompalayarak çukurun tabanına ulaştı. Zemin dümdüzdü şimdi. Aracı durdurdu, dışarı çıktı. Koyaktan yukarı tırmandı aceleyle ve aşağı baktı. Araç buradan rahatlıkla görünüyordu, ama birkaç adım gerileyince hemen gözden kayboluyordu. Birinin aşağıda ne olduğunu görmek için çukurun kenarına çıkması gerekirdi. Yoldaki tekerlek izlerinin sorun olmayacağını söylemişti Björn. Bu orman yolu nadiren de olsa yerli halk tarafından kullanılıyordu. Gökhan'ın sadece doğrudan çukura giden izleri silmesi gerekecekti.

Tekrar çukurun kenarına tırmandı ve koşarak aşağı inip arabaya bindi. Saat dörde kadar burada beklemeyi planlıyordu. Şimdi saat üçü çeyrek geçiyordu. Yan koltuğa uzanıp beyaz poşeti aldı ve içinden öğle yemeğini çıkardı. Stockholm'ün göbeğinde gördüğü bir Türk lokantasından almıştı bu ekmek arası döneri. Usta, döneri

Orkun Uçar

keserken bu şeyin gerçek dönere pek de benzemediğini görmüştü, ama İstanbul'da bile gerçeğini bulamazken dünyanın kuzey ucunda buna hayıflanacak hali yoktu. Sarı kâğıdı geriye doğru sarıp bir tam ekmek arasına konmuş dönerini çıkardı. Poşette bir de ayran vardı. Onu da beceriksizce açıp vites kolunun yanındaki bardak bölmesine yerleştirdi ve yemeye koyuldu. On beş dakika sonra yemeğini bitirdiğinde akşam için de bu şeyden aldığına pişman olmuştu. Nasıl da zor gelmişti kıymadan yapılmış döneri yemek... Fransa'da yıllarca kötü yemeklere tahammül etmişti, ama Alanya'da özellikle Seda'nın hünerli ellerinden çıkanları yemeye doyamamıştı. Seda'yı ve Aslı'yı hatırlayınca gözleri yine kızardı, ama ağlamamak için kendini görevi düşünmeye zorladı.

Kolundaki saat dördü gösterdiğinde üstünü kontrol edip arabadan çıktı. Kısa bir tırmanışın ardından çukurdan çıkmıştı. Hesabına göre, on dakika kadar yürümesi gerekiyordu. Ormanda kararlı adımlarla ilerledi. Sürekli tetikteydi ve çevresini kolaçan ediyordu. Yanına susturuculu bir tabanca, bir bıçak, bir dürbün, bir kalem ve bir not defteri almıştı sadece. Üstünde kamuflajlı bir yelek vardı.

Karşısına çıkan tepeye tırmandığında tam Almanın tarif ettiği manzarayla karşılaştı. Bulunduğu yer villayı çaprazdan görüyordu. Yoldan gördüğü küçük tepeydi burası. Yeşilliğin ortasında bir ada misali kalan kaya gizlenmek için mükemmeldi. Hemen kayanın arkasına oturdu. Buradan görünmesi imkânsızdı artık.

Pencereleri saymaya koyuldu. Üç katta beşer taneden on beş pencere vardı villada. Bu da evin en az on odalı olduğunu gösteriyordu. İlk bakışta, bahçede üç köpek dikkati çekiyordu. Günün bu saatinde zincirlenmiş halde yatıyor olmalarına karşın tümü de gözleri açık, tetikte bekliyorlardı. Bahçede köpeklerden çok da farklı

Kızıl Kurt

görünmeyen dört adam dolaşıyordu Gökhan'ın görüş alanı içinde. Siyah takım elbise giymişlerdi ve dördü de kendisinden uzundu. Pencerelerden içeriyi görmek mümkün değildi. Bahçe ise tamamen tellerle çevrilmişti. İşinin tahmin ettiğinden daha kolay olmayacağını anlıyordu şimdi. Bu eve bir helikopterle falan saldırmalı, diye düşündü, ama bunun imkânsız olduğunu biliyordu. İşi bir baskınla halledecekti. Bahçeye şu an üstünde bulunduğu tepeden inerek arka taraftan girebilirdi ancak. Tellerden bir şekilde atlayıp girecekti. Eve girme işi çok daha zordu. Ön kapıdan başka bir yol görünmüyordu. Pencerelere mutlaka bir güvenlik sistemi takılı olmalıydı. Bu durumda pencereler kapıdan daha güvenli değildi ve üstten girdiği için işini daha da zorlaştıracaktı.

Kuş cıvıltıları arasından tanıdık bir ses duyunca kulak kesildi. Ses villadan geliyordu. Tanıması birkaç saniyesini almıştı. Evet, bu oydu. Çaykovski'nin "Patetik Senfoni"si... Müzik kesiliyor, bir süre sonra yine çalınıyordu. Bu birkaç defa tekrarlandı. İnsanın içine karamsarlık yükleyen, depresif bir ruhu vardı bu eserin. Bu kadar sık çalınması şaşırtıcıydı.

Evde her zaman en az on silahlı adamın bulunduğunu tahmin ediyordu Gökhan. Tabi bu sayı otuza da çıkabilirdi. İçeri girdikten sonra onlarla baş edebileceğini düşünüyordu, ama ne kadar az olurlarsa o kadar iyiydi. Tek başına bu kadar adamın arasına sadece gücüne güvenerek dalamayacağını biliyordu. Bir fırsat bekleyecek ya da yaratacaktı. Her halükârda beklemesi gerektiği kesindi. Avını bekleyen bir aslan gibi sabırlı olmalıydı fakat Kurt'un adamların ellerinde olması durumunu güçleştiriyordu. Tepede yatmış halde öylece beklerken kendine beş gün biçti. Beş gün boyunca daha makul bir plan yapamazsa eve bildiği en ağır şekilde saldıracaktı.

Orkun Uçar

Gece yarısını birkaç saat geçene kadar tepede sabırla beklemiş ve düşünceler içinde villayı izlemişti. İsveç'te altı ay gündüz dönemine girildiği için bu saatte ancak biraz kararıyordu hava. İzlediği süre boyunca sadece eve iki araç gelmişti ve inenlerin yüzlerini de görememişti Gökhan, ama büyükbaşlar olduklarından emindi.

Bahçede saat sekize kadar dört nöbetçi dolaşmış, ardından bu adamlar içeri girmiş, altı kişilik başka bir ekip dışarı çıkmıştı. Bu altı adam bahçede gezinmiyor, belli noktalarda bekliyorlardı. Gökhan, dördünü bulunduğu yerden görebiliyordu ve diğer ikisinin konumunu da tahmin ediyordu. Adamlardan ikisi bahçe kapısının yanında bekliyordu. Biri doğu duvarının yakınlarında, biri de villanın arkasında dolaşıyordu. Diğer ikisinden biri batı duvarında nöbet tutuyor olmalıydı. Geriye kalan da evin giriş kapısında nöbet tutuyor olmalı, diye düşündü. Bahçeye gizlice girdikten sonra bu adamları halletmenin kolay olacağını hesap ediyordu. Arkadaki tek adamı ve doğu duvarındakini sessizce halledebilirdi. Yalnızca, kapıdaki adam işini berbat edebilirdi, ama gündüz girmekten daha iyiydi böylesi. Dışarıda ne kadar çok adam kalırsa içeride o kadar rahat olacaktı o.

Saati gece yarısı ikiyi gösterirken tepeden aşağı indi ve koyağa bıraktığı arabasına yürüdü. Beş dakika içinde arabaya ulaştı ve hemen içeride üstündekileri değiştirdi. Şimdi yeniden Fransız bir şair gibi görünüyordu. Acıkmıştı. Elini yan koltukta eskisinden biraz daha zayıf görünen beyaz poşete attı ama duraksadı. Visby'de başka bir şeyler yiyebilirdi. Poşeti bırakıp arabayı vitese taktı.

Beklerken sıkılmıştı, yola çıktığında radyoyu açmak aklına geldi. Düğmeyi çevirip radyoyu çalıştırdığında arabanın içi müthiş bir gürültüyle doldu. Hemen radyonun sesini kıstı. Çok sert bir müzik çalıyordu ve solist ise şarkı söylemiyor, böğürüyordu. Aceleyle

Kızıl Kurt

istasyonu değiştirdi. Sonraki istasyonda da ilkinden neredeyse hiçbir farkı olmayan bir müzik çalıyordu. Rock müziğin uç noktalarıydı çalanlar. Gökhan başka zaman olsa bu müziğin hoşuna gidebileceğini düşündü. Ancak, şimdi kesinlikle kaldıramayacaktı bu müziği, o yüzden yine istasyonu değiştirdi. Bu defa tuhaf, eğlenceli bir müzik vardı. Gökhan'a hiç tanıdık gelmeyen çalgılarla yapılıyordu ve kulaklarını tırmalıyordu bu sesler yığını. İstasyonu bir kez daha değiştirdi ve aradığını buldu bu defa; Noir Desir'in tanıdık melodileri, içindeki siyah tutkuya uyuyordu. Gökhan'ın bildiği kadarıyla grubun solisti Bertrand Cantat, bir konser için gittikleri Vilnius'ta sevgilisini döverek öldürdüğü için hapis yatıyordu. Radyodan elini çekip dikkatini Visby'ye giden yola verdi.

Yarım saat içinde Visby'nin merkezine varmıştı. Şehrin girişi harabelerle, yıkıntılarla doluydu ve içeride ağaçlar öyle bir düzenle yerleşmişti ki burası ona Türkiye'deki küçük kasabaları hatırlatıyordu.

Merkezde yeni kapanan barlardan çıkmış olan gençler sokaktaydı şimdi. Kimisi otellerine gidiyor, kimisi ise dışarıda öylece dolaşıyordu. İsveç, gençler arasında aşırı sağın en çok güçlendiği ülkelerden biriydi. Gökhan onların arasından arabasıyla ilerlerken Vikinglerin torunlarına Hristiyanlığın hiç yakışmadığını, eğreti bir kıyafet gibi üzerilerinde durduğunu düşündü. Odin'e dönmeleri sürpriz olmazdı.

İki otelde yer bulamayınca umutsuzluğa kapılmaya başlayan Gökhan, bir umutla girdiği üçüncü otelde yer bulabildi. Şimdi diğer ikisinde yer bulamadığına seviniyordu, çünkü burası diğerlerinden çok daha konforlu bir oteldi. Resepsiyondaki oldukça yakışıklı genç görevliyle Fransızca konuşarak Gerard Pradier adına bir oda kiraladı ve hemen yukarı çıktı.

Orkun Uçar

114 numaralı oda Gökhan'ın daha önce kaldığı otel odalarından farksızdı. Düzenli bir yatak, gereksiz eşyalarla donatılmış bir masa, neredeyse mekanik görünecek kadar temiz bir banyo ve masanın arkasında büyükçe bir ayna... Pencereden ağaçlı Visby sahili görünüyordu ve Gökhan yine kendini Bursa'da, küçük bir sahil kasabasında gibi hissetti.

Kazadan sonra ilk defa bu kadar geç yatacaktı. Cep telefonunun saatini kurmayı düşündü ama buna gerek görmedi. Kalkması gereken bir saat yoktu. Sadece telefonun zil sesini en yüksek seviyeye getirdi ve üstündekileri çıkarıp öylece yatağa girdi. Çok geçmeden uyumuştu.

2 Ağustos 2008
Stockholm - Visby

"Efendim Björn?"
"Hemen Stockholm'e gelin. Acele edin."
"Dur dur kapatma, ne diyorsun?"
"Telefonda konuşamam, üç saat sonra Nynashamn'da sizi bekliyor olacağım."
"Pekâlâ, kötü bir şey yok ya?"
"Hayır hayır, hiç kötü değil. Beklediğimiz oldu. Bir planım var."
"Pekâlâ görüşürüz."
"Görüşürüz, bekliyorum."

Gökhan cep telefonunu kapatır kapatmaz giyindi ve çıkmaya hazırlandı. İki gün önce Björn'ün gönderdiği eşyalarını odada bırakmakta sakınca görmemişti. Her halükârda Visby'ye geri döneceğini biliyordu. Aceleyle kapıdan çıkıp merdivenlerden sakin sakin

Kızıl Kurt

aşağı indi. Fransız şair çok rahat, kaygısız bir adamdı ve resepsiyondaki çocuğun onu koşarken görmesini istemiyordu Gökhan. Resepsiyonun önünden geçerken çocuğa gülümseyerek selam verdi ve doğrudan otoparka yöneldi. Birkaç dakika sonra limana giden yoldaydı.

Gökhan ilk gidişinin ardından iki kez daha villaya gitmiş ve sonunda gözetlemenin daha fazla faydası olmayacağına karar vermişti. Villayı gözlemlediği üç gün, neredeyse birbirinin aynıydı. Dün gitmemişti ve şimdi bir şeyler kaçırmış olduğuna dair kötü bir his sarmıştı içini.

Radyoyu açtı. İstasyonlardan biri günün her saati çok sert rock müzik çalıyordu ve Gökhan, İsveç'in bu meşhur müziğini nedense sevmeye başlamıştı. Hatta adının Opeth olduğunu öğrendiği grubun şarkılarını dinleyeceği saati iple çekiyordu.

Otelden çıktıktan yaklaşık bir saat sonra feribotta Stockholm'e doğru ilerliyordu. Feribot, Nynashamn'a ulaştığında saat öğleden sonra üçe geliyordu.

Alman ajan limanda, ayakta dikilmiş bekliyordu. Gökhan'ın çıktığını görünce elini kaldırıp hızlı adımlarla arabaya doğru yürümeye başladı. Yüzünde sürekli asılı olan gülümseme yine orada duruyordu ve Gökhan artık bunu garipsemiyordu. Koşar adım arabanın yanına geldi ve kapıyı açıp içeri adeta atladı. Gökhan'la kısaca el sıkıştıktan sonra Saab hareket etti.

Gökhan, "Bir saniye," deyip alelacele müziği kapattı.

"Yok yok, dinliyorsanız kalsın," dedi Björn yaramazca gülümseyerek. "Bana uygun değil ama..."

"Sen boş ver onu," dedi Gökhan direksiyonu caddeye girmek üzere sağa çevirirken. "Anlat şu planını hemen."

Orkun Uçar

"Hah," dedi Björn koltuğunda yerleşirken, hemen anlatmaya başladı. "Bugün Rusya'daki büyük patronlardan biri burayı ziyarete geldi. Geleceğinden hiç haberim yoktu. Bizim patronu fabrikada görünce öğrendim durumu. Adam yanındaydı. Güle güle konuşuyorlardı. Gelen adam Mikhail 'Crescent' Alferov!"

Gökhan gözleri yolda, başını iki yana salladı. "Kim bu Mikhail 'Crescent' Alperov? Hiç duymadım."

"Alperov değil Alferov," diye düzeltti Björn ve Gökhan'ın sinirli sinirli baktığını görünce hemen konuya girdi. "Adam piramidin tepesine en yakın isimlerden biri. Rusya devlet başkanıyla da yakınlığı var. Bir KGB efsanesiydi, şimdiyse Rusya'da en çok korkulan mafya üyelerinden biri... Onun olduğu bir işe kimse girmez. Ancak ondan büyükler girer ve ondan büyükler de sayılı. Her neyse... Geçen yıl bir operasyonda sendeledi ve büyük itibar kaybetti, tabi bunu geri kazanmak için yapmadığı kalmadı. Şimdi eskisinden de güçlü bir konumda. Yüzüne geçen yıl açılan hilal şeklinde yara yüzünden ona 'Crescent' diyorlar ve öğrendiğim kadarıyla adam bu konuda çok hassas. Bu lakaptan nefret ediyor.

"Efendim, bu adam psikopatın teki... Sapık cinsel eğilimleri var. Dilim varmıyor ama adam çocuk saplantılı. En büyük zevki bakire kız çocuklarla beraber olmak."

Böyle güçlü bir sapığın gelmesinin kendilerine nasıl bir faydası olacağını kestiremedi Gökhan. Alman ajan nefes almadan anlatmaya devam etti.

"Bu gece Visby'de olacaklar. Büyük bir parti verecekler. Bizim patron Kazakistan'dan birkaç kız çocuğu getirmiş. Onları Crescent'a hediye edecekmiş."

Gökhan refleks olarak arabayı yavaşlatmıştı.

Kızıl Kurt

"Becerebilirsek bunu da engelleriz. Burda durun," dedi Björn aniden aklına gelmiş gibi. Araba durunca, "Hemen geliyorum beklerseniz," dedi ve arabadan inip sokaklardan birine seğirtti. Birkaç dakika sonra geldiğinde elinde bir poşet vardı. Gökhan poşete merakla bakınca, "Yiyecek içecek," diye mırıldandı. "Benim burdaki evime gidiyoruz, şurdan dönün," dedi sağa ayrılan sokağı göstererek.

Biraz ilerledikten sonra apartmana ulaşmışlardı. Arabayı otoparka bırakıp yukarı çıktılar.

04 Ağustos 2008
Visby

Gökhan saatine tekrar baktı. 22.10'u gösteriyordu. Yattığı yere bedenini biraz daha bastırıp dürbünü tekrar gözüne yerleştirdi. Villanın bahçesindeki dört araba ve bir minibüs hâlâ yarım saat önce bırakıldıkları yerde duruyordu. Bahçede sekiz adam dolaşıyordu. Villanın birçok camından dışarı ışık süzülüyordu. Gökhan, Björn'ün çuvallamış olmasından korkuyordu. Bir türlü beklenen hareket başlamamıştı.

Villanın arkasındaki tepeye saat dokuzda yerleşmişti. O geldikten kısa bir süre sonra ev sahibi ve ziyaretçiler kapıda belirmişti. Üç siyah araba ve siyah bir minibüs peş peşe girmişlerdi villanın bahçesine. İlk arabadan Gökhan'ın artık tanıdığı ev sahibi, Björn'ün patronu Sergei Voloshin iki adamıyla beraber inmişti. Hemen arkasındaki arabadan da sapık Alferov yanında sadece şoförüyle inmişti. Gökhan dürbünle baktığında adamın görüntüsünden ürkmüştü. Alferov kısa boylu, tamamıyla kel, zayıf, yaşlı bir adamdı. Hilal şeklindeki yara sağ yanağında koca bir leke gibi duruyordu. Crescent'in yüzünde -belki de yara yüzündendi- her an tiksinir gibi bir ifade olduğunu düşündü Gökhan.

Diğer iki arabadan bir sürü takım elbiseli adam inmişti. Bunlardan bazılarının bir çeşit patron olduğu anlaşılıyordu, ama çoğu sadece mafyanın silahlı adamlarıydılar.

Bahçedeki silahlı adamlar gelenleri büyük bir saygıyla karşıladılar ve ziyaretçiler hiç beklemeden içeri girdiler. Ondan beri bir hareket görünmemişti villada.

Dürbünü villanın arkasındaki adama doğrulttu. İlk öldüreceği adam o olacaktı. Kısa boylu, tıknaz biriydi ve diğerlerinden farklı şekilde, asker gibi durmuyordu. Duruşunda hafif bir bıkkınlık, bir umursamazlık vardı. Anlaşılan, orada boş yere dikildiğini düşünüyordu. Havanın kararmaması operasyon için iyi değildi.

Gökhan içinden planı tekrarlıyor, biraz sonra yaşayacaklarını kurguluyor, bunları adeta şimdiden yaşıyordu... Alman, yaklaşık bu saatlerde Voloshin'e telefon açacaktı. İşçilerin isyan ettiğini, fabrikadaki tüm görevlileri rehin aldıklarını söyleyecekti. Acilen silahlı destek gelmezse iki yüzden fazla işçinin durdurulmasının imkânsız olduğunu anlatacaktı. Kendisinin de kaçtığını, Kiruna'da bir otele gizlendiğini söyleyecekti. Voloshin, Björn Naslund'u cani ruhlu, disiplinli ve başarılı bir yönetici olarak tanıyordu. Ayrıca dosyasına, belki Björn'ün eşcinsel olduğunu not etmiş olmalıydılar. Alman zaten Donatas Skikne adlı Litvanyalı sağır işçinin kayboluşunu bu sayede açıklamıştı. Bu işçinin yüzünde somurtkan bir ifadeyle sürekli yalnız oturmasının sinirlerine dokunduğunu, küstah bakışları yüzünden dayanamayıp onu tepeye götürdüğünü, orada işkence ederek öldürdükten sonra gömdüğünü anlatmıştı Voloshin'e. Rus, Björn'ün tüm anlattıklarını gülümseyerek dinlemiş, büyük ihtimalle Litvanyalıyı cin-

Kızıl Kurt

sel istekleri için kullandığını düşünmüştü, ama bunu başka bir işçi için tekrarlarsa başının derde gireceğini söylemişti. Alman bu uyarıya kesinlikle uyacağını söylerken anlattıklarının Rusun ona olan güvenini artırdığını biliyordu. Björn Naslund'un hiçbir ahlaki değeri olmayan biri olması patronlarını sevindiriyordu. Şimdi Björn Naslund bile, o manyak herif bile fabrikadan arkasına bakmadan kaçtıysa durum gerçekten vahim olmalı diye düşünecekti patronlar. En azından o böyle düşünüyordu ve Gökhan buna güvenmeyi tercih ediyordu.

Björn telefonda başarılı olursa patronlar villada az sayıda adam bırakmak zorunda kalacaktı. Bu da Gökhan'ın işini çok daha rahat halletmesine olanak sağlayacaktı.

Saat ilerledikçe Gökhan'ın endişesi artıyordu. Bu bekleyiş iyice sinir bozucu olmaya başlamıştı. Birden gözlerinin önüne Seda'nın görüntüsü geldi. Gökhan tokat yemiş gibi sarsıldı ve başını iki yana salladı. Görüntü yavaş yavaş kaybolurken Gökhan büyülenmiş gibi boşluğa bakıyordu. Görüntü aniden netleşti ve bu defa çekik gözlü küçük bir kıza bakar buldu kendini. Başını sallaması fayda etmiyordu. İçi acıyarak içeride olanları düşünmeye başladı. Şu an küçük bir kıza tecavüz ediliyor olabilirdi içeride. Onun burada beklediği her saniye, kızın kurtulma şansını daha da azaltıyordu. Gökhan artık Almanın harekete geçmesini bekleyemiyordu. Kalkıp gitmek, mücadele etmek istiyordu. Fakat daha küçük kızın görüntüsü kaybolmadan evdeki hareketi fark etti. Bazı ışıklar yanmaya başlamış, bazıları sönmüştü. İçeriden gelen bağırışlar ta onun bulunduğu tepeye geliyordu. Bunu duyan bahçedeki adamlar hızla villanın içine koşturmuşlardı. Gökhan'ın yüzüne bir gülümseme yerleşti. Björn aramıştı işte.

Orkun Uçar

Biraz sonra evden yaklaşık yirmi adam koşar adım çıktı. En önde Sergei Voloshin vardı. Anlaşılan harekâtı bizzat yönetmeyi planlıyordu. Gökhan hafifçe gülümsedi. Alferov dışarı çıkmamıştı. İhtiyar akbaba, taze eti parçalamaktan vazgeçmiyordu anlaşılan, Gökhan'ın içi yine hırsla doldu. Bahçedeki adamların tamamı minibüse ve arabalara kısa sürede doluşmuşlardı. Biraz sonra villadan başka bir grup daha koşarak çıktı. Bu grup ilkinden daha küçüktü, yaklaşık on kişiydiler. Bunların yarısı arabalardan birine girdi ve diğer yarısı koşarak bahçe kapısını açtı. Minibüs ve üç araba biraz sonra yola çıkmış uzaklaşıyordu. Bahçede dört adam, üç köpek ve sadece bir otomobil kalmıştı. Hayali isyanı otuz kişiyle durdurmaya gidiyordu Ruslar. Gökhan gülümsedi.

İki saat sonra saldırması gerekiyordu. Böylece gidenlere haber ulaşsa bile dönmeleri iki saatlerini alacaktı. Bu süre de kendisi için yeterli olacaktı.

Yarım saat sonra villadaki tek değişiklik yanan ışıkların ve bahçede bekleyen silahlı adamların sayısının azlığıydı. Bahçede dört adam kalmıştı. Biri bahçe kapısında, biri arkada, biri de evin giriş kapısında bekliyordu. Sonuncu adamsa bahçede devriye geziyordu. Köpekler yarım saat önceki hareketle huysuzlanmış, havlamaya ve koşturmaya başlamıştı, ama şimdi eskisi gibi sakin sakin yatıyorlardı. Gökhan sabırla ve kararlılıkla bekliyor, henüz çok azı belirgin olan planına yoğunlaşıyordu.

Sadece arkadaki adamı indirip öne dolaşacak, öndekini de indirdikten sonra eve dalacaktı. Evde kendisini neyin beklediğini bilmiyordu. Hangi odaya gitmesi gerektiğini de... Sadece girecekti eve ve ondan sonra ölüm saçmaya başlayacaktı.

Kızıl Kurt

Gökhan tepede hafifçe doğruldu. Kalan bir buçuk saat de geçmiş, saldırma zamanı gelmişti. Üstündekileri kontrol etti. Üç tabanca da doluydu. İkisinin ucuna susturucu takılmıştı. Belinden bıçağı sallanıyordu. Üstündeki kamuflaj yeleğinin cepleri yedek şarjörlerle doluydu. Dürbün için de bir bölme vardı ve şimdi oraya sabitlenmişti. Kemerinde üç el bombası sallanıyordu. Tepeden hafifçe, kayarak inmeye başladı. Hiç ses çıkarmamaya çalışsa da kayan küçük taşların, az da olsa ses çıkarmasına engel olamıyordu. Gözleri sürekli villanın arkasında bekleyen adamı kontrol ediyordu. Hâlâ aynı, sıkılmış duran adamdı ve hâlâ eskisi gibi davranıyordu. Gökhan'ı hiçbir şekilde fark etmediği kesindi.

Villayı çevreleyen teller Gökhan'ın inmekte olduğu yamacın tam bitim noktasından geçiyordu. Teller yaklaşık iki metre yükseklikteydi ve ormanları çevrelemekte kullanılan, baklava şeklinde açıklıklar oluşturacak şekilde birleştirilen tellerdendiler. Üstlerinde hiçbir diken ya da benzeri bir şey yoktu.

Gökhan uygun yere geldiğini düşündüğünde durdu. Villanın arkasında beklemekte olan adama baktı. Bu sırada adam kısaca gökyüzüne bakmış, sonra bakışlarını yeniden karşıya, tepeye dikmişti. Şimdi Gökhan'ın bulunduğu noktayla teller arasındaki yatay mesafe yaklaşık bir metreydi ve bu, dikey mesafeyle neredeyse aynıydı. Tellere tırmanmaya kalkışırsa çok ses çıkaracağını biliyordu. Buradan içeriye atlamaya karar verdi. Yere düştüğünde çıkan sesi adam mutlaka duyacaktı, ama binanın dibinde bitmiş garip yabani ağaca saklanarak bundan kurtulmayı planlıyordu.

Bir adım geri gitti ve sağ topuğunu tüm gücüyle yamacın zeminine yaslayıp sıçradı. Tellerin üstünden neredeyse kıl payı geçerken her şeyi adeta anbean yaşamıştı. O havadayken zaman sanki ağır çekimle akıyordu. Yere yaklaştığında toprağa ilk dokunan, ileri doğru uzattığı elleri oldu. Hemen ardından başını yere koydu ve bir taklayla binaya doğru yuvarlandı. Rus, sesi duyup o tarafa döndüğünde, yerden bitme ağacın arkasına saklanmıştı bile. İnce uzun yaprakların arasından, kendisine doğru gelen adamı izlemeye koyuldu. Arkadaşlarına seslenirse buradan kesinlikle ayrılmamayı planlıyordu, ama adam hiç kimseyi çağırmadı. Çevreye bakınarak sesi duyduğu tarafa doğru yürüyordu. Gökhan'la aralarındaki mesafe on metre bile yoktu.

Gökhan elini beline attı ve küçük bir çıt sesiyle kopçayı açıp bıçağını çıkardı. Rus, temkinli adımlarla varlığından habersiz olduğu Gökhan'a doğru yaklaşıyor, muhtemelen gün boyu süren umursamazlığıyla sesi çıkaranın bir hayvan olduğunu düşünüyordu.

Rus şimdi tam önündeydi Gökhan'ın ve başını sağa çevirdiği an iki adam göz göze gelecekti. Gökhan buna fırsat vermeyi düşünmüyordu. Çalının arkasından fırladığı gibi tek hamlede yakaladığı adamın gırtlağını hızla kesti. Adamdan boğuk, acı bir ses yükseldi, bedenini sarmalayan kollar onu daha yere bırakmadan canı bedeninden uçup gitmişti. Şimdi ikinci bir ağız gibi açılmış gırtlağından beyaz soluk borusu görünüyor, içeride kaynayan kan dışarı fışkırıyordu. Yarı aydınlık gecede adamın boğazından buharlar çıkıyordu.

Gökhan, bahçedeki diğer adamların herhangi bir ses duymuş olması olasılığına karşı bir süre bekledi. Temiz bir iş çıkardığından emin olunca sağ tarafa doğru yumuşak adımlarla ilerlemeye başladı. Adamın giysilerine sürerek temizlediği bıçağı tekrar beline asmıştı.

On metre kadar ilerlediğinde binanın doğu cephesine ulaşmıştı. Duvarın arkasından bahçeyi gözledi. Bahçe kapısında bekleyen adam, nöbet tutan bir asker gibi sabit, arkası villaya dönük bekliyordu. Bahçede gezinen diğer adam batı duvarının ön duvarla kesiştiği

Kızıl Kurt

bölgede durmuş, eli omzundaki makineli tüfeğin üstünde, tellerden dışarı bakıyordu. Gökhan'a en yakın olan, evin giriş kapısındaki adamdı. Aralarındaki mesafeyi göz kararı ölçtü. Otuz metre kadardı. Sırtını duvara yapıştırıp ilerlemeye başladı. Artık ön bahçedeydi. Giriş kapısında nöbet tutan adamın boyu yaklaşık Gökhan'ınki kadardı ve biraz daha kiloluydu. Şimdi tıpkı diğerleri gibi elleri, omzuna asılı makinelinin üzerinde bekliyordu ve Gökhan saniyeler sonra yaklaşınca adamın gözlerinin kapalı olduğunu şaşkınlıkla fark etti. Bu, işini kolaylaştıracaktı ama yine de hızını hiç değiştirmedi. En ufak bir ses çıkarırsa daha eve girmeden sıcak çatışmayı başlatmış olacak, avantajını kaybedecekti.

Şimdi aralarında iki adımlık bir mesafe vardı. Birkaç saniye sonra bu adamın gırtlağını kesmiş, içeri giriyor olacaktı. Adımını attığı anda kendisine dönen kocaman gözlerle karşılaştı. Gökhan hemen adamı sarmış, ağzını tıkadıktan sonra boğazını kesmişti, ama son anda adamın çıkardığı sesi ilerideki arkadaşları duymuştu. Cesedi yere bırakırken kendisine doğru koşan adamları gördü ve kapıyı açıp içeri daldı.

Dışarıdan bağrışmalar gelirken birkaç saniye boyunca, ne yapacağını bilemeden öylece bekledi. Kapıdan girer girmez üst kata çıkan merdivenlerin de bulunduğu holle karşılaşmıştı. Bu holde beş tane kapı vardı. Kapılardan ikisi açık, diğer üçü kapalıydı. Açık kapılardan görünen odalar boştu. Kapalı kapılardan en az biri dolu olmalıydı, çünkü arkadaki pencerelerden en alttaki sırada soldan üçüncüden ışık görünüyordu.

İlk silahını çekti ve üç kapıdan en solda, kendisine en yakın olanı omzuyla açtı. Geniş bir odada bulmuştu kendini. Burası kabul salonu olmalıydı, çünkü içerisi kaliteli mobilyayla donatılmıştı ve duvarlar zevkli tablolarla süslenmişti. İçeride bir de piyano vardı.

Orkun Uçar

Patetik Senfoni'nin notaları bu aletten yükseliyordu demek. Hiç beklemeden açık kapının yanına dayandı ve bekledi. Dışarıda hâlâ eve doğru koşmakta olan adamların bağırışları duyuluyordu. Gökhan doğru odayı bulamadığına göre doğru oda onu bulacaktı.

Kapılardan birinin hızla açıldığını işitti ve iki eliyle tuttuğu silahı biraz daha sıkarak dudaklarını ısırdı. Açık kapının önünden geçen Rusu görür görmez yana bir adım atıp silahını üç el ateşledi. Adam merminin nereden geldiğini bile anlamadan yere yığılmıştı, ama onunla beraber odadan çıkmış olan diğer Rus, Gökhan'ı görmüştü. Gökhan tekrar geriye çekilip kapıya dayandığında tüm salon kalaşnikofun kulakları sağır eden tıkırtılarıyla dolmuştu. Mermiler kapının kenarlarını parçalayarak odanın içine doluşuyordu. Rus tarayarak kapıya doğru ilerliyordu. Gökhan sabırla bekledi. Kapının yanında karnını iyice içeri çekip girişe odaklandı. Birazdan hâlâ takırdayan silahıyla birlikte küçük adımlarla kapının Gökhan'ı gören kısmına ilerleyen Rusun ayağı görünmüştü. Gökhan bekletmeden iki el ateş etti ve makinelinin gürültüsü bir anda sustu. Şimdi her tarafta uçuşan tozlar arasında yerde yatıyordu adam ve kapının aralığından başı görünüyordu.

Gökhan adamla göz göze geldi. Kırk yaşlarında, yakışıklı bir adamdı ve mavi gözleri ağlaması yeni durmuş bir bebeğinkiler gibi parlıyordu. Gökhan bekletmeden ateş etti ve adamın sol gözüne giren ilk mermiden sonra gelen diğer ikisi ölmesi için yeterli oldu.

Kapıdan koşup yerden kalaşnikofu kaptı. Yerdeki cesedin ceketini bir hamlede yırtarcasına çıkardı ve tekrar salona koştu. O içeri girdiğinde hem dış kapı açılmış, hem de merdivenlerde gümbürdeyen adımlar susmuştu. Şimdi holde dışarıdan gelen iki adam ve yukarıdan gelen birkaç adam vardı. Aceleyle diğer silahını sol eliyle çekti. Sol elini kapıya dayayıp kalaşnikofu yere bıraktı ve ceke-

Kızıl Kurt

tin cebinde aradığını buldu. Temkinle yere eğilip şarjörü makineli tüfeğe yerleştirdi. Dışarıdan Rusça bağrışmalar ve konuşma sesleri geliyordu. Gökhan tüm gürültüye rağmen çok fazla olmadıklarını sevinçle fark etti. En fazla beş ya da altı kişiydiler. Odada içeri doğru ilerledi ve dışarıdaki bağrışmaları anlamaya çalıştı. "Kim bu adam?" diye bağırıyordu biri. Diğeri, "Kaçacak şimdi, haydi hareket edin!" diye seslendi. İlk adam ısrarla, "Kim bu adam, kim?" diye soruyor ve muhtemelen en mantıklıları olan bir adam, "Ne yapacağız?" diyordu. Belli ki hole dağılmış, elleri silahlarında bekliyorlardı. Birden gürültü kesildi. Gökhan adamların kaş göz işaretleriyle bir plan kurduklarını tahmin ediyordu. Ne olursa olsun kalenin içindeydi ve buradan kârlı çıkmaya kararlıydı.

Birden Rusça, "Kimsin sen?" diye bağırıldığını duydu. Bu, arkadaşlarına Gökhan'ın kim olduğunu sorup duran adamdı ve o bağırır bağırmaz dışarıda yine bir gürültü kopmuştu. Anlaşılan planda böyle bir şey yoktu. Bunun üzerine Gökhan kapının kenarından biraz içeri ilerledi ve dar açıdan ilk adamı gördü. Adam tıpkı diğerleri gibi bağırıyordu ve Gökhan'ın tetiğe dokunmasıyla birlikte susuverdi. Üç mermi kafasından girmiş ve artık kafa namına ortada hiçbir şey bırakmamıştı. Adam yere yığılırken içerideki bağrışmalar arttı.

Gökhan merdivende uzaklaşan koşar adım sesleri duydu. Adamlardan biri yukarı çıkıyordu. Artık zaman kaybedemezdi. Belindeki el bombasını hızla çıkarıp pimini çekti. Biraz bekledikten sonra bombayı içeri yuvarladı ve duvara neredeyse yapışık halde odanın diğer ucuna doğru koştu. Bomba hemen patlamış, Gökhan da sarsıntıdan kurtulmak için yere yatmıştı. Yattığı yerden göz açıp kapayıncaya kadar kalktı ve geri, kapıya koştu. Kapıdan çıktığında

Orkun Uçar

göz gözü görmüyordu. Dumanlar arasında ancak siluetler şeklinde gördüğü bedenlere neredeyse rastgele ateş etmeye başladı. Birkaç saniye sonra, yerde ilk cesetle beraber üç tanesinin daha yattığını gördü, hiçbiri tanınacak halde değildi.

Yüzü isten yer yer kararmış olan Gökhan müthiş bir hızla merdivenlere koştu ve ilkinin kopyası olan holde açık bulduğu ilk kapıdan içeri daldı. Bu odada da kimse yoktu. Oda, salonun neredeyse yarısı büyüklüğündeydi. Bir yatak ve dolap vardı, bu görünümüyle bir otel odasını andırıyordu. Kapının yanında neredeyse nefes bile almadan beklemeye koyuldu. Adamlardan biri yukarı koşmuştu ve yukarıda mutlaka başka adamlar da olmalıydı. Birden temkinle ilerleyen adımlar ve Rusça konuşmalar duydu.

"Patlattınız mı? Buna hâlâ gerek var mı?"

Gökhan kapı aralığından baktı ve merdivenlerden hole inen adamı gördü. Kalaşnikofu omzunda asılı adam, elinde çakmak benzeri bir şey tutuyordu. Gökhan bunu hemen tanıdı. Patladığında yüksek ışık çıkarıp çevredekileri geçici olarak kör eden bir bombaydı ve eğer beklemiş olsaydı birazdan her tarafı delik deşik kör bir adam olacaktı. Kapıdan hızla çıktı ve o sırada kendisine dönen adamın ürkmüş bakışlarıyla karşılaştı. Adam ne yapacağını bilmeden öylece bakmış, hemen ardından omzundakini unutup elindeki tek silahı refleks olarak kullanmıştı. Işık bombası yere düşerken Rusun bedeni de giren mermiler yüzünden delik deşik oluyordu. Bomba patladığı an Gökhan içeri kaçtı. Az da olsa ışığa maruz kalmıştı ve çok kısa bir süre, içeride bembeyaz boşluğa bakar buldu kendini. Gözleri yaşarıyordu. Elini gözlerine atıp başını iki yana salladı ve burnunu çekti. Birazdan yeniden normal şekilde görmeye başlamıştı.

Odadan sessizce çıktı. Beşinden üçünün kapısı açık olduğu odalarda kimse yoktu. Çıktığı odanın bitişiğindeki odanın kapısı kapa-

Kızıl Kurt

lıydı. Yavaşça açtı ve eli kapı kolunda öylece bekledi. Hiçbir hareket olmayınca hızla içeri daldı ve boş bir odayla karşılaştı yine. Şimdi sadece tek bir oda kalmıştı bu katta.

Yavaş yavaş, sürekli yukarıyı kontrol ederek kapalı kapıya yürüdü. Kapıyı diğerinde olduğu gibi yavaşça açtı ve hareket olduğunda yine hızla daldı içeri. Bu odada göreceği manzaraya hiç hazır değildi; önce diğerleri gibi boş sanmıştı, sonra mor yatak örtüsünün üzerindeki küçük, çıplak bedeni fark etti. O küçük beden kana bulanmıştı, ama ölüm nedeni bir yara değildi. Boynundaki izler boğulduğunu gösteriyordu. Bu Alferov'un işi olmalıydı. Dişlerini sinirle sıktı ve kapıyı kapatıp odadan çıktı.

Merdivenlerde, adeta ölüm sessizliği eşliğinde yukarı ilerledi. On üç basamağın ulaştığı hol ilk ikisiyle tamamen aynıydı. Beş kapıdan beşi de kapalıydı bu defa. Sessizce bekledi ve bir kurt gibi dinlemeye koyuldu. Tüm dikkatini küçücük de olsa duyacağı bir sese vermişti. İlk kapıya duvara dayanarak yanaştı ve ayaklarının kapı altından görünmemesi için sadece başını kapıya doğru uzattı. Hiçbir ses gelmiyordu. Elini kapının koluna attı ve adeta çıplak gözle fark edilmeyecek yavaşlıkta kolu indirmeye başladı. Kol indiğinde dil küçücük bir tık sesi çıkarmıştı. Kapıyı yavaşça itti ve boş odayla karşılaştı. Yavaş yavaş bir sonraki kapıya yürüyordu ki o ince, minicik inleme sesini ve hemen ardından gelen sinirli fısıldamayı duydu. Yaklaşmakta olduğu kapıdan geliyordu bu sesler. Ağır adımlarla ilerledi ve kapının diğer yanına geçti. Bacağını kaldırarak, olanca gücüyle kapıya vurdu.

Kapı aniden içeri doğru savrulunca Gökhan hemen kenara, duvarın yanına çekilmiş, böylece hemen takırdamaya başlayan kalaşnikofun mermilerinden kurtulmuştu. İçeriden ateş eden adam boşluğu taradığını geç fark etmiş olacak ki, tarama sesi bir süre devam etti. Gökhan bu arada iki tabancasını iki eline almış, kalaşnikofunu omzuna asmıştı. Tarama kesilir kesilmez kapının kenarından sıçradı ve yana doğru uçarken şaşkınlıkla ateş etmeye hazırlanan deve doğru mermilerini boşalttı. Rus koruma tetiğe asılabilmiş, ama makineden daha beş mermi boşalmadan vücuduna giren mermilerle yere yığılmıştı. Gökhan yere düşer düşmez kalktı ve tekrar odaya daldı.

"Silahını indir, yoksa kızı öldürürüm," diye bağırdı Mikhail Alferov.

İriyarı koruması yerde cansız yatıyordu. Biraz önce inleyerek Gökhan için büyük bir iyilik yapmış Kazak kız çocuğu yerde çırılçıplak oturuyordu. Ağzı bağlanmıştı ve Gökhan'a doğru dönük vajinasında kan lekeleri görünüyordu. Gökhan kızla göz göze geldi.

"Silahını bırak dedim!"

Alferov bunu söylerken Gökhan, adamın fazla sinirli olduğunu fark etti. Büyük ihtimalle uyarıcı etkisi altındaydı. Nitekim daha Gökhan hareket etmeye fırsat bulamadan kızın kafasına dayadığı silahın tetiğine bastı. Kızın gözlerindeki yaşam yavaşça söndü.

Alferov kendini kontrol edememişti ve şaşkınlık içinde artık onu koruyamayacak, küçük bedene bakıyordu. Gökhan bunca yıllık hayatında şüphesiz onlarca hasta ruhlu adam görmüştü, ama karşısındaki gibisine rastlamadığını düşünüyordu.

Alferov'a çevirdiği silahını ateşledi. Adamın sağ omzuna giren mermi, kolunun bir soğan çuvalı gibi aşağı sallanmasına neden olmuştu. Elinde tuttuğu silah da yere düşmüştü.

Gökhan yatakta oturuşunu hiç değiştirmemiş adama yaklaştı. Hiç konuşmadan eğilip yerdeki silahı aldı ve yaşlı adamı yataktan alaşağı etti. Yatakla dolabın arasına düşen adam bu halde bile bakışlarını Gökhan'dan ayırmıyor, ona meydan okuyordu. Gökhan bunu

Kızıl Kurt

önemsemedi. Yataktaki yorganı sıyırıp çarşafı bir çekişte çıkardı ve parçalara ayırmaya koyuldu.

Yerde çömelmiş, ifadesiz gözlerle Gökhan'ı izliyordu Alferov. Yanağındaki hilal Gökhan'a adeta göz kırpıyordu. Gökhan aniden durdu. Elinde çarşaftan kopmuş uzun bir şerit sallanıyordu. Alferov'un mavi gözlerinde ilk defa korku okunuyordu. Her yanı sarmış sessizliği bölen tek şey Gökhan'ın nefes sesiydi.

Çarşaf şeridini yatağa doğru hafifçe bıraktı. Başını yavaş yavaş dolabın önünde çömelmiş Alferov'a çevirdi. Büyük Rus patron, parlayan iri gözlerle karşılaştığında tokat yemişe dönmüştü.

"Nasıl olsa konuşmayacaksın değil mi, Crescent?"

"Sana karşı bir şey yapacak durumda değilim, ama istersen bildiğim her şeyi deneyebilirim. Yalnız, bana öyle hitap etmemelisin."

"Yalan söylemekten başka bir şey bilmiyor musun, Crescent?"

"Hepsinde yalan söyleriz, ama hepsi aynı şey değildir. Ama haklısın, tüm yöntemlerimizde yalanın vazgeçilmez bir yeri vardır." Crescent, Gökhan'ın nasıl hitap etmesi gerektiğine karar verecek konumda olmadığını kabullenmiş gibiydi.

"Hamle yapmamayı mı tercih ediyorsun?"

"Şu an yapmak istediğim tek hamle şuna yönelik."

Alferov yerde yatan kıvrılmış çıplak bedeni işaret etmişti başıyla. Gökhan birkaç saniye öylece cesede baktı. Sonra başını yine yavaş yavaş adama çevirdi. Gözleri hâlâ parlıyor, bakışları karşısındakine tarifsiz bir korku salıyordu.

"Senin suratını değil, başka bir yerini kesmek gerek. Benim şu an yapmak istediğim tek hamle de işte ona yönelik," dedi Alferov'un kasıklarını elindeki silahla işaret ederek. "Ama ne yazık ki ikimizin de bu hamlelere ayıracak vakti yok."

Orkun Uçar

Şimdi bu adama mümkün olduğunca yavaş ve acılı bir ölüm sunmak isterdi, ama buna vakti olmadığını düşünüyordu. Mermiyi sapığın beynine gönderecekti ki yerde yatan cesede takıldı öfkeyle parlayan gözleri ve vakit yaratmaya karar verdi. Susturuculu tabancadan çıkan ilk merminin fırlamasıyla önce tok bir ses, ardından çığlık duyuldu. Manyağın sağ dizi parçalanmıştı. Onu sol dizi izledi. Alferov'un pis ruhu cehennemi boyladığında Gökhan beşi kasıklara nişanlanmış yirmiden fazla mermi harcamıştı.

Şimdi sıra işe yarayacak bir şeyler bulmaya gelmişti.

Gökhan ilk olarak Alferov'u öldürdüğü odayı aramaya karar verdi. Cesedinin arkasında dikilen siyah dolaba yöneldi.

Dolap siyah deriden eşyalarla doluydu. Kırbaçlar, olmadık yerleri delik giysiler, yapay cinsel organlar ve bunun gibi onlarcası... Aradığını burada bulamayacağı kesindi. Anlaşılan, burası Alferov'un kişisel haz odasıydı ya da Voloshin'in meslektaşına yaptığı bir jestti sadece.

Yatağın diğer yanında bir tuvalet masası ve onun hemen solunda bir çekmece dizisi vardı. Alferov'un dev korumasının cesedinin üstünden atlayıp oraya yöneldi. Masanın üstünde sadece pudralar, yağlar ve benzeri birkaç şey vardı. Tek çekmece de ondan farklı değildi.

Dörtlü çekmecelerden en alttaki, ortasında açma hareketinin etkisiyle yuvarlanan bir vida dışında tamamıyla boştu. Üsttekilerde de işe yarar bir şey görünmüyordu.

Gökhan hızla odadan çıktı. Hemen yandaki kapalı kapıyı açıp içeri daldı.

Burası da öncekinin neredeyse aynısı bir yatak odasıydı ve önceki kadar boştu.

Kızıl Kurt

On beş odada da, mutfakta da Gökhan'ın aradığı hiçbir şey yoktu. Burası sadece tatil için kullanılan bir evden başka bir şey değil gibi görünüyordu. İlk kattaki son odayı da araştırdıktan sonra beş cesedin yığıldığı, hâlâ yanık et ve kan kokan geniş holde duraladı. Bir yerlerde bir şey olmalıydı. Bu evde mutlaka çok şey olmalıydı. Ama nerede? Neredeydiler?

❖ ❖ ❖

Piyanonun olduğu odaya dönmüştü. Bir koltuğa oturmuş nereye bakması gerektiğini düşünüyordu. Babası saydığı Kurt, mafyanın elinde son zamanlarını yaşarken, onlarca silahlı adam onun bulunduğu yere doğru yaklaşırken, o boşu boşuna; tam olarak aslında hiçbir şey için on kadar insanı öldürmüş, çaresizce bekliyordu.

Birden kalkıp piyanonun başına gitti. Villayı gözlerken sürekli bunun sesini duymuştu.

Notalardan oluşan sayfa tomarını eline aldı; Çaykovski, Çaykovski, Çaykovski... Sergei Voloshin'in büyük bir Çaykovski hayranı olduğunu Björn'den öğrenmişti, ama müziği Çaykovski'den ibaret sanacağını aklına getirmemişti.

Önce Dördüncü Senfoni'den birkaç bölüm çaldı. Duraladı ve sayfaları karıştırdı. Önünde Patetik Senfoni duruyordu şimdi. Evet, sürekli çalınan buydu işte. İlk bölümü çalmaya koyuldu.

Piyanonun tok, tuhaf bir sesi vardı. Kaliteli göründüğü doğruydu, ama bu sesle sahneye çıkamayacağı kesindi.

Başını geriye atıp çalmaya devam etti. Ne yapacağını bilmiyor, burada bekleyip beklemeyeceğine bir türlü karar veremiyordu. Bu halde Stockholm'e dönerse her şeye baştan başlamış olacaktı.

Orkun Uçar

Björn de tek kozunu oynamıştı ve artık saklanmaktan başka çaresi yoktu. Durum tam bir fiyaskoydu. Parmakları notalarda delice gezinmeye devam etti. Kurt ölecek miydi? Bu piyanonun sesi de gerçekten ne kadar tuhaftı böyle? Ne kadar zamandır çalıyordu acaba? Adamlar ne zaman gelirdi ki? Gelseler onlarla baş edebilir miydi? Aman Allah'ım!

Gökhan oturduğu yerde aniden kaymaya başlayınca notaları şaşırmıştı, ama bunu umursayacak halde değildi. Piyano, altındaki zeminle beraber ileri kaymış, altta kocaman, dikdörtgen şeklinde bir delik açılmıştı. Gökhan hayretler içinde kalmıştı. Ne yani, gizli bölmeyi her açmak istediklerinde Patetik Senfoni'yi mi çalıyorlardı? İşte bu başlı başına hastalıklı bir durumdu.

Zaman kaybetmeden piyanonun başından kalktı. Aşağıya düz bir merdiven iniyordu ve iki basamaktan sonrası zifiri karanlıktı. İlk basamağa adımını atar atmaz bir ışık yandı. Şimdi alttaki dev odanın yukarıdaki kabul salonuyla birleştiği bölgede küçük bir cihaz görünüyordu. Sesi algılayan bu olmalıydı. Beklemeden basamakları inmeye devam etti.

Basamaklar dar, orta halli bir tuvalet kabini büyüklüğündeki bir odaya ulaşıyordu. Basamakların altında kalan bölümde bir kapı vardı. Eğilip kapının önüne geçti ve kolu çevirip açtı. Kapı açılır açılmaz yanan ışık, dev bir odayı aydınlatmıştı. Şimdi Gökhan'ın yüzünde okunan gülümseme görülmeye değerdi.

Odada altı bilgisayar vardı. Kısa duvarlardan biri evrak dolaplarıyla kaplanmıştı ve uçtaki bölmede ise bir kasa vardı.

Gökhan hemen bilgisayarları dolaştı. Hepsi kapalıydı. Dev kasası olan bilgisayar sunucu olmalıydı.

Kızıl Kurt

Evrak dolaplarının tamamı açıktı. Sırayla göz gezdirince dolapların çok azının dolu olduğunu gördü. Kasanın anahtarı üstünde duruyordu. Bir çevirmede açıldı ve binlerce Euro ile karşılaşan Gökhan'ın yüzüne mutlu bir gülümseme yayıldı. Kasanın kapağını şöyle bir itip karşı duvardaki diğer dolaba yöneldi.

Bu dolabın en üst bölmesine disketler sıralanmıştı. Bir alt bölmede küçük bir evrak yığını duruyordu. Onun altındakinde mürekkep, silgi, sıvı silici, ataş, kalem gibi ofis malzemesi vardı. Bunların burada ne işi var, diye düşünecekti ki daha kötüsüyle karşılaştı. Bir alt bölmede bir kutu poşet çay, bir tornavida, bir paket peçete ve bir pense vardı. Bunların yanında bir de vida duruyor ve "dolabı çeksen hemen yuvarlanacağım" der gibi Gökhan'a bakıyordu.

Koşar adım yukarı çıktı. Kendi hızına kendisi de inanamıyordu. Tellerin tam önüne geldiğinde hiç duraksamadan sıçrayıverdi. Normalde oradan sıçrayabileceğine inanması imkânsızdı. Oysa şimdi hiç düşünmeden sıçramış, rahatlıkla telleri aşıp yamaçta koşmaya başlamıştı.

Birkaç dakika içinde arabadan aldığı iki çantayla eve geri döndü. Ön kapıdan girdi ve burnunu tıkayarak kabul salonuna geçti. Şimdi gözlerine inanamıyordu. Piyano önceki yerinde öylece duruyordu. Geri kaymış, deliği kapatmıştı. Hemen silahını çekip duvara dayandı ve odayı dinlemeye koyuldu. Bu odada kimse yoktu. Yavaş adımlarla, nefesini dahi kontrol ederek kattaki tüm odalara baktı. Hepsi de boştu. Üst kata çıktı. Burası da farksızdı. Gizli geçiş ya onun çıktığını algılayan bir makineyle otomatik olarak kapanmıştı ya da süreli bir mekanizması vardı.

Eğer şimdi aşağıda olsaydı kilitli kalabilirdi. Arabaya gitmeseydi, Sergei ve adamları gelene dek kapana kısılmış olacaktı. Şansına şükretti.

Orkun Uçar

Bir kez daha senfoniyi çaldı, ama bu kez cep telefonuna kaydetti.

Artık tanıdık olan gizli odada önce paraları çantalardan küçük olana doldurdu. Fermuvarı kapatmak için biraz uğraşması gerekmişti. Sırayla bilgisayarların sabit disklerini söktü ve onları büyük çantaya yerleştirdi. Dolaplardaki disketleri de çantanın yan gözlerine doldurdu. Tüm kâğıtları da koyduktan sonra çantada küçücük bir boşluk kalmıştı. Şimdiye kadar gördüğü en tuhaf dolaba yürüyüp poşet çay kutusunu aldı ve çantaya attı.

Çantaların ikisi birden oldukça ağırdı, ama Gökhan neredeyse hiç zorlanmıyordu. Merdivenleri ağır ağır çıktı. Cesetlerin üstünden atladı ve kapıdan temiz havaya yöneldi.

Şimdi yapılacak bir şey daha kalmıştı... Bahçedeki tek arabaya doğru yürüdü.

Bahçede üç köpek ayrı ayrı köşelere çekilmiş yatıyordu. Hiçbiri hamle yapacak gibi görünmüyordu. Sanki böyle bir durumda akıbetlerini tahmin etmişlerdi.

Arabanın bagajını açtı. Aradığı şey, yani yedek benzin bidonu orada duruyordu. Üç litrelik bidonun tamamı doluydu. Gökhan çantalar omzunda, elinde bidonla eve yaklaşmaya başladı.

Önce üçüncü katı, ardından ikinci katı ateşe verdi. Zaten evde ateşi besleyecek çok şey vardı.

Evin tamamı alevlerle sarıldığında tam anlamıyla işini bitirmiş hissetti. Bu tıpkı tabağında artık bırakmamak gibi bir şeydi. Alevler birçok günahın işlendiği bu evi, cesetlerle birlikte iştahla cehenneme taşıyordu.

Kızıl Kurt

06 Ağustos 2008
Stockholm

Alman ajanın evinin çalışma odasında Gökhan gözlerini bilgisayar monitörüne dikmişti. Arada bir elini kahvesine atıyor, gözlerini monitörden ayırmadan küçük bir yudum alıyor ve kupayı yeniden yerine bırakıyordu. Bilgisayar masasının biraz uzağında, odada misafir gibi duran plastik yemek masasına da Björn oturmuş, önündeki kâğıtları dikkatle inceliyordu.

"Björn buraya gel!"

Alman son okuduğu kâğıdı diğerlerinin üzerine ters çevirip hemen bilgisayarın başına koştu. Gökhan, onun da bakabilmesi için sandalyesinde geri çekilmişti.

Monitörde Gökhan'a ait kimlik benzeri bir şey görünüyordu. Ekranın sağ üst köşesinde Gökhan'ın bir portre fotoğrafı vardı ve fotoğrafın altından Rusça yazılar başlıyordu.

Adı: Gökalp Tektepe
Kod Adı: Bilinen bir kod adı yok
Numarası: 1396068
Doğum Tarihi: 70'ler
Ülkesi: Türkiye
Kuruluşu: MİT (büyük olasılıkla)
Önem Derecesi: Düşük (*çok düşük*'e geçiş süreci)
Durumu: Ölü
Cezası: Ölüm
Açıklama: #1390715'in damadı. Eylemi yok. Eski bir MİT ajanı olduğundan şüpheleniliyor. #1390715 ele geçirildiğinde hare-

Orkun Uçar

kete geçerek bu yöndeki şüpheleri artırdı. 25 Mayıs 2008'de Türkiye'de öldürüldü.

Björn yazıyı okuduktan sonra uzun bir ıslık çaldı. "Kurt'u bulduk desenize." Gökhan, Björn'e görevini anlatacak kadar güvenmişti. Sonuçta bilgisayardaki bazı bilgileri o anlayabilirdi.

"Bulduk. Atlamış olmalıyım. Binlerce kayıt var burda. Kurt'un numarası benimkinden önce, ama atlamışım işte."

Gökhan kendisinin olduğu sayfayı kapattı. Arkada onlarca ardışık numaranın sıralandığı bir pencere kalmıştı şimdi. Klavyede kısa yolu tuşladı ve açılan küçük arama penceresine *1390715* yazdı. Ekran hemen kaymış ve neredeyse anında seçici pencere #1390715'in üzerine gelmişti. Gökhan hemen belgeyi açtı.

Sağ üst köşede görünen portre Kurt'un yeni çekilmiş bir fotoğrafıydı. Büyük olasılıkla onlar çekmişti. Kurt'un yüzü tamamen ifadesizdi.

Adı: Selim Kurt Eser
Kod Adı: Kurt
Numarası: 1390715
Doğum Tarihi: 1949
Ülkesi: Türkiye
Kuruluşu: MİT
Önem Derecesi: Yüksek (*çok yüksek*'e geçiş olası)
Durumu: Gözetim altında (8. Karakol)
Cezası: Ölüm
Açıklama: Metal Fırtına'da Amerikalılara kök söktürdü. MİT'in en kıdemli ajanlarından... Müthiş tecrübeli ve yırtıcı... 18

Kızıl Kurt

Mayıs 2008'de Kazakistan'da ele geçirildi. Ne bildiği bilinmiyor. Kızıl Kurtlar ve Kızıl Şaman'la bağlantılı olabilir. Tehlikeli ya da çok tehlikeli seviyede bilgiye sahip olduğu tahmin ediliyor. Bildiklerinin kimler tarafından bilindiği bilinmiyor. Kritik önem arz ediyor. Kilit seviyeye yükselebilir.

"İşte!" diye bağırdı Björn. "İşte, 8. Karakol, hemen bulalım şunu, ah inanamıyorum bulduk!"

Gökhan başını çevirip çatık kaşlarla Almana baktı. "Evrakları araştırmaya devam edersen iyi olur."

Björn masasına döndü.

Saat öğleyi geçmişti. Belgelerin büyük kısmı senetlerden ve benzeri resmi evraklardan oluşuyordu. İsveç üzerinden müthiş bir para akışı söz konusuydu ve bu zincir çözüldüğü an pek çok şey açıklığa kavuşmuş olacaktı.

Bilgisayarlar kayıtlarla doluydu. Öncelikle dev bir video arşivi vardı. Türlü katliam çekimleri, iğrenç seks görüntüleri, askeri eğitim filmleri, direk çalışma alanlarında çekilmiş görüntüler... Filmlerin üçü, dev bir mahzeni andıran yarı karanlık bir yerde çekilmişti. Burada çeşitli işlerle uğraşan onlarca insan filme çekilmişti. Tuhaf bir yapılanma görünüyordu bu garip mahzende ve ne kadar büyük olduğu hakkında filmlerden bir fikir edinmek imkânsızdı. Bilgisayarlarda videolardan başka yazılı kayıtlar vardı. Gökhan en son onları taramaya başlamış ve kendisiyle Kurt'a ait kayıtları bulmuştu.

Björn kâğıt üzerindeki tüm belgeleri incelemişti. Neredeyse tamamında "600141.95 585743.96" rakamlarıyla kodlanan bir isim vardı. Bu da muhtemelen şifreli bir isim yahut benzeri bir şeydi ve çok sürmeden çözülürdü.

Orkun Uçar

Björn belgeleri Türkiye'ye ulaştırmak için bilgisayara geçirmek üzere tararken Gökhan'ın seslendiğini duydu.

"Yola çıkmam yakındır Björn, gel şuraya bak."

Alman hemen ekranın başına koştu. Ekranda 8. Karakol denen yere ait tüm bilgiler sıralanmıştı. Sayfada aşağı indikçe karakola ait çeşitli resimler, burada kalan tüm mahkûmların kayıtları, karakolun iç ve dış planları, her şey ama her şey sıralanıyordu.

Gökhan aradığını bulmuştu, Kurt'a ve onun peşinde olduğu şeye tahmin edemeyecekleri kadar yaklaşmıştı.

❖ ❖ ❖

"Merhaba Gökhan, konuşabilirsin."

"Merhaba Eşref Bey... Gelişmeler inanılmaz."

"Nedir?"

"Korkunç İvan denen adamın İsveç'teki üssünü yok ettik. Mikhail Alferov'u öldürdük."

"Dur dur dur! Mikhail Alferov'u öldürdünüz mü? İşler çok karışacak. Voloshin ne oldu?"

"Villaya saldırdığım sırada Voloshin orda değildi. Alman dostumuz, Voloshin ve birçok adamını fabrikada isyan çıktığı gerekçesiyle merkezden uzaklaştırdı. Ben de saldırdım. Voloshin hayatta yani."

"İyi, neyse. Devam et."

"Evdeki tüm belgeleri ele geçirdik."

"Hepsini istiyorum. Derhal."

"Kâğıt üzerinde olanlar bilgisayara aktarılıyor. Hemen ardından göndereceğiz. Bilgisayarları ele geçirdik. O kayıtları da berabe-

Kızıl Kurt

rinde yollayacağız. Bazı disketleri çözemedik. Onları size postalayacağız. Yüklü miktarda nakit ele geçirdim."

"Ne kadar yüklü?"

"Altı milyon euro kadar."

"Para elinizde mi?"

"Evet, şu an nakit olarak elimde tüm para."

"Çok güzel. Paranın bir kısmını sana bildireceğim bazı hesaplara yatırabilirsin. Başka?"

"Asıl konuya şimdi geliyorum. Kayıtlarda Kurt'un yeri de var. Kazakistan'da bir hapishanede tutuyorlar onu."

"Kazakistan'da mı? Çok iyi! Hapishanenin yerini biliyor musun?"

"Evet, Kuzey Kazakistan bölgesinde, kırsal alanda, 8. Karakol dedikleri bir yer. Elimizde binanın ve çevresinin tüm planı da dahil birçok bilgi var. Kurt'un odasına kadar her şeyi biliyoruz."

"Çok iyi Gökhan, çok iyi... Şimdi beni iyi dinle. Merkezi yok ettiğinize göre ne Voloshin, ne de Korkunç İvan boş duracaktır. Bilgileri ele geçirdiğinizi biliyorlar. Şu durumda oradaki tüm bilgileri geçersiz kılmak üzere harekete geçmişlerdir. Böyle toplu bir değişiklik zor olacaksa da zahmetten kaçınacaklarını sanmam. Eylemi bizim gerçekleştirdiğimizi bilme olasılıkları çok düşük, neredeyse sıfır. Ama yine de Kurt'un yerini değiştirebilir ya da ondan kurtulmak isteyebilirler. Onun için elini çabuk tutmalısın. Kurt giderse elimizdeki tüm bilgi de gitmiş olur."

"Hemen harekete geçmeyi düşünüyorum."

"Evet, hemen harekete geçeceksin ama bu defa tek başına olmayacaksın."

"Nasıl?"

Orkun Uçar

"Şimdi dediklerimi iyi dinle. Tüm belgeleri bana gönderiyorsunuz. Onlardan ortaya çıkacak bağlantılar çok önemli. Bu işi halleder etmez Almanların adamı da izini kaybettirsin. Bize zaman lazım. Şimdi Stockholm'deki evdesiniz, değil mi?"

"Evet, Björn orda... Orayı bilmiyorlar ama bulmaları zor olmaz."

"Onun hayatı büyük tehlikede... Rusların bu baskınla ilgili ellerinde olan tek ipucu o. İsveç'ten çıkması imkânsız. Saklanması gerekiyor. Eminim bunu sağlayacak bağlantısı vardır. Hemen yarın saklansın ve ortaya çıkmasın. Paradan yeteri kadarını ona ver ki işler düzene girene kadar orda yaşayabilsin. Anladın mı?"

"Evet, efendim."

"Şimdi sana gelelim. Seni hiçbir şekilde tanımıyorlar. Yarın Gerard Pradier olarak havaalanına yollanıyorsun ve Kazakistan'a, Astana'ya bir bilet alıyorsun. Orda Kızıl Kurtlar'la temas kuracaksın. Seni havaalanından almalarını söyleyeceğim."

"E, ne yapacağım onlarla? Koray konusu ne olacak?"

"Koray, Kurt'un onu frenlemeye geldiğini bilmiyordu. Şu aşamada bu adamlar bizim dostumuz, Gökhan. Durumu anlatmadan onları kullanabildiğimiz kadar kullanacağız. Elimize geçen parayı onlara aktarırsın, onlar da sana silah getirecekler, yanına adam verecekler, lojistik destek sağlayacaklar. Yarın, haklarındaki birçok bilgiyi sana yazılı olarak göndereceğim. Şimdi git hazırlıklara başla. Kurt'u kurtarmakla çok önemli bir aşamaya geleceğiz, belki de sona..."

"O halde iyi akşamlar efendim."

"İyi akşamlar Gökhan, gazamız mübarek olsun."

IV. BÖLÜM

BİR KAYIP, BİR KAZANÇ

Kızıl Kurt

9 Ağustos 2008
Stockholm - Astana
Kazakistan - İsveç

Hostesin sinir bozucu İngilizce uyarısı son bulduğunda uçaktaki herkes kemerlerini bağlamış, koltuklarını güvenli pozisyona getirmişti.

Gökhan yolculuğun başlarında bölük pörçük uyumuş, aynı rüyayı defalarca görmüştü. Önce buğulu bir yüz beliriyordu hemen yanındaki pencerede. Bu bir bebeğin yüzüydü. Yüz netleştikçe Gökhan'ınkine olan benzerliği daha da ortaya çıkıyordu. Tamamen belirgin hale geldiğinde bebek ağzını açıyor, dilsiz bir boşluğu sergiliyordu. Gökhan büyülenmiş gibi bu boşluğa bakarken birden madeni bir tat almaya başlıyor ve boşluk kanla doluyordu. Koltuğundan kalkmaya, görüntüden uzaklaşmaya çalışıyordu, ama bir türlü yapamıyordu. Ağız dolarken görüntü silinmeye başlıyordu ve sonra yeniden belirginleşiyordu. Bu defa yüz Kurt'a ait oluyordu. Sonra Kurt'un yüzü de değişiyor, Sergei Voloshin'inkine dönüşüyordu. Sonra bu yüz Gökhan'ın daha önce hiç görmediği, tamamen belirsiz başka bir yüze dönüşüyordu. Rüyanın bu noktasında sıçrayarak uyanıyordu. Birkaç kez uyanır uyanmaz camda gerçekten bir bebek yüzü görür gibi olmuştu.

Orkun Uçar

Tamamen uyanıp kendine geldikten kısa süre sonra, şu son birkaç ayı düşünmeye koyuldu. Korkunç İvan denen adam Kurt'u kaçırtmış, Seda, Aslı ve Kan'ı öldürmüş, onu da ölmekten beter etmişti. Sonra Gökhan yarı makine yarı insan şeklinde biri olarak hayata dönmüştü. Korkunç İvan ve Kurt'un peşinde İsveç'e yollanmıştı. İsveç'te Opriçnina'ya büyük bir darbe vurduktan sonra Kurt'un izine ulaşmıştı ve şimdi de Kazakistan yolundaydı. Orada kendisini daha öncekilere hiç benzemeyen bir yardım eli bekliyordu. Bunu düşünmek istemedi ve düşünceleri diğer tarafta bırakarak başını yana çevirdi.

Pencereden yeryüzüne bakıyordu. Ne zaman uçağa binse, aslında ne kadar da küçük bir alanda yaşadıklarını düşünürdü. Uzayın sonsuzluğunda, bir yuvarlağın üzerindeki ince buğu. İşte yaşamaları bu incecik atmosfere bağlıydı. Bunu yok edebilecek o kadar çok felaket vardı ki. Daldığı düşüncelerden bir sesle sıyrıldı...

Sesin geldiği yöne döndüğünde ışıltılı, yeşil gözlerle karşılaştı. Koltuk komşusu İngilizce konuşuyordu ama belirgin Rus aksanıyla.

"Geldiniz mi buraya daha önce?"

"Kazakistan'a mı?"

"Astana'ya."

"Astana'ya gelmedim, ama Almatı'ya gelmiştim."

"Astana kötüdür."

"Nasıl kötüdür?"

"Çamurlu bir şehir... Hayat yok. Her yerde inşaat var. Sadece iş iş iş... Almatı böyle değil. Çok daha güzel..."

Gökhan, Ankara için söylenenleri hatırladı kız böyle deyince. İstanbul'un güzelliğine tüm kalbiyle hayranlık duyuyordu ama Ankara'nın da söyledikleri kadar kötü olmadığını düşünüyordu. Muhtemelen Astana da Ankara gibi bir kader kurbanı, diye düşündü.

Kızıl Kurt

"Bilmem, o kadar kötü olacağını sanmıyorum."

"Evet, şehirde ışıklar var. Astana için bu da bir şey."

Kızın adı Olga Tirinova'ydı; Moskova'da yaşıyor, bir Alman şirketi adına çalışıyordu. Yolculuk boyunca Kazakistan'la ilgili bol bol bilgi verdi Gökhan'a. Belli ki ondan hoşlanmıştı. Astana'da da görüşmek istiyordu, ama Gökhan ne kadar açık da olsa bu davete cevap verebilecek durumda değildi. Bu kadar işin arasına zerrece arzulamadığı şu kızı sokamazdı. Birden gözlerini kıza çevirdi ve şaşkınlıkla tekrar önüne baktı. Bu kız kesinlikle çok güzeldi ve onun tipiydi. O yemyeşil gözler, uzun, dümdüz saçlar, iri ama biçimli burun... Neden arzulamıyordu ki? Neden hayvani de olsa bir şeyler duymuyordu? Düşünceleri onu daha da tuhaf bir yere taşıdı. Kazadan beri ereksiyon olmadığını şaşkınlıkla fark etmişti.

Bir kadınla sevişmek istememesi normal olabilirdi şu dönem, ama sabah ereksiyonu bile yaşamamış olması fiziksel bir sorunu işaret etmez miydi? Aşırı ısınması da sürüyordu. Doktorun verdiği hapları arada aksatmıştı, en kısa zamanda Enver Akad'la konuşmalıydı.

Havaalanında kendini kaybolmuş gibi hissetti. Böyle bir boşluk duygususunu ilk defa yaşıyordu. Görüşü nedensizce bulanıklaşırken ne yapacağını bilememişti ve az daha Olga'nın peşine takılacaktı. Rus güzel telefon numarasını ve kaldığı otelin adını vermişti. Hatta Moskova'ya yolu düşerse mutlaka aramasını istemişti. Gökhan garip bir dengesizlik içindeydi. Sanki ayaklarının altındaki zemin kayıyordu...

Kendisini karşılamaya gelecek adamların nasıl göründüğünü bilmiyordu. Gözü karşıdan gelen iki adama takıldı. Evet, doğrudan Gökhan'a bakıyor ve ona yaklaşıyorlardı. İkisi de uzun boylu ve yapılıydı. Siyah takım elbise giymişlerdi. Soldakinin diken diken kısa

saçları, geniş bir alnı ve minicik bir burnu vardı. Sağdaki ise yakışıklı sayılırdı. Kendi aralarında konuşarak yaklaştılar, bunlar onlardı.
"Hoş geldiniz. Ben Talgat."
Yakışıklı olan, kusursuz bir Türkçeyle konuşmuştu.
"Hoş bulduk," dedi Gökhan.
"Manas şirketinden geliyoruz."
Bu Kızıl Kurtlar'ın paravan şirketlerinden biriydi.
"Aracımız otoparkta, çantalarınızı biz alalım."
Gökhan sırtındaki iki çantayı çıkardı ve elindekileri de yere koydu. Adamlar kutsal şeylermiş gibi hemen kaptılar çantaları ve üçü birlikte otoparka yürüdüler.

10 Ağustos 2008
Astana

"E, bu su!"
"Buyur ağabey?"
"Su diyorum, bu şey su..."
"Temizdir ağabey."
"Ben siz su kullanmıyorsunuz sanıyordum. Votkayla idare etmiyor muydunuz?"
Hep beraber gülüştüler.
"Sovyetler çok denedi ağabey, ama biz bir süre sonra salaklaştırdığını fark ettik. Ondan böyleyiz ya."
Bu defa duyulan kahkahalar arasında en yükseği Gökhan'ınkiydi.
Duvarlar av figürleri işlenmiş halılarla kaplıydı. Yerdeki halıysa geometrik desenler taşıyordu. Beş adamın çevresine oturduğu küçük sehpanın üstüne bordo ağırlıklı tonlarda ince, kilim benzeri

Kızıl Kurt

bir örtü serilmişti. Küçük oda şu haliyle son yıllarda Türkiye'deki büyük şehirlerde oldukça popüler olan Anadolu kokusu katılmaya çalışılmış kafeleri andırıyordu.

Kapı açıldı ve içeriye, odadakilerin çoğu gibi çekik gözlü, yayvan suratlı, kısa boylu bir adam girdi; tüm bedeni kastan yapılmış gibiydi. Odadakilerin hepsi bu adamın girmesiyle ayağa kalkmıştı. Gökhan, onu oturduğu yerden izledi. Adam koltuğunun altında koca bir rulo taşıyordu. Sehpanın çevresindekilerden ikisi yanına gitti ve üç adam ruloyu halının üstünde açtı. Bu, Kazakistan'ın fiziki haritasıydı. Ayrıca yerleşim bölgelerinin sınırları da belirtilmişti. Gökhan da yanındakilerle beraber haritanın başına yürüdü ve çömeldi.

Nurbek Banyarev ve Gökalp Tektepe tanıştıktan sonra haritanın başındaki işlerine başlamışlardı.

Eski boksör, "Şimdi burdayız," dedi. Koray'dan haber yoktu henüz. Onlar ismini anmadıkça ilk soran Gökhan olmayacaktı.

Elindeki radyo anteni benzeri şeyi haritada Astana merkezini temsil eden sarı noktanın üzerine vurdu Nurbek. Astana'nın sadece siyasi ve kültürel durumu değil, coğrafi konumu da Ankara'nınkiyle büyük benzerlikler gösteriyordu. Ülkenin doğu-batı çizgisinde tam ortada, kuzey-güney çizgisinde ise küçük bir sapmayla kuzeydeydi. Gökhan, adamın elindeki şeyin gerçekten bir radyo anteni olduğunu fark etti. Radyo cihazıyla birleşme bölgesinden koparılmıştı. Dikkatini bu noktadan uzaklaştırıp tekrar haritaya verdi.

Anten Astana'nın üzerinden birkaç derece batıya döndü ve kuzeye doğru ilerledi. Rusya sınırına yakın Petropavl Bölgesi'nde yavaşladı ve kuzeye doğru biraz daha devam etti, sınıra oldukça yakın bir noktada durdu.

"Onlar burdalar."

Nurbek anteni az önce durdurduğu noktada sabit tutarak başını kaldırdı ve çevresinde çökmüş diğer adamlara sırayla baktı. Kaşlarını kaldırmış, tehdit eder gibi bakıyordu. Bakışları Gökhan'a gelince durdu. Gökhan başıyla küçük bir onaylama hareketi yapınca anten batıya doğru ilerlemeye başladı ve Kostanay kelimesini oluşturan iri harflerin yakınlarında bir yerlerde durdu.

"Bizimkiler burda."

Gökhan zihninde üç noktayı da birbiriyle birleştiren yolları çizdi. Neredeyse eşkenar bir üçgen oluşuyordu. Bu durumda planladıkları gibi önce Kostanay'a gidip oradan Petropavl'a saldırmak akıl kârı olmayacaktı. Bu plan yolu iki katına çıkarıyordu.

"Kostanay'a gitmek zorunda mıyız? Burdaki adamlarınız yeterli değil mi?"

"Burdaki adamlarımız bu çeşit işler için uygun değil. Burada bir çeşit şehir mafyası gibi çalışıyoruz. Biz tabanca kullanırız. Karakol basıp tüfeklerle operasyon düzenlemek bize göre değil. Ordakilerse bunun için eğitiliyor."

"Anlıyorum. Peki ben burdan yola çıksam, onlar ordan yola çıksa ve Petropavl'da buluşsak nasıl olur?"

"Kostanay'dan Petropavl'a arazi üzerinden gitmeyi planlıyoruz. Size istediğiniz kadar adam ve istediğiniz cinsten silah verilecek. Adamlarınızı ve silahlarınızı seçmek istersiniz, diye düşünüyorduk."

"Adamları sizin seçmeniz daha doğru olur. Silahlara gelince, onları burdan da seçebilirim."

"Silah derken, size cipler ve dilerseniz bir tank bile verebiliriz. Kostanay'dan Petropavl'a bunlarla arazi üzerinden gitmek daha mantıklı. Burdan otobüsle Petropavl merkezine gidip ordan araziye koşmak çok akıllıca olmayacaktır."

Kızıl Kurt

Gökhan bunda ısrar etmenin faydasız olduğunu yavaş yavaş kabulleniyordu. Bu, kendisinin de pek alışık olmadığı cinsten bir işti. Böylesi bir gerilla işini bir şehir ajanı beyniyle düşünmenin anlamı yoktu.

"Bana şu Petropavl'ı daha ayrıntılı gösteren bir harita getirin. Ayrıca burdan benle hareket edecek olanlar hazırlanmaya başlasın şimdiden. Yarın Kostanay'a hareket ediyoruz bu durumda."

Gökhan sözleri biter bitmez karşı masada bir hareketlenme fark etti ve çömeldiği yerden oraya baktı. Çeçen olduğunu tahmin ettiği bir adam, sert adımlarla gelip Nurbek'in kulağına konuştu. Nurbek başını salladı ve Gökhan'a baktı.

"Kızıl Şaman da sizi Kostanay'da bekleyecek."

Gökhan sadece, "Tamam," dedi.

Koray güçlü bir teşkilat kurmuştu. İşin ilginci Kızıl Kurtlar içinde tüm Türk Cumhuriyetleri'nden askerler vardı; Kazak, Türkmen, Özbek, Kırgız, Tacik, Uygur, Çeçen, Azeri... Normalde birbirlerini çekemeyenler bile Koray'ın önderliğinde birleşmişti. Birkaç kişi dışında herkes onu sadece Kızıl Şaman olarak biliyordu. Adamlar onu bir efsane gibi anlatıyordu.

❖ ❖ ❖

"Hah! İşte açtı, bakın açıyor gözlerini!"
"Allah'ıma şükürler olsun."
"Ne yapalım, bir şey yapalım mı?"
"Su verin su! Getir şu suyu salak!"

Gökhan, gözlerini zorlukla çevirdi ve yatağın hemen yanında yerde duran sırt çantasını görebildi. O sırada gözlerinin hemen önü-

Orkun Uçar

ne dev, silindir biçimli bir nesne gelmiş, görüşünü kapatmıştı. Korkuyla geri çekildi.

"Su efendim. İçin."

Başını iğrenerek geri çekince silindir de hemen geri çekildi. Gözlerini çantaya yöneltti yine.

"Çantayı mı istiyorsunuz? Ne var çantada?"

Başıyla onaylayabildi sadece. Hâlâ her yanı ter içindeydi ve cayır cayır yanıyordu. Konuşmaya çalıştı.

"Ön gözünde, fileli yerde... Biraz da buz getirin."

Birisi buz getirmeye koşarken diğeri hemen çantayı açtı ve ilk bakışta delikli kumaşla kaplanmış küçük bölmeyi gördü. Deliklerden bir naylonun içindeki tabletler görünüyordu. Hemen çıkarıp Gökhan'a gösterdi naylonu.

"Bu mu efendim?"

Başıyla onayladı.

Adam aceleyle bir tablet çıkardı ve diğer elinde su dolu bardakla Gökhan'a yaklaştı. Diğer bir adam, Gökhan'ı arkadan destekleyip doğrultmuştu bu sırada. Gökhan tableti ağzına attı ve küçük bir yudum suyun yardımıyla yuttu. Yatağı sırılsıklam olmuştu. Geri yatmak için elini dayadığında fark etti bunu. Kısaca iç çekti ve çaresizce adamlara bakındı.

"Kalkabilir misiniz efendim? Hemen çarşafları değiştirelim. Yok, ona da gerek yok. Hemen başka bir yatağa taşıyalım sizi. Ha?"

Getirilen buzları kendi üzerine döküp elinin tersiyle gitmelerini işaret etti. Odadakiler bir süre tereddüt ettikten sonra Gökhan'ı havaalanında karşılayan Talgat'ın baş hareketiyle çıktılar.

"Ne oldu?" diye sordu.

Kızıl Kurt

Talgat, "Çok uzun bir süredir uyuyorsunuz, size bakmaya gelen arkadaş uyandıramayınca dokunmuş ve ateşinizin çok yüksek olduğunu fark etmiş. Çok korktuk," dedi.

"Merak etmeyin, kısa süreli bir tedavi bu," diye olayın büyümesini önlemeye çalıştı.

Gökhan bedeninin yavaş yavaş normale döndüğünü fark ediyordu. Bu yüzden kendini açmakta olan bir çiçeği ya da tamamlanan bir inşaatı gösteren kısa filmlerden birini izliyormuş gibi hissediyordu. Böyle hızlı bir iyileşme mümkün müydü? Öyleyse bile her aşamasının böyle hissedilmesi mümkün müydü?

Önce hisleri bir robotunkilere dönüştürülmüştü, şimdiyse bedeni... Odadaki koku midesini bulandırıyordu. Sırılsıklam yatağında doğruldu ve banyoya yürüdü.

Soğuk bir duştan sonra yeniden doğmuş gibi hissediyordu. Saat sabahın altısı olmuştu. Odadan çıktı, kapının önünde Kazak görevlilerden biri bekliyordu. Gökhan çıkınca adam hemen oturduğu sandalyede ayağa kalktı ve anlaşılmaz sesler çıkararak Gökhan'ın önünde durdu. Gökhan yatağın değiştirilmesini istedi ve adam derhal işe koyuldu. O da evde dolaşmaya başladı. Görünüşe göre herkes yatmıştı.

Koridorda hâlâ hazırlıklarla uğraşan Talgat'la karşılaştı.

"Eğer kendinizi kötü hissediyorsanız, yolculuğu erteleyelim beyim."

"Talgat, herkese söyle, planda hiçbir değişiklik yok. Yola çıkıyoruz."

"Peki efendim."

❖ ❖ ❖

Orkun Uçar

Astana'daki evdekilerle vedalaştılar. Gökhan bu tuhaf gruba karşı bir yakınlık hissediyordu ve ayrılırken içi hafifçe burulmuştu.

Onların arasına katıldığında, kendini daha çok bir aile ortamına gelmiş yurtdışındaki akraba gibi hissetmişti.

Adamların hepsi ayrı ayrı cana yakın ve neşeli tiplerdi. Bu ilk başta onu tedirgin etmişti, çünkü böyle yumuşak bir yüz şimdiye kadar kafasında oluşmuş mafya figürüne tezat oluşturuyordu. Fakat yaptıkları işleri onlardan dinlediğinde içi rahatlamıştı.

Bu Türk kökenli mafya, Rus mafyasına kök söktürüyordu. Başta Astana olmak üzere, Kazakistan'ın her yerindeki kirli işlerde küçük de olsa söz sahibiydiler. Kırgızistan merkezdi ve diğer Orta Asya ülkelerinde de organize oluyorlardı. Yerel küçük örgütler ya yok ediliyor ya da bünyeye katılıyordu.

Koray hızlı ve etkin bir hiyerarşinin tepesindeydi, ama en önemlisi büyük eylemlerin hepsinin göbeğine dalıyordu. Bu onu adamlarının gözünde efsane haline getirmişti. Göreve başlarken MİT'in bağlantılarını kullanmadığı için en az Ruslar kadar sürpriz olmuştu onlara.

Kızıl Kurtlar önce kendilerine karşı birleşen Kazak ve Alman mafyasıyla mücadele etmiş, onları yenince Ruslara saldırmaya başlamıştı. Opriçnina o kadar çok darbe yemişti ki, Rusların rahatsızlığı Rusya devlet başkanı kanalıyla Türkiye'ye baskıya neden olmuştu. İşte Kurt, Kızıl Şaman'ı uykuya yatırmak için gelmişti, ama Opriçnina yanlış bir hamle yapmıştı.

Kazakistan'da şu anda mevcut denge kurulmuştu. Kızıl Kurtlar artık sadece mafya değil, Kazak bozkırlarında tüm Orta Asya'da etkin bir güç oluşturmak üzere hazırlanan milislere dönüşmüştü. İşte Gökhan'ın ulaşmak üzere yola çıktığı Kostanay, Kızıl Kurtlar'ın kurulduğundan beri üçüncü ana merkeziydi.

Kızıl Kurt

Araç hareket etti. Ön yolcu koltuğunda oturan Gökhan intikamdan başka bir şey düşünmüyordu. Adım adım yaklaşıyordu almak istediğine.

Astana şehir çıkışına doğru ilerleyen cip, içinde yüzyılın en büyük katillerinden birini taşıyordu ve New York'u yerle bir etmiş bu adam eli boş dönmemeye kararlıydı. Fakat Koray'la karşılaşacak olmanın verdiği garip tedirginlik, bu durumda bile beyninde önemli bir yeri işgal ediyordu.

```
10 Ağustos 2008
Stockholm
```

Aynadan kendisine bakan şey Björn'ü ürkütüyordu. Böyle bir şeyi hiç beklemiyordu doğrusu. Makyajın komik ve utanç verici yanının ürkütücü yanından çok daha güçlü olacağını düşünmüştü. Bir pandaya benzeyeceğini düşünerek kendisiyle dalga geçmişti, ama şimdi bir pandaysa bile, korkunç bir panda olduğundan emindi.

Aynadaki adamın siyah uzun saçları omuzlarına dökülüyordu. Dudak ve göz çevreleri hariç yüzünün tamamını, ölü beyazına boyamıştı. Gözkapakları ise ince bir hatla siyaha... Gözlerinin altı da favorilerine doğru daralan, gotik kıvrımlarla ilerleyen iki simetrik hatla simsiyahtı. Dudaklarının çevresi üst ve altlarda ince, sağ ve sol uçtaysa sivri ve uzun iki hatla yine simsiyahtı.

Önce evde bulduğu bir müzik dergisinden kesip lavabonun kenarına dayadığı fotoğrafa, sonra tekrar aynadaki aksine baktı. Hiç beklemediği kadar başarılı olmuştu, neredeyse aynısıydı fotoğraftaki adamın.

Yaptığı bu şeye ceset boyası deniyordu. Bazı müzik grupları sahneye çıkarken yapıyordu bu makyajı. Sonraları bazı dinleyiciler

Orkun Uçar

de yapmaya başlamıştı. Artık günlük hayatta bu halde dolaşan insanlar bile vardı. Björn bugün onlardan biri gibi görünmeyi umuyordu.

Yatak odasına gitti. Makyaj yapmadan önce tüm hazırlığını yapmış, son olarak da giyecek ve aksesuvarlarını yatağının üstüne bırakmıştı. Siyah atleti yüzündeki boyaya değdirmemeye özen göstererek boynundan geçirdi. Adaleli gövdesi dar atletin altından belli oluyor, bu duruş kendisinin bile hoşuna giden bir görünüm veriyordu. Siyah gömleği atletin üzerine geçirdi, kollarını sıvadı ve önünü açık bıraktı. İki kolunun açıkta kalan bölümlerine, üstünde onlarca küçük çivi dizili bileklikleri geçirdi. Gömleğin cebindeki zinciri çıkarıp bir ucunu cepteki halkaya, diğerini de belindekine geçirdi. Siyah kot pantolonu giydi ve bir süre de onun zincirleriyle uğraştı. Her şey tamamlandığında, sadece giyinmek için bu kadar çaba harcamış olmasının sinirlerini gerdiğini fark etti. Aynada kendine baktı ve yatakta kendini geriye bıraktı.

"Çok yorgunum," diye mırıldandı. Geleceği belirsizdi. D-Day kendisini Almanya'ya getireceklerini bu yüzden birkaç gün beklemesini söylemişti. Bekleyecekti birkaç gün elbet, ama korkuyordu. Kaçak hayatının birkaç günü bile ona göre değildi.

Ellerini yüzüne götürecekti ki kendini durdurdu. Bir daha fondötenle, pudrayla uğraşmak istemiyordu. Yatakta bir süre tavanı seyretti, sonra doğruldu. Odadan çıkarken aynada kendine bir kez daha baktı, o kadar da kötü olmadığına karar verdi.

Gökhan'ın Gotland'dan getirdiği poşet çay kutusunu da bir uğur sayıp koyduğu çantasını kapının önüne taşımıştı. Çantayı sırtına geçirdi, kapının önünde bir süre dikilip dua etti ve evden bir daha dönmemek üzere çıktı.

Helsinborg'da, Tomas Elgsrand adlı eski bir sevgilisinin evinde saklanacaktı.

Kızıl Kurt

10 Ağustos 2008
Bişkek

Yarın Kazakistan'a, Kızıl Kurtlar'ın üçüncü kampı Kostanay'a hareket edecekti Kızıl Şaman. Yıllar öncesinden bir tanıdığını bekleyecekti orada. Minderinde iç çekti ve yalnız beklediği odada çevreye bakındı. Yarın görüşeceği adam sadece bir tanıdık değildi onun için. Bir zamanlar olamadığı her şeydi Gökhan. Kendisine yapılan haksızlığın canlı bir simgesi, bedenlenmiş haliydi adeta.

Güçlüydü, başarılıydı ama Koray'ın yanında bu yönlerinin esamesi okunamazdı. Gökhan'ın Koray'dan tek fazlası her zaman doğru olanı yapıyor olmasıydı. İstemsizce yüzü buruştu Kızıl Şaman'ın.

Yola çıkmadan önce yapacağı son bir iş kalmıştı. Duvardaki saate baktı. Sekize geliyordu. Az kalmıştı işinin tamamlanmasına.

İki yılda güçlü bir teşkilat kurmuş, ama bu o kadar da kolay olmamıştı. Birçok tehlike atlatmıştı...

Saat sekiz olduktan hemen sonra Satılmış kapıyı tıklatıp girdi. Bu Türk, Kızıl Şaman'ın yaklaşık bir aydır özel yardımcısıydı. Kazak Bekir, Kostanay Kampı'na gidince onun yerini almıştı.

"Çayınız efendim," dedi Satılmış. Büyükbabasının adını taşıyordu. Kısa boylu, topluca, genç bir adamdı. Lideri önüne getirilen çaya gözünün ucuyla baktıktan sonra odada kimse yokmuş gibi gözlerini boşluğa çevirince sordu. "Başka bir isteğiniz var mı?"

"Bekle bakalım," deyip ayağa kalktı Kızıl Şaman. Odanın diğer ucuna yürüyüp büyük sandığın kapağını açtı. Eğilmiş, kurt başları ve kadehlerle dolu sandığı rastgele karıştırıyordu. Tüm dikkati arkadaydı. Satılmış yeterince yaklaşınca aniden döndü ve genç uşağın hançeri tutan elini yakaladı. Şimdi, gözleri kocaman açılan Satılmış, elinde müthiş bir acı hissediyordu. Kızıl Şaman elini bir mengene gibi sıkıyor, hançerin tahta sapı adamın parmak kemiklerini kırıyordu. Koray hançeri çekip aldı ve uşağını bir darbede yere serdi. Satılmış çaresizce debeleniyor, ne yapacağını bilemiyordu. Sonun geldiğinin farkındaydı. Duyduğu korkuya büyük bir şaşkınlık eşlik ediyordu. Ruslarla anlaşalı daha dört gün olmuştu ve Kızıl Şaman'ın bundan haberdar olması imkânsızdı. Kardeşinden gelen şifreli mektuplarla görmüştü işini.

Koray, adamın gömleğini bir hamlede yırttı ve ortaya çıkan kıllı, terli gövde üzerinde hançerin sivri ucunu gezdirmeye başladı. Bıçağın geçtiği her noktadan kıpkırmızı kan çıkıyordu. Dev hilal tamamlandığında Satılmış çoktan ölmüştü. Hançer zehirliydi.

Cesedi olduğu yerde bırakıp yerine çöktü. Satılmış'taki değişikliği fark etmesi çok kolay olmuştu. Adamın hangi hareketlerinin onu ele verdiğini kendine bile söyleyemiyordu, ama anlamıştı işte. Tüm hareketleri, Satılmış'ta gördüğü her şey onun bir hain olduğunu düşündürmüştü Koray'a. Kimse bunun farkında değildi, herkes Satılmış'ta hiçbir değişiklik olmadığını söyleyecekse de o bunu görmüştü.

Güçlü Kızıl Şaman'a ihanet eden bu adam Koray'ı iki yıl öncesine götürdü. Kızıl Şaman ismini çok az kişinin bildiği, Kızıl Kurtlar'ın yavaş yavaş duyulmaya başladığı zamanlara... İlk haini hatırlıyordu oturduğu yerde. Bundan iki yıl önceydi. 2006'da bir bahar günüydü...

Kırgızistan'ın engin bozkırlarına dikiş atılmış asfaltta bir Lada Niva, torpidosunda bulunan kâğıtlara göre iki kişiyi turist olarak Japonya'ya sokmak üzere ilerliyordu. Yolcu koltuğundaki Kırgız, göz-

Kızıl Kurt

lerini kapatmış uyumaya çalışıyordu. Yola çıktıklarından beri tek bir araç ile karşılaşmamışlardı, alışık olmayanlar için kabir azabını aratmayacak rüzgârın sesi ise nefes alıp vermek kadar doğaldı. Kırgız, gözlerini açıp hışırtılarına sadece hırıldarken ara veren telsize nefretle baktı, uyuması için başka hiçbir engeli yoktu. Telsiz, hışırtısını kesmeden iki kilometre gerideki diğer bir Lada Niva'da bulunan Nurbek Banyarev'den gelen konuşmaları arabanın içine aktardı:

"Yola çıkıyoruz."

"Tamam."

Nurbek'in arabası birkaç dakika sonra hareket etmek üzere beklerken treylerine buğday yüklenmiş tır, büyük bahçe kapısından çıktı, önündeki yokuşu inerek anayola ulaştı. Resmi belgelere göre amacı Japonya'daki ufak bir şirkete buğday sevkiyatı yapmaktan ibaretti, şimdiye kadar yirmi sefer yapmıştı. Yalnızca ilk sefer sadece buğdayı şirketin deposuna kadar ulaştırıp yolun durumunu öğrenmiş, geri kalan on dokuz seferde ise paravan malı döküp treylere eklenmiş bölümlere saklanmış olan uyuşturucuyu teslim etmişti. Risk her zamanki kadar yüksekti, önden giden ve arkadan takip eden iki araca, rüşvetlere ve yapılan onca plana rağmen tırın önünün kesilip malın elden gitmesi mümkündü.

Şimdi, üç araçtan oluşan konvoy telsizle konuşarak ilerlemekteydi. Konuşma çoğunlukla kadınlar, dövüş anıları ve içki üzerineydi, amaçları sıkılmamaktan ziyade sürekli iletişim halinde kalmaktı. Dört saat kadar yol almışlardı ki tırın telsizinden, neredeyse aynı anda iki gümleme sesi yükseldi.

"Ne ezdini..."

Nurbek Banyarev'in cümlesini yarıda kesen Kurmanbek'in sesi kabinin içinde yankılandı.

"Baskın! Baskına uğradık!"

Orkun Uçar

Koray, Kırgızistan'ın doğusundaki karakol bölgesinde, bir vadide Boris Bodrov'u sorguluyordu. Opriçnina'ya bağlı ufak çaplı bir suç örgütünün lideri olan adam, adı yeni yeni duyulan Kızıl Kurtlar isimli Türk kökenli bir örgütle anlaşmazlığa düşmüş ve depolarından birini yakarak onlara gözdağı vermişti. Küçük Kırgız gruplarla nasıl uğraşması gerektiğini biliyordu. Bilmediğiyse Kızıl Kurtlar'ın farkıydı. Şimdi adamlarının cesetlerine bakarken ölümü beklemekteydi Bodrov. Kısa süre sonra artık iğrenti yerine korku duyduğu Koray'ın sesini tekrar duydu.

"Ne yapmaya kalktığınızı hiç düşünmediniz mi? Saldırdığınız adamın Kızıl Şaman olduğu hiç geçmedi mi aklınızdan? Kendi kanının içinde boğulmanın hoşuna gideceğini mi düşündün? Söyle!"

Adam başını yere eğdi. Bu gösteri kendisi için yapılıyor olamazdı, öleceği apaçık belliydi. Kırgızlar için de yapılıyor olamazdı, hepsi zaten korku ve saygı ile bakıyordu Kızıl Şaman'a. Artık adamın gerçek ismini, nereden geldiğini, amacının ne olduğunu merak etmediğini, onu sadece Kızıl Şaman olarak gördüğünü fark etti. Balyoz yemişçesine sersemledi ve kafasını kaldırıp Kızıl Şaman'a baktı. Bu, ölümün ötesinde bir yok oluş, her türlü bağlılığın ötesinde bir teslimiyetti. Ayakları yere bir ağacın kökleri gibi tutunmuş, saçları rüzgârda dalgalanmakta olan bu adam istediği her şeyi ele geçirebilirdi. Sonunda, kafasını bile dik tutamayacak hale geldi, sadece Kızıl Şaman'a bakabiliyor, ölümünün nasıl olacağını düşünebiliyordu. Elleri, ayakları, kafası hatta gövdesi...

Koray ellerini Rusun hayatını bitirmek amacıyla kaldırdı. O sırada gözleri minik bir hareket fark etmişti. Hemen yanında duran Cengiz gözlerini kısmış, başını yana çevirmişti. Eli havada asılı kaldı ve delici bakışları Cengiz'e yöneldi. Cengiz şaşkın bir ifadeyle

Kızıl Kurt

geriye doğru bir adım atarken Koray'ın zihninden onunla ilgili olarak bir sürü şey akıp geçiyordu. Bu Kırgız daha önce de dikkatini çekmişti. Her baskında ayaklarının altında dolaşıyordu adam, her karşılaştıklarında yüklüce borç isteme hazırlığındaki insanlar gibi aşırı saygı gösteriyordu. Bir keresinde baskın öncesinde ofisinde hazırlanırken durduk yere kımız ikram edişi vardı ki...

Gözlerini birkaç saniye için kapattı. Açtığında Cengiz'in üzerinde parlıyordu bakışları. Silahını Boris Bodrov'dan çevirip Kırgıza doğrulttu. Adam kaçmak üzere arkasını dönünce tek mermiyle yere yığıldı. Arabasına doğru ilerlerken kendisini şaşkınlıkla izleyen Kırgızlara hiç bakmadan, "Rusu öldürün, bu adam casustu, tır baskına uğrayacak," dedi. Cengiz, Kızıl Şaman'a ihanet eden ilk adamdı.

Kırgızlar, kasasında sayısız delik açılmış tırın yanına siper almış, Ruslara aralıksız ateş ediyorlardı. Gece, referans alınabilecek her şeyi sünger gibi emmişti, namlulardan yükselen kıvılcımlar dışında hiçbir şey görünmüyordu. Rusların nerede ve kaç kişi olduğu konusunda hiçbir bilgileri yoktu. Tırın tavanında bulunan küçük çanak isabet almamış olsa merkeze tek kelime iletmeleri yetecekti, fakat şans Rusların yanındaydı. Tek umutları olabildiğince direnmekti. Bir saate yakın süredir çatışıyorlardı, Ruslar tırın yakınlarına girdikten sonra fazla direnemeyecekleri ortadaydı. Nurbek, Rusların adam kaybetmemek için böyle davrandıklarına, cephanelerinin bitmesini beklediklerine karar vermek üzereydi ki bir araç gürültüsü duyuldu. Hızla tırın arkasına dönen araçtan Kırgızların üzerine mermi yağmaya başladı, bozuk yol Rusların nişan almasına engel olmasa adamların hepsi anında ölürdü. Arkadaşları Nurbek'i takip ederek yer değiştirirken Kurmanbek dizinin üstüne çöktü, arabanın şoför tarafındaki iki tekerini vurdu. Araba hiç yavaşlamadan sağa dönüverdi. Şaşıran şoför hemen vurulmamış olsa belki dönmeye devam edebilir, böylece soldaki Ruslar ateş etme fırsatı yakalayabilirdi; fakat gazı kesilen araç, dönüşünü yavaşlatıp durdu, bu sırada şoförün arkasında oturan Rus vurulmuştu.

Umduklarından fazlasını almış olmalarına rağmen daha kötü durumdaydılar şimdi. Tırın bir tarafı ne durumda olduğunu bilmedikleri Ruslar tarafından kurşunlanırken diğer tarafta siper almış iki Rus çoktan ateş açmaya başlamıştı. Nurbek peşindeki üç adamıyla araca doğru koşarken vurulan Kurmanbek'in çığlığını duydu, coşku kadar acı da barındıran bir haykırışla cevap vererek Rusları karşılarına aldı. Adamları onu yalnız bırakmamış, onunkini bastıran naralarla saldırıya geçmişti. İki Rus ne olduğunu anlayana kadar Kırgızların tüm mermileri vücutlarına saplanmıştı.

Etraftan yükselen sesler kalplerinden yükselen gümbürtüyü bastırdığında tekrar tıra siper almaya, beklemeye ve olabildiğince direnmeye koyuldular. Nurbek, kendinin ve adamlarının üzerindeki kontrolünü henüz yitirmemişti, ama bu işin sonunun hezimet olacağı apaçık ortadaydı. Verebilecekleri en fazla zararla bu işi kapatmayı planlıyordu. Kendilerine yapılan hareketin bedelinin ödetileceğini hatırlatacaklardı böylece. Adamlarının gözünün içine baktı ve dört adam sessizce ettikleri yemini yine sessizce tekrarladı. O sırada bir araç daha tırın arkasına hızla girmişti, onlar da anında ateşe başladılar, ama şoför çoktan aracından atlamıştı. Nurbek sinirle doğruldu. Bu Rusun ismini öğrenmeden ölmemeye kararlıydı. Silahını sımsıkı kavramış, adamın atladığı koyağa doğru yaklaşmaya çalışıyordu ki sürücünün yüzü dikildi karşısına."Kızıl Şaman! Nasıl..."

Kızıl Kurt

Gerideki üç adamın yüzündeki sevinç görülmeye değerdi. Nurbek, ortağına kutsal bir varlığa bakar gibi gözlerini dikmişti. Koray yanlarına siperlendi.

"Durum nedir?"

"Tırın arkasından saldırıyorlar. Kaç kişiler bilmiyorum. Kurmanbek'i kaybettik. Cephanemiz yok."

"Şunların silahlarını toparlayın, benimle gelin."

Koray, Nurbek ve arkalarındaki üç adam Rusların üzerine koşmaya başladı. Daha Kırgızları gördükleri an bir adamları kanlar içinde yere serilen Ruslar çılgıncasına silahlarının tetiklerine asıldılar, tecrübeleri böyle bir şaşırmanın ardından hedef gözeterek ateş etmelerine yetmemişti. Üç Rus, iki yandaşının daha kana bulandığını görmüştü ki bu, aralarından ikisinin gördüğü son şeydi. Koray'ın karşısında dikildiği son Rus, boşalan şarjörünü değiştirmeyi dahi akıl edemeden öylece bakakaldı. Adam sol gözüne giren kasaturanın verdiği acıyla çığlık atana kadar öylece beklemişti. Koray, çığlıklar içinde koşmaya çalışan adamı ensesinden yakaladı ve sürükleyerek arabasına attı. Vadideki infazı tamamladıktan sonra sorgulayacaktı onu.

Kızıl Şaman'ı o gün vadide ve çatışmada görenler liderlerine kanla, tüm hayatlarıyla bağlanmıştı. Nurbek Banyarev de bu adamların arasındaydı.

Geçmiş gözlerinin önünden silinirken yine Gökhan'ı düşünmeye başladı. Kısa zaman önce Gökhan'a Kurt'u kurtarması için yardım edeceğini söyleseler buna kahkahalarla gülerdi. Ama yarın bu işe başlıyordu işte. Gökhan'ın varlığından bundan beş gün önce, dünya üzerinde Kızıl Şaman'dan en çok nefret eden adamın ölüm haberini aldığında haberdar olmuştu. Bu işi bir MİT ajanının yaptığını duyar duymaz Beyin'i aramış, Alferov'un katilinin Gökhan olduğunu öğrenince şaşkınlığını gizleyememişti. Geçen yıl karşılaşmıştı Alferov'la Koray. Yine geçmişte buldu kendini.

Till Grosz ve altı adamını Bişkek Havaalanı'nda üç siyah otomobil karşıladı. Wolfgang Reger'in arka koltuğunda oturduğu arabaya tek başına bindi Grosz. Bu araba ortaya alındıktan sonra üç araç Bişkek şehir merkezine doğru harekete geçti.

Grosz oldukça kısa boyluydu ve dev Reger'in yanında otururken olduğundan da kısa görünüyordu. Konuştuğunda dev olan oymuş gibi geliyordu dinleyenlere. Fakat çok konuşmazdı.

"Charles IV Residence'a gidiyoruz," dedi Reger.

"O nedir?"

"Benim otelim."

"Tamam."

"Şehrin dışında, umarım sorun değildir bu sizin için."

"Hayır," diye kısa kesti Grosz. Reger'i çok sevmezdi, ama asıl sevmediği şey konuşmaktı. Karanlık yolda üç araç sessizce ilerlemeye devam etti.

"On dakika kadar kaldı."

"Peki."

"Her şey hazır değil mi?"

"Bak Reger, artık kes sesini. Elbette her şey haz..."

Grosz'un sözü hemen önlerindeki aracın müthiş bir şekilde patlamasıyla kesildi. Öndekini takip eden iki araç ne kadar fren yaparsa yapsın duramayarak sırayla patlamanın içine daldı. Grosz ve Reger'in bulunduğu araba önce öndekine çarpmış, ardından da arkadan gelen darbeyle iyice ezilmişti. İçeridekiler ardı arkası kesilmeyen sarsıntılar yüzünden ne yapacaklarını şaşırmışlardı. On iki

Kızıl Kurt

adam içinde kapısını ilk açan Reger oldu. Öndeki arabanın patlamayla ölen sürücüsünden sonra ilk ölen de oydu.

Yolun kenarından fırlayan on beş adam, şarjörleri boşalana kadar üç arabayı taradılar. Eski boksörün işaretiyle durdular ve kapıları açıp içeridekileri kontrol ettiler. Koltukların arasına sığınmış minyon Grosz dışında canlı yoktu. Boksör silahını çıkarıp Grosz'un alnına dayadı ve bakışlarını başka bir tarafa çevirdi. Gözlerini kıstı. Parmağı tetiğin üzerine küçük bir baskı yaptı... ve geri çekildi. Adamı omzundan yakalayıp dışarı fırlattı.

"Bizimle geliyorsun..." Duraksadı. "...hayır, biz senle geliyoruz."

Hangarın ağır kapısı üç araba içeri girdikten hemen sonra kapandı. Tozlu zemin kat, çocukların on bir kişilik takımlarla futbol oynayabileceği kadar genişti. Üstte bir asma kat vardı. "U" şeklinde tüm hangarı dolaşan metal bir kafes... Burada uzun namlulu silahlarıyla üç adam bekliyordu. Namlularını zemin kata, alışverişin döneceği yere çevirmişlerdi.

Till Grosz arabadan indi. Hemen yanında silahlı beş adam vardı. Karşılarında Rus mafya patronu Mikhail Alferov beş adamıyla bekliyordu. Rusların yanında, yerde beş bavul vardı.

"Hazır mı?" diye sordu Grosz.

"Hazır," diye yanıtladı Alferov. "Başınıza ne oldu?"

Grosz'un başı beyaz bir bezle sarılıydı. Bez sağ kulağının üstünden geçiyordu.

"Bu sizi ilgilendirmez," diye yanıt verince önce Ruslar, hemen ardından Almanlar silahlarını daha sıkı kavradılar.

Karşısındaki gülümsüyordu. "Kulağınıza sahip çıkamadınız sanırım."

"Senin işle ilgilenen bir adam olduğunu söylüyorlardı Alferov. Ama görüyorum ki çok fazla mafya filmi izlemişsin. Konuşacaksan gidelim, senin malına ihtiyacım yok."

"Ağır ol Grosz, ağır ol. Kiminle konuştuğuna dikkat et."

Alman mafya babası bakışlarını yere çevirdi. Alferov karşısında ezilmişti. Hiçbir şey söylemeden dinlemeye devam etti.

"Haddini bil ve şu sorumu cevapla. Almanların adamı kalmadı mı da bu çekik gözlülerle geliyorsun buraya?"

"Kimle geleceğimize biz karar veririz. Kırgız mafyası dostumuzdur. Almanya'dan buraya adam mı taşıyacaktım?"

"Parayı göreyim."

"Malı göreyim."

Alferov'un bir işaretiyle beş bavul açıldı. Naylonlara sarılı beyaz tozla ağzına kadar doluydu hepsi. Grosz'un işaretiyle çekik gözlülerden biri bavullara yanaştı ve rastgele bir torbayı yırtıp tozu tattı. Grosz'a dönüp başıyla bir onaylama işareti yaptı.

"Parayı göreyim." Alferov aynen ilk söyleyişinde tonladığı gibi tonladı cümleyi.

Grosz'un işaretiyle adamlarından ikisi arkadaki arabaya yöneldi. Eroini tadan adam gözlerini Grosz'dan ayırmıyordu.

İki adamdan biri tüm pencereleri filmli ilk arabanın arka kapısını açtı ve çıkardığı çantayı Alferov'a götürdü. Kapıyı açık bırakmıştı. Diğer adam bu sırada bagajı açıyordu.

Alferov eğilip çantanın içini karıştırdı. Parayı getiren adam tekrar arabaya yönelmiş, diğer çantayı getiriyordu. Alferov gözlerini Grosz'dan ayırmayan Kırgızın bakışlarını fark etti. Bu tuhaf bir durumdu ve tetikte olmak gerektiğine karar verdi. Kızıl Kurtlar tüm Orta Asya'da Opriçnina'ya birbiri ardına darbeler indiriyordu. Mikhail Alferov onlarla karşılaşmamış az sayıda Rus liderden biriydi.

Kızıl Kurt

Birkaç adım geri çekilerek para çantasını açması için adamına işaret etti. Tüm dikkatini karşısında bekleyen silahlı adamlara vermek istiyordu. Adam eğildiği sırada tek bir mermi sesi yankılandı hangarda. Hemen ardından asma kattan düşen Rusun çığlığı... Aynı anda arabanın açık kapısından elinde dev bir ağır makineliyle yüzüne kırmızı boyayla çizgiler çizilmiş bir adam çıkmıştı. Bir an sonra tüm hangarda mermiler havada uçuşuyordu.

Talgat, arabanın bagajından çıkardığı sniper tüfeğiyle üst kattaki ikinci Rusu da indirdi. Nurbek ilk anda Grosz'u midesinden vurmuştu. Silahlarını ateşleyen Ruslardan ikisi Kızıl Şaman'ın makinelisinden çıkan mermilerle devrilmişti. Alferov'un sadece tabancaları vardı ve bu çatışmada bir işe yaramayacaklarını bildiği için hemen geriye, arabasına kaçmıştı.

Talgat üstteki son Rusu da indirdiğinde Ruslardan canlı kalan tek kişi patronlarıydı. Kırgızlardansa iki adam ölmüş, bir tanesi de yerde titrerken parmağı tetikte asılı kalan Rusun çevreye dağılan mermileriyle omzundan yaralanmıştı. Koray'ın işaretiyle tüm silahlar sustu. Nurbek vurulan adamlarını kontrol ediyordu. Koray yavaş adımlarla Rusların arabalarına doğru yürüdü. Alferov'u burada bulacağını biliyordu.

Eğilip ilk arabanın altından baktı. Arka tekerleğin hemen yanında bir ceketin eteği görünüyordu. Yüzüne bir gülümseme yayıldı. Yere yattı ve arabanın altına uzandı. Aynı anda Alferov arabanın altındaki hareketi fark etmiş ve silahıyla eğilmişti. Koray, Alferov'un silahı uzatan kolunu bir hamlede yakaladı. Rus liderin mermisi omzunun üzerinden geçip arabanın altına çarptı. Birkaç saniye sonra ufak tefek Rusu arabanın altından sürükleyerek çıkarmıştı. Arkasındaki adamları merakla izliyorlardı.

Koray sesini çıkarmayan adamı çırılçıplak soydu ve belinden kasaturasını çekti. Alferov yanağına inen tekmeyle yere boylu boyunca uzandı. Sol yanağı yere temas ediyordu. Koray, Rusun üstüne çıkıp tek eliyle başını zemine bastırdı. Kasaturasını adamın suratına gömdü. Önce büyükçe bir yay çizdi. Ardından ilk yayla aynı bitiş noktalarından geçen daha küçük bir yay çizdi. İki yay arasında kalan deriyi parmaklarıyla tutup çıkardı. Alferov artık sessiz adamı oynayamıyordu. Çığlıkları tüm hangarı inletirken Kırgızlar liderlerine hayranlıkla bakıyorlardı.

Koray acılar içinde kıvranan Rusu sırtüstü çevirdi. Adamın sağ yanağı tamamıyla kana bulanmıştı. Tepesinde dikilen şey uzun saçları, kırmızı boyalarla süslenmiş yüzüyle kâbuslardan fırlamış bir yaratık gibiydi.

"Kimi gördüğünü biliyor musun?" diye sordu şeytan.

Alferov cevap vermiyordu. Dişlerini ve gözlerini sıkmış, acı içinde kıvranıyor, ama cevap vermiyordu.

"Kızıl Şaman'ı gördün," dedi Koray ve adamın yanağındaki yaraya avucunu bastırdı. Alferov şimdiye kadar hiç hissetmediği bir acı hissediyordu, ama bu, duyduğu korkunun yanında hiçbir şeydi. Eline bulaşan kanı kendi yüzüne sürdü Koray. Yerdekinin gözleri kocaman açılmıştı. "Kızıl Şaman'ı gördün," diye tekrarladı ve adamın başından ayrılıp arabaya bindi. Adamları da onu takip etti. Alferov acılar içinde yatarken üç araba uyuşturucu ve parayla uzaklaştı.

Bu olaydan sonra Rusları tam da Koray'ın istediği gibi büyük bir telaş sarmıştı. Kızıl Kurtlar'ın yükselişini durduramama korkusu yayılıyordu Rus mafyasında. En büyük patronlardan biri tüm itibarını yitirmiş, Kızıl Şaman karşısında rezil olmuştu. Bir yıl sonraki

Kızıl Kurt

ölümüne kadar itibarını geri kazanacaktı belki, ama karşısına iki Gri Takım üyesi çıktıktan sonra yaşaması mümkün olmamıştı.

Oturduğu yerde doğruldu ve sandığın birkaç metre yanındaki şöminenin kenarından uzanan zil ipini çekti. Önce ceset çıktı odadan, sonra da Koray. Kostanay'a gidiyordu Kızıl Şaman.

11 Ağustos 2008
Kostanay yolu

Gri Takım'dan altı öğrenci Bolu'da, MİT'e tahsis edilmiş ormanlık arazide eğitim görüyordu. Karşılarında Tilki vardı.

"Gri Takım! Bugün öğreneceğiniz şey, şimdiye kadar öğrendiğiniz pek çok şey gibi, sizler için hayati önem taşıyor."

Ders başlamadan önce tüm öğrencilere birer MP5 model hafif makineli tüfek verilmişti. Şimdi Tilki'nin bu söylediğine bakılırsa, omuzlarındaki silahlar pek hayra alamet değildi.

"Şimdi, buna iyi bakın."

Tilki sağ elindeki MP5'i havaya doğrulttu ve tetiğe basmaya başladı. Üç mermi bir mermi, üç mermi bir mermi, üç mermi bir mermi...

Hafif makineliden aksak bir ritim gibi çıkan gürültü ormanda kaybolduğunda Tilki gülümseyerek öğrencilerin yüzlerine baktı.

"Yapabilecek olan var mı?"

Kimseden çıt çıkmamıştı. Tilki'nin bakışları karşısındaki altı yüzü sırayla dolaştı.

"Yok mu?"

Çocukların hepsi eğitmenlerine cesaretle bakıyor, ama hiçbiri çıkıp yapabileceklerini söylemiyorlardı.

"Haydi Serkan. Yap bakalım."

Orkun Uçar

Serkan kırık burnu ve geniş alnıyla kamptaki en çirkin çocuktu, ama en başarılı öğrenciler arasındaydı. Uzun boylu, atletik yapılıydı. Çekinerek öne çıktı ve silahını eğitmeninin biraz önce yaptığı gibi havaya doğrulttu. Ama ne yapacağını bilmiyordu. Tilki'nin ne istediği hakkında zerre kadar fikri yoktu. Bu durumda onu aynen taklit etmekten başka çaresi olmadığına karar verdi.

Gözlerini havaya doğru kaldırıp dudaklarını yarı araladı -Tilki de aynen böyle yapmıştı- ve tetiğe asıldı. Silah kontrolü çok başarılıydı. Mermiler namludan fırlarken Serkan zerrece sarsılmıyordu.

Üç mermi, üç mermi, üç mermi... Dört mermi, üç mermi, üç mermi, dört mermi... Durdu, kısaca bakındı ve kimseden ses gelmeyince üç mermi daha sıktı, durup Tilki'ye döndü. Dimdik ve kararlı duruşuna karşın gözleri bu yaptığı şeyin yanlış olduğunu kendisinin de bildiğini anlatıyordu.

"Kimilerinizin fark ettiği gibi, Serkan bu silah otomatik konumdayken bir seferde bir mermi çıkarmayı başaramadı. Hatta üç merminin altına bile düşemedi. Fakat bu Serkan'ın beceriksizliğinden değil, işin zorluğundan. Şimdi, hepinizden buna çalışmanızı istiyorum. On beş dakika sonra geldiğimde bunu yapabiliyor görmek istiyorum hepinizi. Ormana dağılın ve çalışmaya başlayın. Tam on beş dakika sonra burda olacaksınız. Rahat."

Altı öğrenci farklı yönlerde koşmaya başladı. İlk başta aynı yöne gitmiş olan birkaçı biraz bocaladıktan sonra farklı birer yön buldular. Kısa süre sonra tüm ormanı kesik kesik ateş etme sesleri doldurmuştu. On beş dakika geçtiğindeyse sesler tümüyle kesilmiş, bölgede duyulan tek ses Tilki'ninki olmuştu.

Altı öğrenciden üçü bir basmada tek mermi çıkarmayı başaramamıştı. Diğer üçüyse birkaç defa bunu becermişti, işte Gökhan da

Kızıl Kurt

bu üçünden biriydi. Tilki tek mermi çıkarmayı başaran Gökhan, Koray ve Serkan'ı diğer üçünden ayırmış, onlara yarına kadar çalışmalarını söyledikten sonra bu üçünü ormanda derslik olarak kullanılan diğer bir açık alana götürmüştü.

"Diğer üç arkadaşınıza da yarın anlatacağım bunu. Size öğreteceğim şey, aramızda kullanacağımız ve sadece bizden olanların bileceği bir parola. Mors Alfabesi'ni hepiniz biliyorsunuz. Şimdi bir kez daha yapıyorum. Bakalım ne dediğimi anlayabilecek misiniz."

Tilki, MP5'i gökyüzüne doğrulttu ve ağzını hafif aralayarak daha önce yaptığı şekilde boşalttı mermileri. Gökhan, Tilki'nin ağız açma alışkanlığını Serkan sayesinde fark etmişti ve bir yandan mermilerin çıkışına kulak verirken diğer yandan eğitmeninin açık ağzına bakakalmıştı.

Bu yapılanın Mors Alfabesi'ne göre bir anlam taşıdığını öğrendikten sonra ifade edilenin ne olduğunu anlamak kolaydı.

"Silahımın size ne dediğini anladınız mı?"

Üçü de başlarını evet anlamında salladılar.

"Gökhan, söyle bakalım, sen ne anladın?"

"T, R ve N efendim," diye yanıtladı Gökhan kendinden emin biçimde.

"Evet, bunu unutmayacaksınız. T, R ve N sizin parolanızdır. Bunu sizden başka bilen biri olamaz, asla da olmayacaktır. Şimdi birbirinizi *turan*la selamlayana kadar çalışın buna. Ertesi gün hepiniz bana böyle günaydın diyeceksiniz!"

Yaşlı Tilki'nin neşeli ve coşkulu konuşmasıyla beraber yüzü de silindi Gökhan'ın gözlerinin önünden. O günden sonra hiç kullanmamıştı *turan*ı. Şimdi, ilk defa Kazakistan'da işine yarayacaktı.

Orkun Uçar

Engebeli yola oldukça yakın bir bölgeye kurulmuş çadırlar dikkatini çekti.

"Bunlar ne böyle?"

"Çadır," diye yanıtladı arabayı sürmekte olan Nikolai. Gençten, parlak bir tipti.

"Onu görüyorum. Ama yine de bunlar ne böyle?"

"Yörükler yaşar onlarda."

Gökhan penceresinden uzaklaşmakta olan çadır grubuna bakmaya devam etti. Dışarıda kimse görünmüyordu. Tam ortada büyükçe bir çadır vardı ve beş küçük kopyası onun çevresinde toplanmıştı. Bu grubun hemen yakınında üstü düz olan bir çadır daha vardı. Bunun önüne atlar bağlanmıştı. Kimisi yerde yatıyor, kimisi başını eğmiş yeri öpüyor, kimisi de başını çeşitli açılarda sallayarak dudaklarıyla kaynanadili hareketi yapıyordu. Gökhan biraz önce aklına gelenlerle bunları birleştirince ortaya çıkan şeyden büyük zevk aldı. Önce turan, sonra Yörükler... Üstelik Kazakistan'da, Türklerle işbirliği içinde, Türk kökenli bir grupla beraberdi. Turan, diye tekrarladı içinden. Bir uzun, bir kısa, bir uzun, bir kısa ve bir uzun, bir kısa..."

13 Ağustos 2008
Helsingborg

"Yerinde olsam denemezdim bile Björn!"

Silahlı iki adamı bardan gelince evde bulmuştu. Biri, ayağını epey dövülmüş Tomas'a bastırırken diğeri kanepede oturmuş, silahını ona doğrultmuştu. Dev boyutlardaki dazlak adam elinde bir kupa tutuyordu.

Kızıl Kurt

Björn kısacık bir an kaçmak için istek duyduysa da Tomas'ın gözlerindeki acıklı bakıştan onu yalnız bırakmaması gerektiğini hissetti.

"Aferin Björn! Bu evde neden Rus çayı içiliyor?"

Adam elindeki cam kupayı kaldırıp Almana gösterdikten sonra geri indirmişti.

"Kimsin sen?"

"Sen, benim sorularıma cevap ver, ben de seninkilere vereyim. Neden Rus çayı içiyorsunuz?"

"Ben içiyorum. Evde başka çay yoktu, bilmiyorum."

"Yoksa Rus sempatizanı mısın Björn? Ama yok, eylemlerin hiç öyle göstermiyor."

"Kimsin sen?"

"Biliyorsun kim olduğumu geri zekâlı! Şimdi şöyle geç bakalım."

Adam tam karşısındaki duvarın önünü göstermişti. Björn elleri havada oraya yürüdü.

"Soğukkanlı bir adamsın, aferin. Bir eşcinsel için çok şaşırtıcı..." Rus duraladı ve duvarın kenarında bekleyen Björn'e tartar gibi şöyle bir baktıktan sonra dudaklarını kıvırıp devam etti. "Seni nasıl bulduğumuzu düşünüyorsun değil mi? Seyahatlerinde seni takip etmediğimizi nasıl düşünürsün?"

Cebinden çıkardığı birkaç fotoğrafı suratına attı. İki fotoğraf düz düşmüştü ayaklarının ucuna. Bunlar bir yıl kadar öncesine, Tomas'la ilk birlikte oldukları zamana aitti. Otobüs durağında sarılırken ve barda hararetle konuşurken...

Ayak ucuyla fotoğrafları itip yutkundu. Çok büyük bir hata yapmıştı. Saklanmak için geçmişinden bir yer seçmemeliydi. Pişmanlığın bin türlüsüyle doldu beyni.

Orkun Uçar

Buraya geldi geleli Tomas'la eğlenceli zaman geçirmişti. İki adam, bir gece hormonlarına yenik düştükten sonra yeniden birlikte olmaya bile karar vermişlerdi. Kılık kıyafetindeki değişikliği espriyle, "Tatile çıktım ve takım elbise dışında bir şey istedi canım," diyerek açıklamıştı. Geceleri barlara takılmış, yirmilik gençler gibi eğlenmiş ve birkaç kez sevişmişlerdi. Başını utançla kaldırdı.

"Ne istiyorsun manyak?" diye bağırdı. Tomas'ın gözlerinde suçlayıcı bir ifade görme korkusuyla ona bakamıyordu.

"Yapma... Ne istediğimi biliyorsun."

"Ona sakın zarar vereyim deme. Sakın!"

"Yo, öyle *sakın* diyecek bir durum yokmuş. Ben denedim gördüm, bir şey olmuyor."

"Manyak!"

"Abartma geri zekâlı! Bir daha sesini yükseltmeyi deneme istersen. Anlıyor musun?"

Adamın dalga geçen tavrı birden sertleşince korktu Björn. Rus cevap alamayınca bağırarak yineledi.

"Anlıyor musun?"

"Evet evet, anlıyorum." Uyurken öğretmenine yakalanan bir öğrenci gibi hızla ve panikle vermişti bu cevabı.

"Aferin," Rusun ses tonu yine eski yumuşak halini almıştı. "Gel anlaşalım Björn. Sen, bana bildiğin her şeyi anlat, ben de güzel arkadaşına daha fazla zarar vermeyeyim. Tamam mı?"

"Nerden bileceğim zarar vermeyeceğini?"

"Zarar vermeyeceğim diyorum ya işte. Başka nerden bilebilirsin? Medyum falan değilsin ya?"

"Bildiğim bir şey yok. Bırak Tomas gitsin."

"Nereye gitsin? Polis iyi mi? Ben götüreyim istersen."

Kızıl Kurt

Björn çıldırmak üzereydi. Kapana kısılmış bir fare gibiydi. Tek düşündüğü buradan kurtulmak için bir yol bulmaktı ve ne yaparsa yapsın elinden bir şey gelmiyordu. Kendisini ve sevgilisini kurtaracak bir çare bulamıyor, üretemiyordu.

"Haydi bekliyorum. Anlat."

"Neyi anlatmamı istiyorsun?"

"Kim olduğunu anlat. Visby'ye saldıranların kim olduğunu anlat. Bilgileri hangi işte kullanacağınızı anlat."

"Ben kim olduğum dışında hiçbir şey bilmiyorum. Parayla çalışan bir adamım. Bana söylediklerini yaptım sadece."

"İçimize sızmak ve aramızda yükselmek için yıllarca sabır göstermek pek parayla çalışan bir adamın işi gibi durmuyor, Björn. Kim adına çalıştığını bilmiyor musun?"

"Hayır dedim ya! Evimi aradı adam. Bir aracı vasıtasıyla beni bulduğunu, hesabıma paranın yatırıldığını söyledi. Gerçekten de yatırılmıştı. Sonra işi anlattı ve yaptım. Adamın söz ettiği aracının kim olduğunu bile bilmiyorum."

"Peki neden gizlendin buraya?"

"Bu soruyu sorduğuna göre sen bilmiyorsun, ama ben patronumun mafya olduğunu biliyorum. Ona yalan söylememin ne kadar tehlikeli olduğunu da biliyorum. Ertesi gün işe gidip, 'Özür dilerim efendim benimki göz yanılmasıymış, iki yüz işçi aslında uyuyormuş,' diyemezdim ya."

Adam bir kahkaha attı.

"Doğru, diyemezdin. Bak bunu hiç düşünmemiştim. Boşu boşuna o kadar iz sürdük desene. Ben de seni MİT ajanı sanmıştım. Görüyor musun yanılgıyı? İki yıldır peşimizde koşan, geri zekâlı yaşlı adamın adamlarından biri olduğunu düşünmüştüm. Kayıtların eline de geçtiğini sanıp şimdi kimin elinde olduklarını sormak için sana gelmiştim. E, bir de gelmişken intikam alayım, bağırsaklarını deşeyim diyordum. Ama madem öyle, çayımı bitirip gideyim ben."

Arkada ayak sesleri duyuldu ve biraz sonra odaya başka bir adam girdi. O da tamamıyla dazlaktı.

"E, konuştu mu?"

"Yanılmışız biz. Bana böyle yalanlar söyleyecek kadar salak bir adama kimse önemli bilgileri koklatmaz. Bu adam hiçbir bok bilmiyor."

Konuşan arkadaşına doğru yürüyordu yeni gelen adam ve tam Björn'ün yanından geçerken ani bir hareketle midesine yumruğu indirdi. Neye uğradığını şaşıran Alman, ancak iki adım geriledikten sonra dengesini bulabildi. Midesinden yukarıya kaynar sular fışkırmıştı sanki.

Yeni gelen adam, arkadaşının yanına oturdu.

"Haydi Björn... Uğraştırma bizi daha fazla. Bize bir şey bilmediğini kabul ettirmen mümkün değil. Dünyadaki en zeki adam da olsan kabul ettiremezsin. Hep anlatırlar ya eskiden bir münazara olmuş; bir grup, sütün beyaz olduğunu diğer grup ise siyah olduğunu savunuyormuş ve ikinci grup kazanmış diye bir şey... O şey yalan işte."

"Her şeyi biliyorsunuz işte!"

"Sesini mi yükseltti bana mı öyle geldi?"

"Evet, yükseltti ya da bana da öyle geldi."

"O zaman yükseltti."

"Tamam, ben çay içiyorum."

Sonradan gelen adam koltuğundan kalktı ve Björn'e doğru yürümeye başladı. Adam yaklaşırken Alman ajan, onu tartıyordu. Bu adamla kesinlikle başa çıkabilirdi. Hatta bundan sonra diğer ikisini de halledebileceğini düşünüyordu, ama şu anda saldıracak avantaja

Kızıl Kurt

sahip değildi. Rus iyice yaklaştığında tüm adalelerini kasmaktan başka bir şey yapamadı.

Yumruk tam burnuna isabet etmişti ve burun anında iki yerden kırılmıştı. Beynine iğneler yürümüştü adeta. Eliyle burnunu tuttu ve kana baktı. Sonra doğrulup dikildi adamın karşısında.

Parmağını bir çocuğu azarlar gibi uzatıp, "Sesini yükseltme," deyip geri döndü adam.

O, kanepeye yürürken diğeri çayını bıraktı ve ayaklarının önündeki çantaya eğildi. Çantanın ön kapağını kaldırıp yere yaydı. Kapakta boy boy kesici alet dizilmişti. Adam bir aletlere bir Almana baktı ve delice gülümsedikten sonra çantanın fermuarını açtı. Elini daldırıp bir urgan çıkardı ve Björn'e boş sandalyeyi gösterdi.

Sandalyenin oturulacak kısmında yarı kurumuş kan lekeleri vardı. Tomas'a aitti bu kan şüphesiz. Björn büyük bir suçluluk duygusuyla sandalyeye oturdu. Sandalyeden kot pantolonuna yayılan ıslaklık sımsıcaktı. Buraya, Tomas'ın evine hiç gelmemiş olmayı diledi adamın kanı üzerine oturmuşken.

Tomas'ı tutan Rus, yaralı adamı diğer bir sandalyeye bağlarken iki adam da Björn'ü bağladı ve geri çekilip yine kanepeye oturdu. Björn'ün hemen yanında ağzı bağlı oturan Tomas, arada bir gözlerini kaldırıp sevgilisinin yüzüne bakıyor, sonra yine başını önüne eğip öylece duruyordu.

Uzun boylu olan adam saatine baktı. "Şu andan itibaren konuşmaya başlamak için on beş dakikan var."

Björn buna sevindi. Düşünüp bir karar vermesi gerekiyordu ve bu on beş dakikayı sakince düşünmek için kullanabilirdi. Dönüp yanındaki Tomas'a baktı. Zavallı çabalamayı bırakalı çok olmuştu. Başını nefretle karşısında oturan adamlara doğru kaldırdı. Şimdiye kadar en çok konuşan uzun boylu Rus, bacaklarını kanepeye uzatmış, aşağılar bir gülümsemeyle kendisine bakıyordu. Sonradan gelense dirseklerini dizlerine dayamış tırnaklarıyla oynuyordu. Sağ işaret parmağının tırnağını soldakinin arasına sokuyor ve sonra kürekler gibi geri çekiyordu. Sonra parmağına şöyle bir bakıp elini yere silkeliyordu. Şimdiye kadar sadece Tomas'la ilgilenmiş olansa ayakta öylece bekliyordu. Anlaşılan işi öğrenen bir çıraktı. Başını çevirdi, şimdi sadece halı vardı gözünün önünde. Bordo ve kahverengi desenler birbiri içine girmişti. Tüylerin arasından birkaç saç teli görünüyordu.

Durumu hiç iç açıcı değildi. Adamların buraya kadar geldikten sonra kendilerini öldürmeden gitmeleri imkânsızdı. Aslında şu an yapabileceği en iyi şeyin ölmek olduğunu düşündü. O ölürse adamların öğrenebileceği bir şey kalmayacaktı ve böylece Tomas'ı öldürmeyeceklerlerdi. Bu fikirden hemen vazgeçti. Adamlar kesinlikle ikisini de öldüreceklerdi. Arkalarında canlı bir şey bırakmaları imkânsızdı. Pişmanlık içinde kendine bir küfür savurdu. Ne büyük aptallık etmişti. Eve girdiğinde bir gariplik olduğunu fark etmeliydi. Fark etmese bile adamlarla karşılaştığında bir çocuk gibi donup kalmak yerine, soğukkanlı davranmalı, onlarla mücadele etmeliydi. Yaptığı büyük bir hataydı, geri dönüşü olmayan bir hata...

Ne yaparsa yapsın durumun içinden çıkamıyordu. Tomas'ı kurtarmanın bir yolu yoktu. Kendini kurtarmanın da bir yolu yoktu. Adamlara bir şeyler anlatmalıydı. Belki böylece işkence görmeyi engelleyebilirdi. Evet, bir şeyler anlatmalıydı, ama ne? Bildiklerini anlatırsa Gökhan'ın ve Kurt'un hayatını tehlikeye atmış olacaktı. Şu sıralar kurtarma operasyonu yapıyor olabilirlerdi. Acilen adamların inanacağı bir şeyler bulmalıydı. İşin kötüsüyse, adamların ne bildiğini bilmemesiydi. Yalan söylediğini anladıkları an, bunun bedelini ağır ödeteceklerini biliyordu.

Adamlar Gökhan'ın ölü olduğunu sanıyorlardı. Evet, bunu kullanabilirdi. Başka? Başka ne biliyordu? Adamlar Gökhan'ı ölü sanıyorlardı. Bu kadar... Peki Björn'ün bildiği gerçekler ne kadardı ki? Bildiklerini anlatmaya karar verdi. Tüm hayatına lanet okudu ve bildiklerini anlatmaya karar verdi.

"Tamam, anlatıyorum."

"Aferin oğlum, aferin... Yalnız acele etme. Bekle bakalım."

Normal insan boyutlarında olan adam hâlâ tırnaklarıyla uğraşıyor, arada sadece gözlerini kaldırıp Almana bakıyor ve yeniden işine dönüyordu. Çırak öylece beklerken diğeri kanepede doğruldu ve çantaya daldırdı elini bir kez daha. Bu kez küçük bir el kamerası çıkarmıştı. Kamerayı kanepenin arkalığına oturttu ve eğilip birkaç ayar yaptı. Kadrajı da ayarladıktan sonra konuştu.

"Şimdi kameraya konuşacaksın oğlum. Arkadaşım 'motor' diyecek ve sen başlayacaksın anlatmaya. Yakışıklısın, eminim bir filmde oynamak istemişsindir."

Björn kendine hâkim olamadı.

"Duygusuz alçak! Hayvan!"

"Duygusuz mu? Duydun mu Alyoşa, bana ne dedi? Bana duygusuz dedi! Bak adam, aşırı duygusal bir insanımdır ben. Aleksei bilir. *Öfke* duygu değil mi sanıyorsun?"

Björn cevap vermedi. Adamın dediği üzerine, daha önce hiç olmadığı kadar duygusal hissediyordu şimdi.

"Evet, hazır mısın?"

Hafifçe başını salladı evet anlamında.

"Motor!"

"Ne anlatacağımı söyleyin."

"Kim olduğunu söyle."

"Ben Björn Naslund'um..." Kısa bir duraksamanın ardından ekleyiverdi. "...siz de orospu çocuğusunuz. Özellikle de sen!"

Kısa boylu olan yerinden kalkıp yavaşça Björn'ün yanına yürüdü. Arkasına geçip omzuna çenesini dayadı ve gülerek kameraya el salladı. Sonra Tomas'ın arkasına gitti. Björn dehşetle izliyordu adamı, Tomas'ın gözleri de panik ve korkuyla hareket ediyor, zavallı adam bağlı ağzına rağmen çığlık atmaya çalışıyordu. Rusun elinde bir bisturi vardı. Kaldırıp genç adamın omzuna dayadı bunu.

"Kim orospu çocuğu?"

Björn çaresiz, "Benim," dedi. Şimdi gerçekten kendine küfrediyordu.

"Evet, sensin..." Rus, bıçağı Tomas'ın omzuna bastırarak sürttü. "...sensin çünkü sevdiklerine acı çektiriyorsun."

Tomas'ın giysisi kesilmiş, altından hemen kan ve et görünür olmuştu. Genç adam ağzı tıkalı olduğu için bağıramıyor, sandalyede acıyla debeleniyordu.

Björn ağlamak üzereydi. Adama tekrar tekrar küfretmek, bunu bir daha yapmaması için onu korkutmak istiyordu, ama artık hiçbir şeye cesaret edemiyordu. Başını öne eğdi, ne adamları, ne de başka bir şeyi görmek istiyordu. Sadece bir an önce ölmek istiyordu daha fazla zarar vermektense.

"Hazırsan devam edelim."

Başını salladı.

"Ne zamandır MİT'le çalışıyorsun?"

"MİT'le çalışmıyorum, Almanya için çalışıyorum."

"Burda, bizimle ilgili görevin ne zaman başladı?"

"Üç yıl önce."

Kızıl Kurt

"İki yıl önce bizim fabrikamızda çalışmaya başladın. Fabrika müdürü oldun. Bu süre boyunca görevini yaptın. Buraya kadarını biliyoruz. Gerisini anlat."

"Türkiye'den bir ajan geldi. Bizimkilerden yardım almışlar. Siz Kurt adlı bir ajanı tutsak almışsınız. Yerini öğrenmek istiyorlardı."

"Kim bu ajan?"

"Adının Gökalp Tektepe olduğunu söyleyen biri... Böyle diyorum, çünkü adamın onlarca kimliği vardı. Bana doğruyu söylediğini sanmıyorum. Tam bir profesyonel ve çok önemli biri olmalı."

"Nasıl biri bu Gökalp Tektepe?"

"Yuvarlak biri."

Uzun boylu adam kanepeden fırladı ve Björn'ün tam suratına indirdi tekmeyi. Alman sandalyeyle beraber yere yıkıldı. İriyarı adam, "Sakın bir daha dalga geçme," diye bağırıyor, Björn'ün suratını ve midesini delice tekmeliyordu. Sayısız tekmeden sonra durdu ve o kanepeye geri döndüğünde diğeri Björn'ü kaldırdı. Yüzü kanlar içindeydi, midesinde darbeleri hâlâ hissediyor ve diyaframı sıkışıyordu. Sarhoş gibiydi, çevreyi tuhaf algılıyordu.

"Gökalp Tektepe'yi anlat."

"Uzun boylu, yakışıklı biri... Sizde kayıtları var bunların değil mi? Sabit bir tipi yok. Burdayken bile defalarca kılık değiştirdi. Yapılı, atletik bir vücudu var. Oldukça güçlü. Oldukçadan da fazla güçlü... Bu kadar onun hakkındaki bilgim."

"Burda ne kadar kaldı?"

"İki hafta kadar..."

"Hep senin evinde miydi?"

"Gotland'da otelde kaldı bir süre. Onun dışında benle beraberdi."

Orkun Uçar

"Sen bu sürede onun hakkında bu kadar şey mi öğrendin?"

"Sessiz, tuhaf bir adam... Benle nerdeyse hiç konuşmadı. Sadece bir şeyler isteyeceği zaman konuşuyordu. Emirlerini veriyor ve odasına çekiliyordu. Yemekleri beraber yerdik, ama hiçbir şekilde, havadan sudan bile konuşmuyordu."

"Visby'ye tek başına mı saldırdı bu adam?"

"Evet, tek başına saldırdı. Bir önceki gün bana ne yapmam gerektiğini anlattı. Bildiğim kadarıyla yanında birkaç tabanca ve biraz bombadan başka bir şey yoktu."

"Sonra ne oldu?"

"Gotland'dan Stockholm'e döndü ve beni buldu. Sonra da ayrıldı."

"İşte, burda eksik bir şeyler var, Björn Naslund. Burayı açıklığa kavuşturmamız lazım."

"Ne istiyorsunuz?"

"Bu adam aradığı bilgiyi ele geçirdi mi?"

"Siz bunu bilmiyor musunuz?

Adam cevap vermeyince Björn, onu daha fazla kızdırmak istemedi ve teslim oldu. "Evet," dedi. "Ele geçirdi."

Gökhan artık başarsa da, başarmasa da onun için değişecek bir şey yoktu.

12 Ağustos 2008
Kostanay

Yolda gördükleri Yörük çadırlarının iri bir kopyası görünüyordu karşıda. Ortada, sirklerdekini andıran oldukça büyük bir çadır vardı. Çevresine on kadar, belki de daha fazla görece küçük çadırlar

Kızıl Kurt

dizilmişti. Kenardaki düz tavanlı olan da en az ortadaki kadar heybetliydi. Çadırların çevresini kapatan hiçbir şey yoktu. Bozkırın ortasına öylece yerleştirilmişlerdi. Devam eden yol, bu tuhaf kasabaya giriyor ve çadırların arasında devam ediyordu. Gökhan gözlerini büyük çadırdan alamadı. Bu, Kızıl Şaman'ın, Koray'ın çadırı olmalı, diye düşündü.

Cip iki küçük çadırın arasından geçti ve sağa döndü. Şimdi sağdaki devasa at çadırına doğru ilerliyorlardı ve çadırın açık ağzından içerisi görünüyordu.

Bu dev çadırda sekiz tane cip, iki kamyonet duruyordu. Her taraf tıklım tıklım silah ve mühimmatla doldurulmuştu. Her modelden çeşit çeşit tüfek, uçaksavarlar, roketatarlar, variller dolusu patlayıcı, kasalarca mermi... Kazak, cipi çadırda diğer ciplerin arkasına park etti ve üçü birlikte indiler.

Büyük çadırdan cüce sanılabilecek kadar kısa boylu bir adam çıkmış ve cipi durana kadar koşarak izlemişti. Cip durup içindekiler inince hemen Gökhan'ın yanına koştu ve, "Hoş geldiniz efendim, ben Bekir," dedi. Kızıl Şaman'ın özel yardımcısı görevine Kostanay'da devam ediyordu.

Gökhan, adama gülümseyerek karşılık verdi.

"Buyurun, böyle gidelim, Şaman sizi bekliyor," dedi Bekir ve önden bu postmodern at çadırının çıkışına yöneldi. Paytak paytak yürüyordu. Talgat da hızlanıp Bekir'in yanında yola koyuldu.

Beraber büyük çadırdan içeri girdiler. İçerisi pek çok evden daha iyi döşenmiş durumdaydı.

Gökhan, Koray'ı yıllardır görmemişti. Sarkık bıyığı ve sert hatları onu biraz değiştirmiş olsa da o gözleri unutması mümkün değildi. Koray'ın elâ gözleri insanı mıknatıs gibi çekiyordu.

Talgat, "Benim işim burda bitiyor efendim. Allah yardımcınız olsun," dedi ve diğerlerine de işaret edip iki adamın yalnız kalmasını sağladı.

İlk konuşan Koray oldu.

"Üssümüze hoş geldin. Seni ağırlamaktan şeref duyarım Gökhan. Çok önemli işler başardın, Kurt'un üzerine titrediği kadar varmışsın." Koray'ın gözleri yıllar öncesindeki gibi parlıyordu.

"Teşekkür ederim," diye yanıtladı Gökhan ve övgülere karşılık vermeye çalıştı. "Senin de burda başardıkların inanılmaz."

İki adam da birbirlerini tartıyorlardı.

Koray, "Evet, kısa sürede bu kadar olabildi ama biliyorsundur bayağı geç görevlendirildim," dedi.

Gökhan, "Bir bildikleri vardır," diye soğuk bir cevap verdi.

Koray güldü.

"Seninle aramız hiç iyi olmadı. Beni sevmemen için mantıklı bir nedenin de var." Gözlerini Gökhan'dan ayırmadan gülümsedi. Onu öldüresiye dövdüğü günü hatırlatıyordu.

Gökhan delici bakışlar karşısında dimdik durdu. "İstersen bir daha dene," diye meydan okudu.

Koray bilgisayarın başına yürüdü. "Sonra neden olmasın. Madem o kadar para verdiniz önce Kurt'unu kurtaralım."

Bilgisayarda 8. Karakol'un planı vardı. "Sen yoldayken Eşref Kapılı'dan haber geldi. Mümkün olduğu kadar acele etmemizi istiyor. Hemen yarın sabah operasyona başlayacağız. Biz konuşurken hazırlıklar yapılıyor. Yorgun musun?"

Gökhan kaşlarını çattı. "Hayır bir an önce bu işi bitirelim."

Koray güldü.

Kızıl Kurt

13 Ağustos 2008
Helsingborg

"Ne yapıyorsun?"

Rus'un çantanın kapağındaki aletleri çıkardığını görmüştü Björn.

"Patronun yapmamı istediğini yapıyorum."

"Yapma, lütfen öyle yapma..."

"Bak Björn, bunu Korkunç İvan için yapıyorum. Sergei Voloshin başka şeyler istedi."

Kısa boylu olanı Björn'ün ağzını bantlarken diğeri canlı canlı Tomas'ın kafasını bedeninden ayırdı.

Alman delice haykırmaya başladı. Oturduğu yerde ağlıyor, debeleniyordu. Ruslar yaptıkları iğrençliği bir yandan da kaydediyorlardı.

Rus, Tomas'ın kafasını saçlarından tutup kaldırdığında zafer kazanmışçasına kükredi. Kısa süre sonra Björn artık bağırmıyor, ağlamıyordu. Bilgece oturmuş sonunu bekliyordu. Bıçaklı adam mesainin yorgunluğuyla hareket eden bir ustabaşı gibi kendisine yaklaştığında onu metanetle bekledi. Adamın gözlerine dikti deniz mavisi gözlerini.

Adam, Almanın yüzüne yüzünü yaklaştırıp konuştu.

"Artık sıra sende, biliyorsun. Biliyor musun?"

Kamera bu konuşmayı kaydediyordu.

"Biliyorum."

"Hazırsan başlayalım."

"Tek bir şey bilmek istiyorum. Tek bir şey! Lütfen söyleyin bana."

Adam kameraya dönüp güldü ve tekrar Björn'e döndü.

Orkun Uçar

"Neymiş o bilmek istediğin?"

"Korkunç İvan kim?"

Rus bir kahkaha patlattı. Hâlâ dikilmekte olan çaylak da dayanamayıp gülmüştü.

"Belki şaşıracaksın Björn, ama aslına bakarsan benim de tek bilmek istediğim bu. Ayrıca, dünyada bu durumda olan kişiler yalnız bizler değiliz. Korkunç İvan, Korkunç İvan'dır. Kimlik belgesinde yazan ismi ve ordaki resmi soruyorsan, bu konuda en az senin kadar merakta olduğumu bilmen gerek. Başlıyorum. Sol kulaktan. Hazır mısın?"

"Da," diye yanıtladı ve kameraya bakıp gülümsedi.

"Komik adamsın Björn. Ama komikler cennete gitmiyor. Hainler de... Yalancılar da... Ha bu arada, senden aldıklarımızı Sergei Voloshin'e götüreceğiz, Korkunç İvan'a değil. Özel sipariş verdi. Müdür odasının aksesuvar eksiği varmış."

"Komik adamsın Aleksei. Ama dediğin gibi işte, cennete gitmiyor komikler... Köpekler de... Beyinsizler de..."

Björn ölürken Ruslar önemli bir hata yapıyorlardı. Kurt ile ilgili bilgilerin ele geçtiğini haber vermeyi sapık merakları yüzünden ertelemişlerdi. Bu da 8. Karakol'un uyarılmasını geciktirmişti.

12 Ağustos 2008
Kostanay Kampı

Depo ve garaj görevi gören düz tavanlı çadırda üç adam dolaşıyordu. Bu Gökhan'ın şimdiye kadar gördüğü en havadar silah deposuydu. Bekir, paytak adımlarla önde ilerliyordu. Koray'ın gözde adamlarından Toktar ve Gökhan hemen arkasında, onu takip ediyorlardı. Gökhan konuştu.

Kızıl Kurt

"Kendim için bir G3, beş el bombası, bir Glock, bir de kasatura istiyorum. Sanırım benim bedenime uygun giysi de bulabiliriz."

"Tabi buluruz."

Konuşan Bekir'di.

"Burayı daha fazla dolaşmamızın bir anlamı yok. Şimdi çay falan içebileceğimiz bir yere gidersek sevinirim."

"Tabi, buyurun gidelim," dedi Toktar.

Üçü beraber dev çadırdan çıkıp küçük çadırlardan birine girdiler. İçerisi on kişinin rahatlıkla sığacağı büyüklükteydi. Yüksek bir tavanı ve düz bir zemini vardı. İki adam ortadaki sehpanın çevresinde yerdeki minderlere yerleşti. Bekir onlarla beraber kapıya kadar gelmiş, "Ben birilerini göndereyim," dedikten sonra ayrılmıştı. Biraz sonra Koray da onlara katıldı. Kapıdan girdiğinde Gökhan dışında herkes ayağa fırladı. Toktar, Gökhan'ın yanından uzaklaşıp diğer bir sehpanın kenarına dikildi. Koray eliyle oturmalarını işaret ederek bir minder aldı.

"Planın nedir?" diye sordu.

"Planım basit. Sizden yedi adam istiyorum. Bize sanırım iki cip ve kamyonetlerden biri yeterli olacaktır." Adamlarının yanında Koray'la "sizli" konuşmak daha uygun geliyordu. O, onların Kızıl Şaman'ıydı!

"Pekâlâ. Adamlarınızı ne zaman seçersiniz?"

"Aslında adam seçme işini size bırakmayı düşünüyorum. Adamlarınızı bu kadar kısa sürede tanımam imkânsız. Sizin çok daha iyi bir seçim yapacağınızı düşünüyorum."

"Hm... Haklısınız. O halde nasıl bir operasyon planladığınızı anlatırsanız en uygun yedi adamımı size veririm."

Çadırın kapısı aralandı ve içeriye uzun boylu, tepesindeki saçları dökülmüş, ama buna rağmen genç görünümlü bir görevli girdi.

"Bir şey arzu eder misiniz efendim?"

"Gel Süleyman," dedi Koray. "Ne arzu edersin?"

Herkes çayda karar kıldı. "Nasıl adamlar istediğimi diyordum," dedi Gökhan. Planını oluşturmaya çok önceleri başlamış, dün gece de son kararını vermişti.

"Evet."

"Bu bir baskın, biliyorsunuz. Bir kurtarma operasyonu. Baskın yapacağımız yer, bir çeşit karakol ya da hapishane. Şükürler olsun ki elimizde tam planı var. Sizden istediğim adamlar, ağır silah kullanacaklar."

"Bunu hepsi yapabilir."

"Ben de öyle umuyordum. Her neyse. Görevleri kısaca baskını başlatmak ve Rusları oyalamak... Bu yüzden ateşli, çılgın, kahraman savaşçılar yerine tecrübeli, soğukkanlı ve taktik uygulamaya yatkın adamlar istiyorum."

"Anlıyorum. Fakat merakımı mazur gör. Biliyoruz ki burası bize kök söktüren Rus mafyasının bir üssü. Bu adamların tüm dünyada ne tür işlerde parmakları olduğunu biliyoruz. Belki de şu an yer üstündeki en tehlikeli gruptan söz ediyoruz. Bunların bir merkezine yedi adamla gitmen zaten şaşırtıcı. Bir de bu yedi adamı sadece Rusları oyalamak için kullanman beni endişelendiriyor."

Koray'ın endişeleri biraz da Gökhan'ı aşağılar nitelikteydi. O bunu fark etmişti. Önemsemiyor göründü.

"Evet?"

"Başarısız olursan bizi de etkiler."

"Haklısın. Niyetim bu karakolu yerle bir etmek değil. Dediğim gibi, bu bir kurtarma operasyonu ve son derece titiz bir çalışma gerektiriyor. Ve evet, gerçekten delice bir şeye kalkışıyorum, çünkü

Kızıl Kurt

yaptığınız şey delice olmadığı sürece dünyada bir şeyleri değiştiremediğinizi öğrenmem için yeterli sayıda delice iş yaptım."

"Ben yine de size roketatar ve havan tavsiye ederim. Yirmi kişilik bir ekip de verebilirim."

"Bunlara gerek yok. Planım istediğim gibi işlerse yirmi kişi sadece boş bir kalabalık olacaktır. Ve Kurt'un bedeninin bir roketle ya da havan topuyla yaralanması isteyeceğim son şey olur şu durumda."

Koray gözlerini kısarak ona baktı. Bir dakikalık sessizliğin ardından, "Öyleyse ben de geleceğim," dedi.

Gökhan itirazın fayda etmeyeceğini biliyordu, ama bu durumda önü kadar arkasını da kollayacaktı.

❖ ❖ ❖

Rahatlamak, hava almak ve diğerlerinden biraz olsun uzaklaşmak için yürüyordu çadırların arasında. Önemli bir operasyon öncesi endişe hissediyordu... Çok bilinmeyenli bir denklemdi bu... Koray, Kurt'tan oldum olası hoşlanmamıştı ve bunu bilmeyen yoktu. Eğer Kurt'un gerçekten neden geldiğini biliyorsa ölü olması işine gelebilirdi. Ayrıca, Koray burada Gri Takım üyesi olmayan basit bir ajan ve kendisine ölümüne bağlı adamların lideriydi. Çok güçlüydü ve bunun onu nasıl etkilediğini bilmek zordu.

Ruslar bir başka sorundu. İsveç'ten çoktan Kurt'un ölüm emri gelmiş olabilirdi veya operasyonun bir aşamasında kurtulmak istemiş olabilirlerdi yaşlı ajandan. Tüm bunların üstüne bir de kendi sağlık durumu vardı. Bedenindeki şeylere tek hâkim kendisi değildi. Ya hızlandığında yine kendini kaybeder, ateşi hareket edemeyecek kadar yükselirse ne olurdu?

İstediği yedi adam seçilmiş ve Gökhan'a getirilmişti. Aralarında Talgat ve Toktar da vardı. Koray, Gökhan gruptan ayrıldığında grubun liderliğini üstlenecekti. Diğer beş adam da son derece sadık askerlerdi. Verilen emirleri kayıtsız yerine getirecek tiplerdi. Üçü orta yaşlı ve tecrübeliydi. Kalan ikisi ise genç, atletik yapılı gerçek birer komandoydular.

Gökhan, adamlarıyla bir saat kadar süren bir toplantı yapmış ve tüm planı en ince ayrıntısına kadar açıklamıştı. Geriye sadece harekete geçmek kalmıştı.

Ellerini ceplerine atarak adımlarını yavaşlattı. Yerdeki taşlara ayakuçlarıyla dokunuyor, birden başını kaldırıp gökyüzüne bakıyor, sonra yine bakışlarını yere çeviriyordu. Bir tepenin ardında alevleri görünce o tarafa yürümeye başladı. Bekir'in söylediğine göre bazı eski mezarlar vardı orada.

Tepeyi aştığında garip bir manzarayla karşılaştı. Bir sunağın üzerinde, başına kurt postu geçirmiş biri duruyordu. Etrafını Kızıl Kurtlar çevrelemişti. Birden davullar çalmaya başladı.

Gökhan şaşkın şaşkın bakarken yüzleri kırmızıya boyanmış iki Kazak yanına gelip bir kupa sundular. İçinde bir içki vardı. Tereddütle biraz tattı; kımızdı bu. İçine atılmış uyuşturucuyu hemen hissetti. Kimyasal bir şey değildi, büyük olasılıkla yerel bir ottu.

Biraz sonra tıpkı kızılderili ayinlerine benzeyen bir gösteri başlamıştı. Sunağın üzerindeki kurt postlu adam bir elinde asa, diğerinde tef tutarak bağırıyordu. Davulun tok ritmi yükselen çığlıklar arasından duyuluyordu. Herkes çılgınca dans ediyordu. Sonra ses aniden kesildi ve herkes yere yığıldı.

Kurt postlu ayakta kalmıştı. Postun gölgesi bile gözlerindeki gümüşümsü parıltıyı engelleyemiyordu. Gökhan, onun Koray olduğunu anladı, şimdi tam anlamıyla Kızıl Şaman'ı görüyordu karşısında.

Kızıl Kurt

Koray garip bir lisanla konuşmaya başladı. Gökhan bu dili kimsenin anladığını sanmıyordu. Adamlarına göre Kızıl Şaman'ın ağzından konuşan kutsal bir ruhtu.

Sözleri anlamasa da bazı kanlı halüsinasyonlar görmeye başladı. İnsanların biçildiği, kanın oluk oluk aktığı savaş sahneleri, kemikten bir tepenin üzerindeki tahtta oturan Koray... Elinde kanlar akan bir et parçası tutuyordu.

Gökhan bu görüntüleri kımızdaki uyuşturucu nedeniyle gördüğünü düşündü, ama sanki herkes aynı kanlı hayalleri paylaşıyordu.

Birden çevresindeki her şey dönmeye başladı ve olduğu yerde yığılıp kendini karanlığa teslim etti...

Kendine geldiğinde yatağındaydı ve Bekir sesleniyordu.

"Beyim, sizi çağırıyorlar. Operasyon için yola çıkılıyor."

Gökhan gördüklerini hayal mi, gerçek mi olduğundan emin değildi.

13 Ağustos 2008
Şafak vakti...
Kostanay - Petropavl

İki cip ve bir kamyonet arka arkaya dizilmiş duruyordu. Toktar koşarak yaklaştı ve ilk cipin açık camından, "Beş yüz metre ilerimizdeler, zamanında durmuşuz," dedi.

Koray ve altı Kazak araçlarından indi, silahlarını kontrol eden Gökhan'a beklenti ile bakmaya başladı.

"Ben şimdi gidiyorum," dedi Gökhan. "Gözden kaybolduğum anda onları indirin ve hemen ilerleyin, dikkati çekmeniz şart."

"Tamamdır," dedi Koray. "Plandaki gibi."

Orkun Uçar

Gökhan kendi cipine bindi ve üssün arkasına kıvrılan bir yayı takip ederek uzaklaşmaya başladı. Koray'ın önderliğindeki Kazaklar kalaşnikoflarını son kez kontrol edip atış menziline doğru ilerlemeye koyuldular.

Gökhan üssün diğer tarafına ulaştığında aracından hızla indi, G3'ünü eline aldı ve kalaşnikof takırtılarını bastıran atışlarını hatıralarından çıkartıp semaya yükseltti.

Üç mermi tek mermi, üç mermi tek mermi, üç mermi tek mermi...
Ve bir kez daha...

Silahını sırtına yerleştirip koşmaya hazırlanıyordu ki üsten gelen uzun menzilli bir tüfeğin korkunç gürültüsünün peşinden daha da korkunç olan puf sesini yakınlarında duydu. Çatıda keskin bir nişancı vardı demek.

Nişancının mermisinin bozkırda kaldırdığı tozlar yere inmeden koşmaya başladı. Belinden Glock'unu çıkardı, içerde oldukça ısınacağını bilmesi hızlanmasına, hızlanması karşısına çıkan üç Rusu kafalarından vurmasına engel değildi. Arkasına bakmadan koşmaya devam etti.

"Mevkinizi tutun ve dikkatli olun, tepemizde kuzgun var."

Koray birkaç saniye önce Gökhan'ın silahından yükselen *turan* sesini duymuş, gülümsemişti. Arkasına saklandığı metal varile peş peşe üç mermi çarpınca varilin üzerinden rastgele birkaç el ateş etti, sonra grubunun arkasına ilerleyen bir Rusu gördü, silahını ona çevirirken Rusun göğsünde üç yara ile yere devrildiğini fark etti, dönüp birkaç mermi daha gönderdi varilini kurşunlayana. Binanın içinden silah seslerini duyana kadar bu köşeyi tutmaları gerekiyordu, arkalarına adam geçirmedikçe durumlarının kötüye gitmesi zor-

Kızıl Kurt

du. Havayı, aralıksız ateşlenen 7.62'lik NATO mermilerinin kesif kokusu sarmıştı, neyse ki konumlarını korumaktan başka amaçları olmayan Kazakların konuşmaya ihtiyacı yoktu. Yaralama amacıyla ateş ediyorlardı ve bacağından ya da kolundan vurulmuş Rusların siperlendikleri yerlerden yükselen acı haykırışları şimdiye kadarki başarılarının göstergesiydi.

Toktar uzun menzilli tüfeğin gürültüsü ile irkildi. Kazakları hızla yokladı, hepsi çatışmanın seyrine kaptırmıştı kendini. Gökhan'ın vurulmuş olabileceği geldi aklına, üzerine bir umutsuzluk çöktü. Dikkati üzerlerinde tutmaya devam etseler de, üsse kendilerinin girmesi gerekse de çatışmanın ileri taşınması gerekiyordu. Şarjörünü değiştirdi, sol eline tabancasını aldı, kapının yanındaki varili hedefleyip ileri atıldı ki pusuya yatmış keskin nişancı tekrar ateş etti. Görebildiği son şey Koray'ın seri adımlarıydı, sonra her şey karardı. Son nefesini operasyonun başarıya ulaşması için edilmiş bir duaya feda etti.

Kurt haftalar süren işkenceler, yetersiz beslenme ve düzensiz küçük uykular yüzünden çökmenin eşiğine gelmişti. Buradan kurtulma olasılığı her an azalıyordu. Kendisinden bilgi alamayacaklarını hâlâ anlayamamış bu adamlara, verebileceği en fazla zararla kesin bir ölümün kucağına atılmayı düşünmeye başlamıştı. Bu kez iki kişi gelmişti başına ve değişiklik yapıp sarı renkli bir sıvıyı koluna enjekte etmişlerdi. Kurt şırıngayı yapmacık bir iğrenme ile cebine koyan adama dik dik baktı, adam bir adım gerileyip sordu.

"Cahil numarası yapman hiçbir işe yaramıyor, senin neler bildiğini biliyoruz."

"Eh, şu halde bu sorgulamanın pek eğlenceli olmadığını söylemeliyim. Başka bir amaç da gelmiyor aklıma."

Orkun Uçar

"Ayrıntılar be adam..."

Silah sesleri Kurt'un keyif almaya başladığı bu konuşmayı bıçak gibi kesti. Ruslar omuriliklerinden gelen komutlarla arkalarına döndüler, tekrar Kurt'a dönüyorlardı ki farklı silahların birbiri ardına tekrarlanan sesleri hücum etti kulaklarına. Onlar için sadece karışıklık anlamına geliyordu, Kurt ise kodu ayırt etmişti. Gözleri umut ve gururla parladı, ani bir enerji patlaması ile doğrulup parmaklarını bu değişimi fark edip üzerine eğilmiş Rusun gözlerine sapladı. Kolundan tutup yatak niyetine yapılmış sedirin üstüne fırlattı. Sonra, dışardan kilit olduğunu unutarak kapıya yönelmiş olan Rusa doğru fırlayıp ensesine elinin alt kenarını indirdi. Haftalar, gücünden sandığından fazlasını çalmıştı, adam sarsılmasına rağmen çabucak toparlandı, geri dönüp Kurt'un kafasına doğru bir yumruk savurdu. Kurt rakibinin kolunu yakaladığı gibi bükerek yönünü tekrar kapıya çevirdi, diğer eliyle adamın cebinden şırıngayı alıp boğazına sapladı. Bacakları boşalan adamı can çekişmesi için yere bıraktı. Çılgınca etrafında dönerek çığlık atan kör Rusun kafasını iki eliyle tuttu, hızla çevirdi ve cesedi kapının arkasına sürükledi. Diğer cesedi de sürükledikten sonra şırıngayı adamın boğazından çıkardı, yatağına oturup kapının açılmasını beklemeye başladı. Silah sesleri arasından ısrarla çalan bir telefonun tiz sesi geliyordu kulağına. Kurt bilmiyordu ama arayanlar İsveç'tendi. İletmek istedikleriyse onun ölüm emri... Geç kalmışlardı.

Gökhan sonunda duvarın önüne geldiğinde durdu. Üç metre yüksekliğinde, üstüne dikenli tel döşenmiş duvar, içeridekilere güven verebilirdi, ancak Koray'ın ekibi sayesinde dikkatten kaçmış Gökhan için sadece birkaç dakikada aşılacak önemsiz bir ayrıntıydı. İp bağlı kancasını bir tur çevirip fırlattı, yerine oturup oturmadı-

Kızıl Kurt

ğını birkaç kez yokladıktan sonra tırmanmaya başladı. Keskin nişancı, silahını o yöne çevirmiş olsaydı bile ters parende ile dikenli telleri atlayıp duvarın diğer tarafına inen Gökhan'ı vurması mümkün olamazdı.

Gökhan'ın hemen kenarına indiği asfalt yol, yüz metre ilerleyip garajlara ve bodruma ayrılan bir yol ağzında bitiyordu. Oradan ancak ufak bir kısmı görülebilen süslü ön bahçede hafifçe ışıklandırılmış fıskıyenin zarifliğine tezat beş Rus ön kapıya doğru koşmaktaydı. Gökhan, Koray'ın ekibinin hâlâ telaşın alevini canlı tutabilecek sayıda olduğunu anlayıp şükretti. Binaya doğru ilerleyerek depoya ulaştı.

Beş büyük bölümden ibaret depo, düzenli bir şekilde yığılmış tahta kutular ve metal varillerle doluydu. Yarattıkları keşmekeşte Kurt'un başına bir şey gelmesinden endişe eden Gökhan, deponun altındaki odalara giden koridorun kapısına doğru koşmaya başladı. Açık bırakılmış kapıdan içeri girer girmez, sağ tarafından kusulan mermiler hemen gerisindeki duvarı parçalamaya başladı. Durup arkasına dönen Gökhan, otuz merminin oluşturduğu çizgiye şaşkınlıkla bakan Rusu göğsünden vurdu. Adamın belindeki anahtarı ve elindeki silahı alıp koridorda ilerlemeye devam etti.

Koridorun sonundaki kapıyı açtığında karşısına iki yanda dizilmiş kırk adet kapı çıktı. Elindeki anahtarı sol taraftaki ilk kapıya sokup açtı, karşısına perişan haldeki bir Kazak çıktı. Bu kez gelenin diğerlerinden açıkça farklı olduğunu gören Kazak, Rusça yalvarmaya başladı.

"Lütfen, beni kurtarın. Bildiğim her şeyi size anlatabilirim, yeter ki beni kurtarın. İsterseniz sizin anlattıklarınızı da hiç sıkılmadan dinlerim, sadece..."

Gökhan hızla diğer kapıya geçti, yalvarış dinlemekten daha önemli işleri vardı. Bu kez kapıyı açmadan önce kontrol etmeye karar verdi ve birkaç kez sertçe vurdu. İçeriden Kurt'un, "Gir!" diyen sesi yükseldi. Rahatlayan Gökhan, sevinçle anahtarı kapıya soktu, aynı anahtarı bir önceki kapıda da kullandığını ancak ondan sonra fark etti. Neyse ki kapı açıldı. "Pratiklermiş," diye mırıldandı.

Kurt kolundan sürüklemekte olduğu yüzü kan içindeki cesedin saatini kendine çevirdi. "Geç kaldın aslanım," dedi.

"Çaptan düşmüşsünüz."

"Neyse ki sana vereceğim son dersi alabileceksin. Birini bir yere kilitlediğinde sakın kapısını çalma!"

Yerinden kalkan Kurt sertçe sarıldı Gökhan'a, Gökhan'ın verdiği içten karşılık ise Kurt'a yaşlılığı düşündürecek derece sıkıydı.

"Seda nasıl? Aslı torunum nasıl?" diye sordu hemen.

Gökhan acı gerçeği söylemenin sırası olmadığını düşündü. "İyiler efendim."

Kurt sırtına birkaç kez vurdu, Gökhan, geri çekilip MP5'i Kurt'a uzattı.

"Çatıda bir keskin nişancı var efendim, kapıdan girmeye çalışan dostlarımıza dert çıkartıyor."

"Sen onu hallet, ben şu dostlara gideyim. Kapıda buluşuruz."

"Dikkatli olun efendim, başlarında Koray var."

Bodrumun kapısına kadar olabildiğince hızla ilerleyip ayrıldılar.

Gökhan kapıya ilerleyen Kurt'a baş hareketi ile selam verip binanın kapısından içeri bir el bombası attı, patlamanın ardından hızla içeri daldı. Zevkle döşendiği belli olan holde kalın İran halılarının ve dolabın parçaları kendilerine bir yer arayarak ilerliyordu,

Kızıl Kurt

hava cehennem gibi ısınmıştı. Sağ taraftaki kapı ufakça bir yemekhaneye, sol taraftaki ise büyükçe bir ofise açılıyordu. Boş olduğundan emin olduğu bu katı geçip merdivenlere yöneldi. Yan yana dizilmiş otuz kadar kapıyı gören Gökhan, bu katın ofis ve yatak odalarına ayrıldığını düşündü. Zaman kaybetmeyi göze alamayıp pusudaki nişancının sesini kesmeye yöneldi.

Merdivenlerin sonundaki kapıyı açtığında hemen önünde şarjör değiştiren Rus ile karşılaştı. Bu fırsatı memnuniyetle kullanabilirdi, fakat adam erken davranıp silahının dipçiğini Gökhan'ın koluna indirerek onu silahından mahrum etti. Gökhan acıyı kabullenip diğer eliyle silahı Rusun elinden kıvırarak çekti, çatırtının peşinden yükselen haykırış en azından birkaç kemiğin kırıldığını gösteriyordu. Gökhan silahı hırsla uzatıp rakibinin göğsüne indirmeye çalıştı. Rus belinden çıkardığı bıçakla rakibine doğru hamle yapmamış olsaydı yiyeceği o darbe ölmesine yeterdi. Bıçağı Gökhan'ın böbreğine sokmak için saldırırken üzerine gelen tüfekten sakınmaya çalışıp ıskaladı ve kolunu Gökhan'a kaptırdı. Kurtulmak için en küçük bir hamle yapamadan kafatasını parçalayan kendi tüfeği ile yere yığıldı.

Gökhan tüfeği cesedin kafasından söktü, kanı Rusun elbiselerine silip aşağıyı kontrol etmek için nişancının kullandığı yığıntıya çıktı. Gözünü dürbüne dayamak üzereyken kapının önüne yığılmış Kurt'u fark etti. Silahı attığı gibi merdivenlerden aşağı olabildiğince hızlı koşmaya başladı. El bombasının harabeye çevirdiği holden geçerken ısınmaya başladığını hissediyordu, kapıdan dışarı tek bir adım attıktan sonra öne yığıldı.

Koray köşeye sıkıştıklarını düşündü. El bombalarını kullanmak için yeterli mesafe yoktu, çatıdaki Rus geri çekilmelerine izin vermiyordu. Hemen yanındaki genç Kazak, koluna ve kafasına yediği kurşunlarla kanlar içinde yere uzandı. Silahını önüne koydu, belinden iki adet el bombası çıkarıp Kazaklara gösterdi, aklındakinin ne olduğunu anlayan Kazaklar başları ile onayladılar. Koray bombalarının mandallarını serbest bıraktı, beşe kadar sayıp Rusların arasına attı, hemen peşinden silahını kapıp ayağa kalktı ve ateş açmaya başladı.

Ruslar tam anlamıyla neye uğradıklarını şaşırmışlardı. Birkaçı yere kapaklandı, bombalara çok yakın olduklarını fark eden diğerleri ayağa kalkıp kaçışmaya başladı. Koray'ın ateşi ancak birini vurmuş olsa da diğer Kazakların duvarı takip ederek geri çekilmesine yeterli karışıklığı sağladı. El bombaları neredeyse aynı anda patladı, sekiz Rus anında can verdi. Kazaklar, dönüp kafası kesilmiş tavuklar gibi koşuşturan Rusları öldürdüler.

Kapıyı açtıklarında yerde yatan Kurt ile karşılaştılar. Yarası yoktu, ama adamda hiçbir hareket de görülmüyordu. Tecrübeli Talgat, Kurt'un güçsüz nabzını tespit etti, kafasını kaldırıp sordu.

"Şimdi ne yapacağız."

Koray, Kurt'a bakarken değişik hisler içindeydi.

"Alın adamı çıkalım. Onu kurtarmaya gelmedik mi?"

Binanın kapısından çıkan bir Rusun silahından çıkan sesler konuşmalarını kesti. Talgat bacağından vurulmuştu, Koray'ın kurşunları Rusun göğsünü parçaladı.

"İçerde hâlâ Ruslar var."

"Ama silah sesi yok. Sizce o öldü mü?"

"O kendi başının çaresine bakar, biz çıkalım."

Koray'ın sesi kendinden emin ve acımasızdı.

Kızıl Kurt

KORKUNÇ İVAN VE ZAFER
RUSYA

Takvimler 25 Ağustos 1530'u gösterirken, büyük Moskova Prensi III. Vasili'nin uzun süren beklentileri son bulmuştu. Doğan sevimli ve sağlıklı çocuğa İvan adı verildi. Vasili'nin ölümüyle İvan tahta çıktı. Henüz üç yaşındaydı. Annesi Elena, minik prensin yerine ülke yönetimini ele aldı. Ancak bu sadece beş yıl sürdü. İvan sekiz yaşındayken annesi de ölmüştü.

Elena öldüğünde yönetim genç İvan'a bırakılmadı. Bunun yerine güçlü Boyarlar uzun süredir arzuladıkları şeye, mutlak egemenliğe kavuştular. Boyarlar gerçek hâkim olan genç İvan'ı sevmiyorlardı. Onu huzursuz etmek için ellerinden geleni yaptılar. Aşağıladılar, küçük düşürdüler. Bu İvan'da Boyarlara karşı büyük bir nefret yaratmıştı. Fakat küçük, sevimli İvan'a yapılan bu zulmün tek etkisi bu nefret değildi. İvan sağlıklı bir çocuk olmak için tüm şansını yitirmişti bu muamele sonucunda. Küçük İvan ülkenin resmi hükümdarı olsa da bir çocuktu ve oynayıp eğlenmesi için sarayında birçok hayvanı vardı. O da yetiştirilmesine uygun biçimde, bu hayvanları sarayın yüksek pencerelerinden atar, can çekişmelerini izler ve çocukça eğlenirdi.

İvan, on yedi yaşında tacını giydi ve "çar" unvanını aldı. Genç hükümdar göreve gelir gelmez ülkede düzenleme çalışmalarını başlattı. Ülkeye matbaayı getirdi. Yasaları düzenledi; düzenli orduyu, büyük meclisi ve asiller konseyini kurdu.

1553'te İvan'ın eşi Anastasia hastalanarak öldü. İvan karısını Boyarların zehirlediğini düşünüyor, hain Boyarların arkasından işler çevirmekte olduğundan endişeleniyordu. Boyarların güvenirliliğini sınadığında şüpheleri daha da arttı. İşte bu dönemde saray pencerelerinden kedi ve köpekleri fırlatan çocuk yavaşça yeniden doğmaya başlamıştı. Sırayla prensler, Boyarlar, yöneticiler, askerler ölmeye başladı. Her ölümün ardında çarın imzası vardı. Artık İvan'dan herkes korkuyordu ve korkanların hepsinin mantıklı nedenleri vardı.

İvan, 1561'de, Moskova'da, St. Basil Kilisesi'ni yaptırdı. Bu görkemli yapı İvan'ın gözlerini kamaştırmıştı. Muhteşem esere imza atan mimarları çağırttı. Övgüler için gelen mimarlar önce beklediklerini aldılar. İvan'ın övgüleri göğüslerini kabartmış, bundan büyük şeref duymuşlardı. İvan sanatçılara son kez teşekkür ettikten sonra onları gönderdi. Biraz sonra özenle gözleri dağlanan mimarlara yapılan açıklama son derece ikna ediciydi.

"İvan, bu kadar güzel başka bir eser yapılmasını istemiyor."

İvan, 1565'te Opriçnina'yı kurdu. "Opriçnina" Rusçada "istisna" anlamına geliyordu. İvan'ın Opriçnina'sı, istediği her şeyi yapabileceği, Tanrı gibi müdahale edebileceği istisnai bir bölgeydi, bu bölgeye Moskova ve diğer birçok büyük şehrin büyük parçaları da dahildi. Rusya'nın üçte biri kadar bir alana yayılmıştı Opriçnina. Ülkenin geri kalanına Zemçina adı verilmişti ve çar, Zemçina'yı güçlü Boyarların yönetimine bırakmıştı.

Opriçnina'da İvan'a karşı gelen kim olursa olsun zulümle karşılaştı. Fakir köylüler, sıradan memurlar, asiller, en zenginler... Hiç kimseye ayrıcalık tanınmıyordu.

Burayı İvan'ın emirleriyle yöneten kanlı katiller vardı. Bölgeyle aynı ismi taşıyan Opriçnina teşkilatını oluşturan zalim, acımasız, hastalıklı yöneticiler...

İvan'ın korkunç "istisna" sistemini oluşturmasının nedenleri çoktu. Çarlığı tehdit eden Boyarlardan çarın zihnini kemiren tuhaf hastalıklara kadar...

Kızıl Kurt

İvan yaşlandıkça zaten ince iplerle gerçekliğe tutunmakta olan zihinsel dengesini iyice yitiriyordu. Rusya'nın en zengin, en güzel, en seçkin bölgelerinde kurulu Opriçnina, en hastalıklı adamlarca yönetilmiş ve yeryüzündeki en büyük başarısızlık anıtı haline gelmişti. O güzel diyarlar herkesin ya ölüm tehlikesiyle yaşadığı ya kaçtığı ya da öldüğü karanlık bir ülkeye dönüşmüştü. Opriçnina teşkilatının askerleri kontrolden çıkmış, sapık eğlencelerini halk üzerinde uygulamaya başlamıştı. "İstisna", "vahşet"le eşanlamlı oluvermişti.

İvan, yöneticileriyle yaşadığı bir anlaşmazlık sonucu bir halkın tamamının öldürülmesini emredecek kadar çıldırmıştı. Üstelik Opriçnina askerlerinden hiçbiri bu emirlere itiraz edecek kadar sağduyulu değildi. Sapkın teşkilatın bir günde 4000 kişiyi öldürdüğü olmuştu.

Büyük Opriçnina fiyaskosu 1573'te bizzat İvan tarafından sona erdirildi. Yöneticilerinden bir kısmı öldürüldü ve Opriçnina'nın bir zamanlar var olduğundan söz etmek bile yasaklandı.

1581'de, İvan hamile gelinini dövdü ve bu olay bebeğin ölümüyle sonuçlandı. Bunu duyan oğul İvan, babasına koştu ve ona bağırmaya, tartışmaya başladı. Tartışma ancak İvan'ın, asasını oğlunun başına indirmesiyle son bulabilmişti. Korkunç İvan bir de evlat katili olmuştu.

1584'te, İvan sarayda genç bir kız olan İrina'ya tecavüz etmeye çalışırken görüldü ve bundan üç gün sonra satranç tahtası başındayken öldü. Cesedinde bol miktarda cıva kalıntısı bulunması onu İrina'ya tecavüz ederken görenlerin öldürdüğünün düşünülmesine neden oldu. Kimisi ise cıvanın tedavi amaçlı kullanıldığını ve onu delirten şeyin zaten cıva olduğunu söyledi.

Orkun Uçar

Tarih profesörünün tok sesli konuşması kesildiğinde amfide iki yüz öğrencinin düşünceli yüzleri ve fısıldaşmaları kalmıştı. İki hafta Korkunç İvan'a ayrılmış, giriş dersi erken son bulmuştu. Amfi, birkaç dakika sonra boşalmıştı.

15 Ağustos 2008
Kostanay Kampı

"Opriçnina," dedi Kurt. "Adları Opriçnina."

"Biliyoruz efendim," dedi Koray'ı haklı çıkarıp 8. Karakol'dan ardında fazladan altı ceset bırakarak çıkan Gökhan. Hâlâ canlı kanlı Kurt'la konuştuğuna inanamıyordu. Operasyonu yaparken ne kadar korktuğunu ancak şimdi kendine itiraf edebiliyordu. Kurt'u kaybetmekten gerçekten de çok korkmuştu. Bugüne kadar çok büyük kayıplar vermişti...

Kurt, kızının ve torunlarının başına geleni öğrendiğinde kısa bir an gözlerini kapamış ve yavaşça yutkunmuştu. Gözlerini açtığında, ancak karşısındaki o yutkunmanın ne olduğunu anlamıştı. Yaşlı adam adeta üzüntüsünü yutmuştu. Gözlerine yerleşen ürkütücü, vahşi parlaklık da ilerisi için bir ipucu veriyordu. Adam yuttuğu üzüntüyü öfke olarak kusacaktı.

"Korkunç İvan'ın örgütü bu değil mi?"

"Evet. Opriçnina'yı kuran Korkunç İvan."

"Kim bu Korkunç İvan?"

"Gerçek kimliğini bilmiyoruz. Ama Rusya devlet başkanına çok yakın bir isim olduğunu öğrenebildim. Şimdi bu işe kaldığım noktadan devam etmemiz gerekiyor ve kaldığım nokta oldukça kritik. Opriçnina'nın bir nükleer savaşa hazırlandığını öğrendim."

Kızıl Kurt

Gökhan duyduklarına inanamamıştı.

"Nükleer savaş mı? Mafya sanıyordum ben bu adamları, bu nasıl mafya?"

"Opriçnina bir mafya örgütü. Korkunç İvan da bir mafya çarı. Ama evet, ne Opriçnina sıradan bir mafya örgütü, ne de Korkunç İvan sıradan bir mafya çarı. Rusya'daki en büyük mafya grubu Opriçnina... Hatta Rus kökenli tüm mafyaların bağlı olduğu bir örgüt denebilir. Bir şemsiye."

"Nasıl bir nükleer savaş peki? Niyetleri nedir?"

"Korkunç İvan denen adam delinin teki Gökhan. Tam anlamıyla bir psikopat... Ellerinde çok büyük bir nükleer güç var. Öncelikle Asya'da sistemli nükleer saldırılar planlıyorlar. Adamın asıl niyeti saldırıları tüm dünyaya yaymak. Bunun için Rusya'da bir üs hazırlıyor. Bir yeraltı şehri... Tam teçhizatlı bir barınak... Onlarca insanın uzun yıllar yaşayabileceği, nükleer etkiden uzak, istisnai bir in..."

Gökhan dehşet içinde dinliyordu. Kurt örgütün korkunç planlarını tutsakken öğrenmişti.

"Opriçnina'yı yok etmemiz gerekiyor. Korkunç İvan'ı da gömmemiz... Şimdiye kadar yakalayabildiğimiz en somut nokta bu yeraltı şehri. Bu şehre saldırabilseydik en kötü ihtimalle Korkunç İvan'ın planlarını geciktirebilirdik. Ki evet, bu en kötü ihtimal. Ama şehirle ilgili çok az şey biliyoruz. İçinden çekilmiş bir iki fotoğraf görebildim sadece."

Gökhan, İsveç'te ele geçirdiği bilgisayarlarda gördüğü resimleri hatırlıyordu yavaş yavaş. Hafifçe gülümsedi.

"Şu gördüğünüz fotoğraflarda ne vardı?"

"Şehrin çeşitli bölgeleri çekilmişti işte. Nesini soruyorsun ki?"

"Şehrin üst kısmını gösteren herhangi bir fotoğraf var mıydı?"

Orkun Uçar

"Üst kısmını... Vardı sanırım, evet. Kanallı bir tavanı var şehrin. Nasıl anlats..."

"Dört beş dizi kanal ve her kirişin üzerinde parmaklıklarla kapatılmış kalın, uzayıp giden boru şeklinde lambalar..."

Kurt'un gözleri şaşkınlıkla açılmıştı. Derin bir nefes aldı.

"Evet, öyle anlatabilirim. Hatta aynen öyle, evet... Ama şimdi sen anlatacaksın."

Gökhan anlatmaya başladı. İsveç'te ele geçirdiği belgeleri, bilgisayardaki fotoğrafları ve yazılı kayıtları, MİT'in büyük ölçüde çözdüğü para trafiğini, Opriçnina'nın Orta Asya ve Rusya'daki tüm merkezlerinin planlarının bulunduğu sayfalarca kaydı ve nereye ait oldukları şu ana kadar çözülemeyen dört fotoğrafı...

İki parça birleştiğinde ortaya tam da Kurt'un istediği görüntü çıkıyordu. Şimdi kasabanın yerini bulmak için sadece Gökhan'ın ele geçirdiği belgeleri karıştırmaları gerekiyordu ve Gökhan buna bile gerek olmadığı kanaatindeydi. Sürekli tekrarlanan o rakamlar şüphesiz anlamsız değildi. İlk bakmaları gereken yerin bu olduğu kesindi.

❖ ❖ ❖

Gökhan tahminlerinde yanılmamıştı. Belgelerde tekrarlanıp duran "600141.95 585743.96" ibaresi evrensel sistemde bir koordinattı. Urallar'da, artık yerleşim olmayan terk edilmiş bir Rus kasabasının koordinatı... Biraz araştırmayla burada eskiden bir fabrika olduğunu ve Sovyetler dağıldığında fabrikanın kapatılıp kasabanın boşaltıldığını öğrenmişlerdi. Korkunç İvan burayı seçmişti fantastik şehri için.

Kızıl Kurt

Kurt'un şehre saldırma planı için artık hiçbir engel kalmamıştı. Gökhan'ın bir süredir zorlanan vücudunun o gece iflas etmesi dışında... Kurt planlarının kilit adamının baygın bedenini sabaha karşı yolcu ederken olabildiğince iyimser olmaya çalışıyordu. İkinci bir plan daha olabilirdi.

17 Ağustos 2008
Moskova

Kurt, Opriçnina'ya saldırabilmek için öncelikle içeriye adam sokmak gerektiğini biliyordu ve bu iş için elbette Gökhan gönüllü olmuştu. Onun vakitsiz rahatsızlığından dolayı geriye en uygun bir tek aday kalmıştı: Koray!

Kurt, onun bu görevi kabul etmeyeceğini düşünüyordu, ama Koray dünden hazırdı.

Kurt şaşkınlığını saklamadı. "Sen, beni her zaman yanıltıyorsun. Bu işle ilgilenmeyeceğini sanıyordum."

Koray gülümseyerek, "Nükleer bir savaş, benim planlarımı da engeller komutanım," dedi. Onun planlarıyla Kurt'unkiler uyuşmuyordu.

Her ayın birinde Opriçnina'ya işçi sevkıyatı yapılıyordu. İşçiler değiştiriliyor, yeni işçiler seçiliyordu. Kurt'un getirdiği bilgilerden ilk olarak bunu kullanmaya karar verdi Koray.

21-22 Ağustos 2008
İstanbul

Gökhan kendine geldiğinde başucunda Enver Akad'ı buldu. Gözlerini Kazakistan'da kapamış, İstanbul'da açmıştı.

Orkun Uçar

Damadı komaya girince Kurt aceleyle Enver Akad'ı aramıştı. Doktor, konuşmasında sürekli Eşref Kapılı'nın acele etmiş olmasından söz etmişti. Gökhan için duyduğu endişenin boyutu da Kurt'u şaşırtmıştı doğrusu.

Gökhan, laboratuvara sokulur sokulmaz Enver Akad tüm gücüyle çalışmaya başlamış ve nihayet onu kurtarmıştı.

"Hoş geldin dünyaya Gökalp!"

O sadece gülümseyebildi.

"E, iyisin maşallah, iyi gördüm."

"Böyle oldukça iyiyim ama siz bir de ısınınca görün."

Enver Akad yine dönüp Gökhan'a gülümsedi, ama bu defaki ekşi bir gülümsemeydi. Yanakları ve dudakları gülüyordu ama gözlerinde daha çok utanç vardı. Gökhan bunu fark edebiliyordu.

Kapıya gelmişlerdi.

"İnşallah onu da halledeceğiz," dedi doktor ve kapıyı açtı. "O zaman hep iyi olacaksın. Kendini çok zorlamışsın. En önemlisi sana gerekenin yarısı kadar bile uyumamışsın. Vücut kendini tamir edecek vakit bulamamış."

"Anlıyorum. Beni iyileştirebilecek misiniz doktor?"

"Gökalp, durum biraz karışık... Isınmanı kökten yok etmemiz şu anki şartlarımızla mümkün değil. Açıkçası, mutlak bir iyileşme senin için söz konusu değil. Ama hemen umutsuzluğa kapılma. Yapabileceğimiz bazı şeyler var. Isınma etkisini biraz olsun hafifletebiliriz."

"Ne yapabiliyorsak yapalım," diye yanıtladı Gökhan.

"Dinle Gökalp, yapabileceğimiz her şeyi yapacağız zaten, yapabileceğimiz çok şey yok ya- neyse, sana söylemem gereken bir şey var. Fakat bunu nasıl söyleyeceğimi bilmiyorum."

Kızıl Kurt

Gökhan heyecanlanmıştı. Doktor Enver Akad'dan bir itiraf duymayı hiç beklemiyordu. Merak içinde kalmıştı.

"Dinliyorum, nasıl geliyorsa öyle söyleyin, uğraşmayın bence."

"Gökalp, senin bedeninde nanomakine yok."

"Ne? Nasıl yok?"

Gökhan hayretler içinde kalmıştı. Aklına bin türlü şey geliyordu. Nanomakine yok da ne demekti? Ne yani, psikolojik yöntemlerle mi yapmışlardı bunları?

"Senin içinde..."

Enver Akad durdu, sonra yine konuştu.

"...küre yongalar var."

Gökhan bunların ne olduğunu bilmiyordu, ama içinde gerçekten bir şeyler olması içini rahatlatmıştı şimdi.

"Küre yongalar ne?"

"Eşref Kapılı, seni buraya getirdiği sırada üzerinde çalıştığım bir teknolojiydi bu. Gökalp, biz sadece bir gen şirketi değiliz. Çalışmalarımız sadece genetik mühendisliğiyle ve nanoteknolojiyle bağlantılı değil. Benim yürüttüğüm çalışmaların tümünün nihai amacı yaşamı sınırsız ve yenilenebilir kılmaktır. Bunun için sentetik deri üretiyoruz burda. İnsan bedenini rejenere eden, yenileyen nanomakineler üretiyoruz. Bunun gibi daha pek çok şey. Sana bunları anlatmamın fazla bir anlamı olduğu söylenemez. Ama bir doktor olarak, sana uygulananları anlatmam lazım en azından."

Gökhan duygusuz bir tonda, "Dinliyorum," dedi ve kollarını gövdesinde birleştirdi. Gözlerini doğrudan doktorunkilere dikmişti.

"Sana sadece yapay deri uygulaması yaptık ve küre yongaları implante ettik, e... şey, yerleştirdik, aşıladık, ne dersen. Yapay deriyi biliyorsun. Zaten o sonuçlanmış bir çalışmadır ve sorunsuz bir-

çok uygulaması yapılmıştır. Sen de bunun en iyi örneklerinden birisin hatta. Fakat diğerinde durum biraz karışık..."
Doktor nefes alıp devam etti.
"Küre yongalar henüz deney aşamasındaydı. Birçok denek hayvanında denemiştik ama hep başarısızlıkla karşılaşmıştık. Hayvanların çoğu daha ilk haftada iç organları yanarak, beyinleri eriyerek ölüyordu. Fakat planlarıma göre bu normaldi. Küre yongaları ben, kendim insanlar için tasarladım. Anlıyor musun? Tüm hesaplarım bir insan üzerinde uygulanmasının olumlu sonuç vereceğini gösteriyordu."

"Bir dakika," diye söze girdi Gökhan. "Nedir bu küre yongalar? Ne iş yaparlar?"

"Nanomakinelerin sana yaptığını söylediklerimin aynısını yaparlar. Vücuda zerk edildikten sonra vücutla kusursuz uyum sağlarlar. Bedeni rejenere ederler. İnsan bedeninden kusursuza yakın verim alınmasını sağlarlar. Nanomakineler gibi vücuttan atılmazlar. Onlar gibi işlerini yarım yamalak yapmazlar. Beyne sinirlerden giden bilgi hızını iki, üç kat arttırırlar. Bedene enerji sağlarlar. Böylece, bedenen bir *übermensch* ortaya çıkar. Sensin bu Gökhan! İşte, küre yongalar seni yapar."

"Beni denek olarak mı kullandığınızı söylüyorsunuz?"

"Eşref Kapılı, seni buraya getirdiğinde adeta ölüydün. Benim için rüyalarımda bile göremeyeceğim bir fırsattın, ilahi bir işarettin. Eşref Kapılı'ya söyleyip yapacaktım aslında, gizlemeyecektim. Ama o burayı araştırıyormuş ve yanan hayvanlardan haberi varmış. Ben de aptallık edip gizlemeye karar verdim. Anlamaması için küre yongaları da ona anlattım. Sonra bir çıkmazın içinde buldum kendimi. Nanomakineler ısınma etkisi yapmaz. Ama neyse ki siz bunu fark etmediniz. Ama gördüğün gibi Gökalp hesaplarım gerçekten

Kızıl Kurt

doğru çıktı. Uzun süredir bu yongalarla yaşıyorsun. Eskisinden çok daha güçlü ve hızlısın. Ve buna karşılık sadece arada sırada ısınıyorsun. Sen bir şahesersin."

"Beni denek olarak kullandınız," diye yineledi Gökhan.

"Lütfen böyle konuşma Gökalp! Bana borçlusun sen. Yer üzerinde seni hayata döndürebilecek herhangi bir şey yoktu."

Doktorun yüzüne çocuksu bir ifade yerleşmişti. İşine, araştırmalarına âşık bir adamdı. Gökhan'ın içinden onu daha fazla yargılamak gelmedi.

Yaklaşık bir saat sonra, Gökhan yastık kısmı dar bir açıyla dikleştirilmiş yatağa uzandı ve Enver Akad vücuduna reseptörleri yerleştirmeye başladı. Kısa sürede yirmi kadar elektrot Gökhan'ın vücuduna bağlanmıştı. Doktor monitörü izlemeye başladı. Gökhan yattığı yerden gözlerini kaldırmış doktorun tepkilerini takip ediyordu.

"Yongaların hepsi kusursuz çalışıyor. Bunlarda hiçbir sorun yok. Vücut fonksiyonların da normal görünüyor."

Doktor, elektrotları bir bir sökmeye başladı. Hepsi bittiğinde, "Kalkabilirsin," dedi.

Gökhan doğrulup yatakta oturdu.

"Dediğim gibi yongalarda hiçbir sorun yok. Zaten beklemiyordum olmasını. Şimdi birkaç sıradan tahlil yapalım."

Doktor sırayla idrar, gaita, sperm ve kan tahlillerini yaptı. Sonuçlarda hiçbir sorun yoktu. Gökhan tamamıyla normaldi.

Enver Akad ve Gökhan, doktorun ofisindeydi yeniden. Doktor rahat konuşuyordu.

"Yapabileceğimiz çok şey yok Gökhan. İlaçlarını değiştirmemize falan gerek yok. Aynılarını, aynı talimatlara uygun biçimde

kullanacaksın. İlaçlara bir yardımcı ekleyeceğiz sadece. Hatırlarsın, burda soğutucuya giriyordun. Bunun bir benzerini yapacağız."
"Doktor, yanımda dolap taşımayacağım değil mi?"
"Taşıyacaksın. Bekle ve gör."

❖❖❖

"Dolabın burada. Bakalım beğenecek misin?"
Enver Akad yerde duran küp şeklinde büyükçe bir kutuyu gösteriyordu. Gökhan öylece durdu ve soran gözlerle doktora baktı.
"Açmayacak mısın?"
Gökhan kutunun üst kapağını çıkardı. İçeride beyaz, kumaş gibi kısımları görünen bir şey katlanmış duruyordu. Çömeldiği yerden başını çevirip yanında dikilen Enver Akad'a baktı. Doktor malını sunan bir satıcı gibi gülümsüyor ve başını sallıyordu.
"Çıkar bakalım."
Gökhan iki elini ne olduğunu anlamadığı nesnenin altına doğru soktu -evet, altında sert bir şeyler olan bir kumaştı bu- ve nesneyi kutudan tamamıyla çıkardı. Nesne oldukça hafifti. Gökhan bu defa kumaştan yapılan basit elbise dolapları gibi bir şey olabileceğini düşündü. Elindeki şeyle Akad'a döndü.
Doktor uzanıp Gökhan'ın elinden aldı nesneyi ve iki ucundan tutup geri kalanının aşağı sarkmasına izin verdi. Gökhan şimdi bunun bir fanila olduğunu görebiliyordu.
"İşte, yanında taşıyacağın dolap bu..."
Gökhan gördüğü şey karşısında memnun olduğunu ifade eder şekilde gülümsemişti. Doktorun tam anlamıyla çıldırmadığını anlamak içini rahatlatmıştı doğrusu.

Kızıl Kurt

"Bu fanila seni soğuk tutacak. İçinde yüksek basınç altında tutulan sıvılar var. Fanila tüm gövdeni saracak ve kasık bölgenden bağlanacak. Bunu sürekli giyemeyeceksin. Sadece hareketli işler yapacağın zaman kullanmalısın. O sırada oldukça yarayışlı olduğunu göreceksin. Üzgünüm, elimden gelenin hepsi bu şimdilik."

"Emin misiniz bunun işe yarayacağına?"

"Elbette eminim. Çalıştırdığın zaman -işte koltukaltına gelen kısmın hemen altındaki iki anahtarla çalıştırıyorsun- içerideki sıvılar üzerindeki basınç artacak ve faniladaki supaplardan soğuk gaz vücuduna püskürtülecek. İlaçlarla beraber bu oldukça etkili olacaktır. İlaçlar deri altı yağ tabakana etki ederek vücut yüzeyinde biriken terin buharlaşmasını hızlandırıyor. Ter de buharlaşırken kullandığı ısıyı vücudundan çekiyor. Yani, sanırım artık önceki gibi sorunlar yaşamazsın."

"Anladım," dedi Gökhan. "Teşekkür ederim." Fakat düşünceli görünüyordu.

"Ne oldu, beğenmedin mi? Fanila tam bedenine göre. Çizimini kendim yaptım. İstersen deneyebilirsin şimdi."

"Yok, buna gerek olduğunu sanmıyorum."

"Ne o, memnun olmamış gibisin."

"Rusya'daki işlerim yüzünden endişeliyim sadece," diye yanıtladı Gökhan. "Çalışmanızdan son derece memnunum."

Enver Akad, Gökhan'la vedalaşırken oğlunu yurtdışına okumak üzere gönderen bir babanın gururlu ve şimdiden özlemli gülümseyişini taşıyordu yüzünde. Gökhan gen şirketinden ayrılıp İstanbul'a sürdü arabasını. O akşam Moskova'ya dönüyordu ve artık intikam için sabırsızlanmaya başlamıştı.

Orkun Uçar

18 Ağustos 2008
Moskova

Mirra Akhmadulina dirseklerini, üzerinde kirli görünümlü bir masa örtüsünün serili olan masasına dayamış, başını sağındaki pencereye çevirmişti. Pencerede tam ortasında üç küçük deliğin bulunduğu griye dönmüş bir perde vardı ve tamamen kapalıydı. Mirra'nın gözleri perdedeki deliklerin üzerinde dolaşıyordu. Odadaki tek mobilya olan masasının üzerinde; tamamıyla dolmuş bir kül tablası, gri dış kapağının uçları kırılmış bir cep telefonu, not almak için hazır bulunan birkaç küçük kâğıt, büyük kısmı dolu küçük bir su şişesi, tamamıyla boş büyük bir su şişesi, plastik bir kol saati, bir kutu ağrı kesici, bir paket sigara ve yeşil bir çakmak vardı.

Mirra o kadar uzun zamandır işsizdi ki, onu en son kovan patronun kim olduğunu hatırlayamıyordu. Fakat yakında son bulacaktı bu çilesi. Bir iş bulmuştu. Hiç umudu olmadığı halde gazetedeki ilanlardan birine başvurmuş ve kabul edilmişti. İş bulmak için sadece eline kalem ve kâğıdı alıp uzun bir özgeçmiş hazırlaması yeterli olmuştu.

Kabul edildiğini iki gün önce öğrenmişti. Önce inanamamıştı. Gerçekten inanamamış, bu yaşadığının gerçek olduğunu şiddetle reddetmişti. Çünkü özgeçmişinde her şeyi, diğer tüm iş maceralarını uzun uzun anlatmıştı. Bu kadar sorunlu bir işçiyi kimsenin kabul edeceğini sanmıyordu. Aslında ilandaki "uzun ve ayrıntılı özgeçmiş" ibaresiyle dalga geçmek için yapmıştı başvuruyu. Şimdiyse her yerde ismiyle dalga geçilen, her gittiği yerde olay çıkaran işsiz bir adam değil; her yerde ismiyle dalga geçilen, gittiği yerlerde olay çıkarmamaya çalışan, çalışan bir adamdı.

Kızıl Kurt

Saatin geç olduğunu ve artık uyuması gerektiğini düşündü. Gözlerini perdedeki küçük deliklerden güçlükle ayırdı ve başını sol tarafa çevirdi. Hemen iki metre ötesinde sarı, lekeli bir duvar görüşünü kapatıyordu ve duvarla kendisi arasında yatağı vardı. Yıllardır bu yatakta yatıyordu Mirra, ama hâlâ kendinden önce başkalarının da uyuduğu kirli bir yatakmış gibi rahatsız olurdu ondan.

Adam, sandalyesinden kalktı ve kendini yatağa bıraktı. Koku vermeyen bir battaniye edinene kadar elindekiyle idare edecekti. Sol elini aşağıya uzatıp yere düşmüş olan battaniyeyi bir ucundan yakaladı ve üzerine çekti. Birkaç ayak hareketinden sonra battaniyeyi istediği biçimde örtmüştü üzerine. Bu ayak hareketlerini dil hareketlerine benzetti. İkisini de profesyonelce yapıyordu, ama biraz da istem dışıydı. Yani, hayvansı bir yapı görüyordu bu iki benzer hareket çeşidinde. Yatakta sağa döndü ve elini uzatıp lambayı söndürdü. Az önceki iki hareket arasında kurduğu benzerlikle gurur duyuyordu. Daha şanslı olsaydı yazar olabilirdi. Hatta o zaman faklı bir isim bile kullanabilirdi.

Mirra uyumakta zorlanan biri değildi. Hiçbir zaman uyumak için yorgun olmaya ya da yatakta dönmeye ihtiyaç duymamıştı. Yazar olması gerektiğini düşündükten birkaç dakika sonra uyumuştu ve bu yüzden küçük dairesinin kapısındaki tıkırtıyı da, küçük dairesinde dolaşan ayak seslerini de, ölüm meleğinin hırlamasını da duymamıştı.

Koray, battaniyeyi beline kadar çekmiş uyuyan adamın başında, önündeki böceği ezmeden önce bekleyen bir kız çocuğu gibi nefes almadan bekledi. Böceğin hareket etmeyeceğinden emin olduktan sonra ayağını onun üzerine indirirdi bu kız. Mirra'nın öylece uyuduğundan emin olunca silahını doğrulttu. Bu defa hiç beklemedi. İki defa çekti tetiği ve iki mermi de Mirra'nın uzun favorilerinin biraz üzerinden girip beynine ulaştı. Artık, koku saklayan battaniye ulaşılmaz olmuştu Mirra için zaten, cennete gideceğini hiç düşünmemişti ki...

Koray, Fransız bir aşçı sükûnetiyle silahını beline yerleştirdi ve yavaşça cesedi ayaklarından tutup battaniyenin altından çıkardı. Mermilerden birinin yastıkta açtığı delik ortaya çıkmıştı. Mirra'nın cansız bedenini battaniyeye sardı. Bir saat sonra toprağın altındaydı bu beden; battaniyesi, yastığı ve çarşafıyla birlikte. Fakat yer üstünde hâlâ Mirra Akhmadulina, diye biri vardı. Belki bu gece ölenden daha yakışıklı ve daha düzenli bir adamdı Koray, ama bu farkların herhangi biri tarafından ayırt edilmesini engelleyecek kadar da profesyoneldi.

21 Ağustos 2008
Opriçnina

Otuz adam, kafalarına çuval geçirilmiş halde peş peşe üç kapıdan geçirildi, ayak seslerinin yankılarından anlaşıldığı kadarıyla daracık koridorlarda yürütüldü, defalarca köşelerden döndürüldü, omuzlarından tutulup üçerli gruplara ayrıldı ve sonunda farklı odalara yerleştirildi. Artık hepsi çuvallardan kurtulmuştu. Yirmi dokuz adam, şaşkın bakışlarla gördüklerini anlamlandırmaya çalışırken Koray yatağına uzandı. Demek burasıymış, dedi içinden.

Ertesi sabah hepsi yüksek ve geniş bir odada toplandı, Koray'ın Stalingrad Savaşı'nda bol bol görülen hatip subaylara benzettiği bir Rus, ileri geri yürüyerek konuşmaya başladı:

Kızıl Kurt

"Ne iş yapacağınız ve nerde uğraşacağınız size bildirilecek. Emredilen dışında herhangi bir işle uğraşmak ve herhangi bir yerde görülmek yasaktır. Yemekleri nerde yiyeceğiniz gösterilecek, yemek yiyeceğiniz zaman size bildirilecek, bu zamanlar dışında yemekhaneye girmeniz yasaktır. Odalarınızda duş kabinleri ve tuvaletler mevcuttur, uyku saatlerinde bize bildirmeden odalarınızdan çıkmanız yasaktır. Kurallara uymayanlar ve işine gerekli özeni göstermeyenler kurulacak bir kurul ile sorgulanacak, gerekli cez... olan yapılacaktır. Şimdi odalarınıza dönün."

Koray'ın içinde olduğu grup, pencereleri olsa epey güzel bir ofis olabilecek bir odanın sıvası ile görevlendirildi. Grubu odaya getiren görevli on beş dakika kadar başlarında dikildi, sonra mala hareketlerini izlemenin hiçbir değeri olmadığını anlamışçasına omzunu silkip. "Döndüğümde bu duvar bitmiş olacak," dedi ve odadan ayrıldı. Hoparlörlerden öğle yemeği anonsunu duyup yemekhaneye gidene kadar adamı görmediler. Koray aşırı disiplinin sadece göz korkutma amacıyla kullanıldığına karar verdi. Dengesiz davrananların öldürüleceği açıktı, ama işçilerin her an denetlendiği yoktu, ki Koray da bunu umuyordu.

Duvarın yarısını bitirip odalarına döndüler. Yatağına ilerlerken Ruslardan biri omzuna elini atıp sordu. "İsmin nedir?"

Kaşlarını çatıp adamın gözlerine dik dik baktı. "Mirra." Çamaşırlarını yıkamakla meşgul diğer Rus kahkahalarla gülmeye başladı.

"Alıştık artık. Babam, olması gerektiğinin aksine, kız evlat istiyormuş, diğer beş ağabeyim gibi bana da doğumumdan önce kız ismi koyuvermiş. Ben doğduktan sonra bizi terk edip gitmiş zaten. Sizin isimleriniz nedir?"

"Konstantin."

Orkun Uçar

"Dimitri."
"Eh, tanıştık, yorulmuştuk da. Sabah uyandırın beni."
"Merak etme sen."

❖ ❖ ❖

Koray bitkince yatağına uzandı. Öğle yemeği adına yediği kahvaltı da cebine sakladığı iki yumurtadan ibaretti, bir günü üç yumurta ve bir parça ekmekle geçirmek zorunda kalmıştı. Yarım gün çalıştıktan sonra karşılaştığı adamların dertlerinden kurtulmak için uğraşarak tüm yeraltı şehrini dolaşmıştı. Neyse ki bu yorgunluğuna değmişti, artık şehrin planını biliyordu.

Şehir tavanı, altı yedi metre yüksekliğinde, dış kenarları yaklaşık yüz metre kadar olan deponun çevresine yerleştirilmiş beş bölümden ibaretti. İki yüz metreye yüz elli metre kadar olan bölümlerin her biri beş sıraya dizilmiş iki bin odaya, tuvaletlere ve depoya bitiştirilmiş yemekhanelere sahipti. Her bir bölüm büyük kapılarla iki yanındaki bölümlere ve depoya bağlanmıştı. Bölümler saat yönünde ilerleyerek numaralandırılmıştı; şehrin doğusunda kalan 3. Bölüm'ün ilerisinde yeraltı sıcak su kaynaklarından enerji üreten ve şehrin içme suyunu temin eden dev bir tesis inşa edilmişti.

Dışarı hiçbir çıkış bulamamıştı. Dolaşmadığı yerleri aklından geçirip dururken uykuya dalıverdi.

Ertesi gün boyunca nereden dışarı çıkacağı sorusu ile uğraşıp durdu. Bu şehrin yapımında kullanılan malzemelerle birlikte bin beş yüz işçinin günlük yiyeceğinin bile ana kapılardan içeri sokulması mümkün değildi. Bir yerlerde dışa açılan büyük kapılar olmalıydı, fakat yüz bin metrekarelik bu ummanı taramak, buradan ölmeden ayrılıp planları yüz yüze iletmeyi düşündürecek kadar göz korkutucuydu.

Kızıl Kurt

Akşam yemeğini ne yediğinin farkında olmadan bitirip kimseye tek laf etmeden yattı. Saatlerce yatağında dönüp durdu, dalgın halinin farkında olan Rus elemanlar hiçbir şey sormadılar.

Gözüne bir damla uyku girmeden sabah etti. Kahvaltıyı bitirip işi e yöneldiğinde Dimitri durması için bağırarak yanına koştu.

"Bugün farklı bir yerde çalışacakmışız, şu köşede beklememizi ve haberi olmayanlara iletmemizi söylediler."

"Daha odayı bitirmedik ki!"

"Ben de Konstantin'e aynısını dedim. İnsan yarım bıraktığı işi unutamaz, böyle zevk alınmaz ki!"

"Alınmaz elbette."

"Zevk alınmayan iş sahiplenilmez ki! Anlamıyorum, hiç anlamıyorum."

Koray anlıyordu. Başka bir zamanda ve başka bir yerde olsa anlatabilirdi, ama şimdi ne bunun için enerjisi, ne de isteği vardı. Zaten Rus, önüne çıkan ilk yeni konuya balıklama atlayarak bu konularla uğraşmaya alışık olmadığını gösterdi.

"Bizimkinin başına dikilmişler bile."

"Bırakalım uğraşsın biraz."

Rus onayladığını bir sırıtış ile belirtirken görevli onları gördü ve eliyle yanına çağırdı, hızlı adımlarla ilerleyen adamı takip etmeye başladılar.

Koray çalışacakları odanın kapısından gün ışığıyla ayırt edilebilen tozları görünce, bir şükür duası okudu içinden. Odanın tavanında yaklaşık beş metre çapında betondan yapılmış bir boru yüzeye gidiyordu. Durduğu yerden yirmi metre kadar yüksekteki beton kapak özenle deliğine oturtulmuş, kapağın ortasından bir metre çaplı bir demir kapak sökülmüş, az kısmı görünebilecek şekilde dışarıya bırakılmıştı.

Orkun Uçar

Deliğin üstünde bir direğin ucunda sallanan makaraya dolanan ipi yavaş yavaş salarak yukarıdan aşağı yük indirmeye başladılar. Öğlene kadar aralıksız yük indirdiler. Koray kollarının yandığını hissediyordu. Yemekten sonra işe devam ettiler, kısa bir süre huzura kavuşan kolları birkaç saat sonra pes etti. Tam arkasında duran Dimitri'nin elleri boşalınca ellerinden kayan ipi tutmaya çalışan Koray avucunun üst derisini yitirerek ipi bırakıverdi. Koli hızlanarak beton borudan duyulan ıslık sesi sayesinde telaşla kaçan Konstantin'in az önce durduğu yere düştü. Adam, parçalanan kutunun içinde yiyecek bir şeyler bulmak umuduyla bakındı, ama sadece ip ve küçük el aletleri gibi malzemeleri görünce hayal kırıklığı içinde geri çekildi.

Dönüşte ihtiyaç duyacağı ipi de edinmiş olan Koray, çıkışın tam yerini beynine kazıdı. Artık bu işin bitmek üzere olduğunu biliyordu. Odaya vardığında Konstantin'i bir şeylerle ikna edip bu işi geceleyin bitirmeye karar verdi.

"Bu akşam ben odada olmayacağım."

"Niye? Nasıl? Yasak?"

"3. Bölge'de kalan bir tanıdığımla karşılaştım sabah, içeri bir miktar votka sokmayı becermiş. Bir akşam olsun kafaları çekelim dedik."

"Bir bardaklık da bana getirirsen..."

"Elbette, elbette. Dokuza doğru çıkarım ben."

"Bol şans."

1. Bölge'den, 5. Bölge'ye geçti. Tüm bölgelerin aynı planla yapılmasının doğru bir sistem olmadığını düşündü. Ardından, beton duvarlara saplanmış demir basamakları tırmanmaya başladı. Bunu

Kızıl Kurt

yapabilmek için ucuna ayakkabısını bağladı bir ipten de kanca niyetine faydalandı.

Dışarısının bol bol fotoğrafını görmüştü. Doğusunda kalan küçük akarsuyun seslerini bir süre dinledi, karanlığın koyu perdesine rağmen dörtbir yanı çevreleyen dağların siluetine baktı. Yerin altında yaşananlar göz önüne alınmazsa oldukça güzel bir yer olduğu düşünülebilir, bir insan burada ömrünü geçirebilirdi. O an ise yerin altındakileri düşünmek zorundaydı, bölümlerin konumunu hatırlayarak yönleri belirledi ve güney batıdaki mağaraya malzemelerin fark edilmemiş olduğunu umarak ilerlemeye başladı.

Mağaraya varması yarım saatini aldı. Uydu kanalıyla yeraltı şehrinin durumunu Kurt'a gönderdikten sonra odasına aynı yoldan geri döndü. Konstantin'i arkadaşının kendisini kandırdığı yalanıyla atlatıp günler sonra ilk kez rahat bir uyku uyudu.

30 Ağustos 2008
Opriçnina

Kilometrelerce uzakta Eşref Kapılı yarınki Zafer Bayramı yemeğine Kurt'u temsilen katılmaya hazırlanırken Urallar'da, 60 derece kuzey enlemi, 58 derece doğu boylamına denk gelen bölgenin üstündeki karanlık semada binlerce yıldız tüm şirinlikleriyle parıldıyordu. Hava serinlemiş, soğuk bir rüzgâr Ural tepelerini süpürmeye başlamıştı çoktan. Mağaranın küçük girişinin neredeyse tamamı yabani çalılarla kaplanmıştı. Çalılar bir genç kızın uzun saçları gibi iki yana ayrıldı ve içeriden simsiyah, karanlıkla kusursuz bir bütünlük oluşturan bir siluet çıktı. Saat gelmişti. Son hamle için başlangıç atışı yapılmıştı.

Orkun Uçar

Gökhan, kuru toprak üzerinde hızla ve dikkatle ilerliyordu. Bir sualtı komandosu gibi giyinmişti. Tamamen siyahlara bürünmüştü. İçindeki fanila biraz yabancı geliyor ve teninde rahatsız edici bir his bırakıyordu, ama o bunu umursamamaya çalışıyordu. Belinden iki kasatura ve bir ip halkası sallanıyordu. İki susturuculu bir susturucusuz silahı yanındaydı. Sırtındaki siyah çantada ise üç kilo penta eritrit tetra nitrat vardı. PETN... 250 gramıyla 15 santimetrelik çelik zırh delebilen bu maddeyi bizzat seçmiş, fünyelerini kendisi hazırlamıştı.

Koray'ın tarif ettiği yere yaklaşmıştı artık. Eğilerek ilerliyor, gözünü yerden ayırmıyordu. "Nasıl bir işaret?" diye sorduğunda, "Görünce tanırsın," demişti Koray. İşareti görünce gülümsedi. Elbet tanıyacaktı irili ufaklı taşlarla yapılmış "G" harfini. Gökhan'ın değil, Gri Takım'ın G'siydi bu. Koray uzun süre boyunca lanetlediği geçmişine minik bir gönderme yapmıştı.

Çömeldi ve taşları tek tek kenara taşımaya başladı. Bir süre sonra sadece kuru toprak kalmıştı. Derin bir nefes aldı ve eldivenli elleriyle toprağı kenara süpürmeye başladı. Yüzeyin hemen altından metal katman çıkmıştı ortaya. Belli ki Opriçnina'nın çok fazla endişesi yoktu bu yerin bulunması konusunda.

Toprağı tamamen süpürdüğünde yaklaşık beş metre çapında, tam Koray'ın tarif ettiği gibi bir kapakla karşılaştı. Kapakta büyük daireyle eşmerkezli küçük bir daire daha vardı ve o da yaklaşık bir metre çapındaydı. Büyük dairede iki metal çıkıntı vardı, belli ki kapağı açmakta kullanılıyorlardı. İnsan gücünün bu kapağı oynatmaya yetmeyeceği belliydi. Makinelere bu çıkıntılardan bağlanıyor olmalıydı kapak. Küçük dairenin tam ortasında çöp kutusu kapaklarınınkine benzer bir kulp vardı. Gökhan sağ elinin parmaklarını kulptan

Kızıl Kurt

geçirdi ve hafifçe, kapağı tartmak amacıyla çekti. Oldukça sıkıydı ve asılması gerekecekti. Koray bunu içeriden açabildiğine göre herhangi bir sorun yaşayacağını sanmıyordu.

Parmaklarını kaldırışa hazırlanan bir halterci gibi kulpun çevresinde sıkılaştırdı ve güçle asıldı. Kapak adeta elinde kalmış, geriye düşmekten zor kurtulmuştu. Ellerini hemen açılan deliğin kenarlarında yere dayadı ve başını içeri uzattı. Koray aşağıda başını kaldırmış ona bakıyor, gülümsüyordu. Doğruldu ve belindeki ip halkasını çözdü. İpin ucuna kancayı geçirdi ve kanca elinde, duvara monte edilmiş metal basamaklara adımını attı. Sekiz basamak vardı ve sonuncusuna gelince kancayı bu basamağa takıp ipi aşağı sarkıttı. İpe tutunup aşağı kaydı, yere yaklaştığında Koray belinden destekledi.

İki adam duvarın kenarına ilerledi. Hiç konuşmuyor, çıt çıkarmıyorlardı. Gökhan belindeki kasaturalardan ve susturuculu tabancalardan birini Koray'a uzattı. O da bunları hemen pantolonunun kemer aralığına yerleştirdi ve başını salladı. Peşinden küçük, kalem büyüklüğünde bir feneri alan Koray, hemen denedi ve yandığını görünce onu da cebine yerleştirdi.

Gökhan elini öne doğru servis yapar gibi uzattı, zoraki ortağından yol göstermesini istiyordu. Boş 5. Bölüm'de hızla ve sessizce ilerlemeye koyuldular. Bölümün yemekhaneye açılan kapısının hemen yanındaki iri kolonun önüne geldiklerinde Koray durdu ve bu kez o servis yapar gibi elini uzattı. Gökhan hemen sırt çantasını çıkarıp yere çöktü ve çantanın fermuvarını açtı. İçeriden büyük bir titizlikle bombalardan ilkini çıkardı. Dikdörtgen şeklinde, bir el büyüklüğünde, ince bir tablaydı bu. Kenarlarından daha önceden hazırlanmış bir çift gri bandın uçları sarkıyordu.

Orkun Uçar

Koray tabancasını çıkardı ve etrafı gözlemeye koyuldu. Diğeri ayağa kalkmış, bombayı yüzü hizasında bir bölgede kolona yerleştiriyordu. Bantları duvara yapıştırıp üstlerinden birkaç defa ütüler gibi geçtikten sonra görev arkadaşına dönüp başını salladı. Koray bir adım öne çıkıp çevreyi izlemeye devam ederken Gökhan çantayı tekrar sırtına yerleştirmiş, tabancasını eline almıştı. İki adam, sırtları duvara yapışık halde ve temkinli adımlarla, 5. Bölüm'ün depoya açılan kapısından depoya geçtiler.

❖ ❖ ❖

Kurt, Kapılı'ya yarınki yemek için teşekkür ettikten sonra telefonu kapattı. Aklı yeraltı şehrindeydi. Moskova'daki suiti birkaç ay kaldığı irili ufaklı hücrelerden çok daha rahattı belki, ama yaşlı adam operasyonu bu kadar uzaktan yönetiyor olmanın stresi içindeydi. Dudakları buruk bir gülümsemeyle kıvrıldı. İki adamı yeraltında mücadele verirken, diğer beş adamı dağda onları beklerken kendisinin bu işi yönettiği söylenemezdi. Aklına bir şey gelmiş gibi doğruldu ve bilgisayarın başına geçti.

Ekranda MİT'in İsveç operasyonu sonrası hazırladığı rapor vardı. Ele geçirilen belgeler de ham halleriyle rapora eklenmişti. Kırk ikinci sayfayı açtı. Para trafiğinden çıkan isimler ekrana sıralanmıştı. Avrupa, Asya ve hatta Amerika'nın her yanından büyüklü küçüklü onlarca isim vardı. Çok yakından tanıdığı bazı isimlerin yanında daha önce hiç duymadığı onlarcası... Almanların çokluğu şaşırtıcıydı. Raporun bir yerlerine bunu da not etmiş olmalıydı MİT.

Öncelikli olarak sık tekrarlanan isimlerle büyük para transferlerinde yer alanları ayırdı. İsimleri özensizce taradıktan sonra bağ-

Kızıl Kurt

lantıları araştırmaya başladı. Elindeki bilgilerle Rusya devlet başkanıyla bağlantılı sadece iki isim bulabilmişti. Mikhail Alferov ve Leonid Belousov... Alferov'un Korkunç İvan için çalıştığını bilmeyen yoktu; ama onun Korkunç İvan olmadığı da kesindi. Hem şu sıralar tüm bedeni toprak kurtlarına yem oluyordu.

Kurt'un bu durumda ulaşabildiği tek isim, dev ihracat şirketlerinin sahibi Belousov'du. Yaşlı milyoner Orta Asya ülkelerinden aldığı ham tahılı Avrupa'ya, hatta Türkiye'ye aktarıyordu. Kurt, Belousov araştırmasını genişletmek üzere bir kenara bıraktı ve tek başına edinemeyeceği bilgilere uzandı. İlerleyen dakikalar boyunca onlarca telefon çaldı, baytlarca veri internet üzerinden aktı.

❖ ❖ ❖

Dev depo, gecenin bu saatinde bomboştu ve kullanılmayan 5. Bölüm gibi ışıklandırmadan yoksundu. Burada gündüz yanan ışıklar saatler önce söndürülmüştü. Gökhan kaskına monte edilmiş fenerin cılız ışığıyla ikinci bombayı yerleştireceği 1. Bölüm'e ilerliyordu.

Buradaki inşaat neredeyse tamamlanmıştı. Yılankavi koridorlar işçi kulübeleri ve tamamlanmış odalar arasında dolanıyordu. Bölümde kalan otuz güvenlik görevlisi -bunlar daha çok asker gibi davranıyorlardı- kapılara en yakın odalara yerleştirilmişti. Şimdi bu odalardan en yakındakine on metre mesafede, girişteydiler.

Koray parmağıyla görevlilerin kaldığı odaları işaret etti ve bir hazır ola geçip selam durma parodisi yaptı. Gökhan başını hafifçe sallayarak anladığını belirtti. Odalardan sadece birinde ışık yanıyordu.

Bölümlerin ana orta koridorunda tuvaletler ve banyolar yer alıyordu. Son işçi kafilesi geldiğinde dört bölümde de bu kısımların inşaası tamamlanmıştı. Muhtemelen şehir kabaca oyulduktan sonra ilk olarak bu kısımlar inşa edilmişti. Bu bölgede de hiçbir hareket yoktu.

Koray fenerini söndürüp Gökhan'a işaret verdi ve o işine başlarken etrafı kollamaya koyuldu. Gözünü, ışığı yanan asker kulübesinden ayırmıyordu. Minik pencereden içerideki hareketlere dair bir gölge, bir yansıma ya da başka türlü bir işaret görmeye çalışıyordu, ama sarı ışıktan fazlasını göremiyordu. Sırtında bir sürtünme hissetti. Bu, bombayı yerleştirmek üzere doğrulan Gökhan'dı. Fakat hemen omzuna bastırıp onu geri çömeltmek zorunda kalmıştı. Kasktaki fener anında kapanmıştı.

Işığı yanan odanın kapısı açılmış, içeriden geniş omuzlu, uzun boylu bir siluet çıkmıştı. Gökhan karanlıkta rahatlıkla kamufle olurken Koray ayan beyan ortadaydı. Bu gece için bulabildiği en uygun giysilerle -koyu mavi bir kot pantolon ve gri bir tişört- ayakta dikilmiş bekliyordu. Sağ kolunu vücudunun sağ yanına yapıştırmış, elindeki silahı sağ bacağının arkasına gizlemişti.

Adam yaklaşık on beş metre ilerideydi. Kapıdan çıktıktan sonra gerindi, şöyle bir çevreye bakındı ve soluk fenerini yaktı. Ardından, koridorda onlara doğru ilerlemeye başladı. Niyeti muhtemelen tuvalete gitmek üzere doğu-batı koridoruna ulaşmaktı, fakat işin kötü yanı da buydu. Doğu-batı koridoru iki ajanın bulunduğu noktanın sadece birkaç metre ilerisindeydi.

Koray silahı hâlâ bacağının yanında gizli, adama doğru yürümeye başladı. Gökhan çömeldiği yerden, neredeyse nefes bile almadan olacakları izlemeye çalışıyordu. Adam her an onlara yaklaşıyordu.

"Hey hey hey!" diye bağırdı adam ve feneri Koray'ın suratına doğrulttu. Tek gördüğü kapalı gözlerle kendine yaklaşan bir adam-

Kızıl Kurt

dı. Bir de uyurgezer ha, diye düşündü ve karşısındaki adamın sağ kolu kalkarken sadece korkmaya fırsat bulabildi. Sonrasında alnından giren mermiyle ölmüştü.

Koray tabancayla kulübeye işaret edip fısıldadı. "Uyanıklarsa duymuşlardır."

"Beraber giriyoruz," diye yanıtladı Gökhan. İki adam karanlıkta doğruldu. Işığı yanan kulübeyle aralarında birkaç metre vardı ve ilk adımlarını atmamışlardı ki kulübenin kapısından karanlığa ışık yağdı.

"Ne! Ne oluy..."

İki mermi, bir buçuk santimetre aralıkla adamın alnından girdi aynı anda. Karanlık yeniden sessizliğe gömülürken son duyulan, adamın kulübenin dışındaki toprak zemine çarpan bedeninin çıkardığı tok ses olmuştu. Aynı anda kulübeye koştular ve kapının önüne yığılmış cesedin üzerinden atladılar.

İçerideki son adam yatağında uyuyordu ve görünüşe göre olan bitenden habersizdi. İki Gri Takım üyesi aynı anda silahlarını doğrulttu ama ikisi de ateşlemedi. İkisi birden elleriyle diğerinin ateş etmesi için işaret etti. Şimdi tıpkı sirklerde yapılan ayna gösterilerine benziyordu bu yaptıkları.

Koray, Gri Takım'dan iki kişinin beraber çalışmasının verimsiz olduğuna karar vermek üzereydi ki duyduğu sesle silahını ateşledi. Diğeri de tepkisiz kalmamıştı. Aynı anda çıkan iki mermi, uyuşmuş bacağının yönünü değiştirmeye çalışan adama aynı anda girdi.

Koray fısıldadı. "Ne yapacağız?"

"Bunları taşıyabileceğimiz bir yer var mı?"

"Hepsini kulübede bırakabiliriz. Ama... Evet evet, hepsini kulübeye taşımak en iyisi."

Kısa bir an adamları tuvaletlere taşımayı düşünmüştü, ama böylesinin daha iyi olacağı açıktı.

İki adam beraber kulübeden çıktı. Dışarıda kulübeden boşalan ışıktan başka hiçbir ışık ve hareket yoktu. Gökhan ilk ölen adama doğru yürüdü ve cesedi kollarından kaldırıp sırtına aldı. Diğeri de yakındaki cesedi kollarından tutmuş sürüklüyordu. Koray, Gökhan'ın adamı kaldırmış olduğunu görünce cesedi güçlükle sırtladı.

Kanlı bedenleri boş iki yatağa yatırdılar ve üzerlerini örttükten sonra çıktılar. Sırtları doğu duvarında ilerliyorlardı.

Kolonun yanına geldiklerinde Gökhan eğilip çantanın altına tıkıştırdığı bombayı çıkardı. Bandın yapışkan kısmına toprak parçaları yapışmış olsa da hâlâ iş görür durumdaydı. Kısa süre sonra ikinci bomba da yerleştirilmişti.

❖ ❖ ❖

Telefon ve internet aracılığıyla elde ettiklerinin sonucunda üç isimle baş başa kalmıştı Kurt. Leonid Belousov, Heinrich Krüspe ve Aleksei Kirsanov...

Krüspe, Doğu Almanya döneminde uzun yıllar büyük bir otomobil fabrikasının müdürlüğünü yapmıştı. Duvar yıkıldıktan sonra kendi işini kurmuş, siyasi bağlantıları sayesinde kısa sürede yükselmişti. Alman siyasi arenasında dönem dönem şaşırtıcı işlerin altından çıkan dinozor, şimdilerde Ruslarla sıkı ilişkilerde bulunan dev bir aile şirketinin büyük patronu, babasıydı. Rusya devlet başkanıyla

Kızıl Kurt

ilişkileri birkaç yıl öncesine dayanıyordu. İki adamın pazarlama alanındaki büyük başarısı onları sonunda bir işte bir araya getirmişti. Ardından Krüspe ailesinin Rusya'daki yatırımları çığ gibi büyümüştü. Bu İtalyan özentisi Almanın Korkunç İvan olduğu falan yoktu.

Aleksei Kirsanov ve Leonid Belousov... Kirsanov'un Moskova Üniversitesi'nde bir tarih profesörü olduğunu öğrenince şaşırmıştı Kurt. Belousov bekleyebilirdi. Bu bilim adamının yollarının Rus devlet başkanıyla nasıl bir aşamada kesiştiğini araştırmaya koyuldu.

❖ ❖ ❖

2. Bölüm'ün aydınlığı karşısında afalladılar. İlk bölümde sadece tek bir odadan ışık sızarken burada birçok aydınlık oda vardı. Görevlilerin odalarından ikisi de bunlar arasındaydı.

Gökhan bacaklarının çıtırdamasını bile engellemeye çalışarak üçüncü bombayı kolonla duvarın kesiştiği dar açılı bölüme dayadı. İki adam, bedenleri birbirininkine neredeyse yapışık, silahlarını iki elleriyle kavramış halde depoya geçtiler.

Kuzey duvarı boyunca elli metre yürüdükten sonra sıradaki bölümün girişindeydiler. Hafif bir çıtırdama duyduklarında Gökhan silahını indirmiş, bölüme girmeden önce çantasını çıkarmaya çalışıyordu. Boş depoda sesin kaynağı anlaşılmıyordu, ama Koray'a arkadan, 2. Bölüm tarafından geliyor gibi gelmişti. Hemen fenerini söndürüp diz çöktü. İki eliyle tuttuğu silahını gergin kollarıyla öne uzatmış, artık karanlık içinde görünmez hale gelen 2. ve 1. bölümlerin depo girişlerine sırayla doğrultuyordu. Bu sırada Gökhan aniden karşısına çıkan ufak tefek adam yüzünden şaşkına dönmüştü. Az önce duydukları ses bu adamın ayak sesleri olmalıydı. Adama hamle yapınca, sol tarafını çıkarmış olduğu çantası sağ koluna düştü. Fakat durum bu ona engel olmamıştı.

Ufak tefek adam, daha ne olduğunu anlamadan mengene gibi kollar tarafından kavranmıştı. Bağırmaya çalıştı, ama boynuna dolanmış kol hava almasına bile engel oluyordu. Bir an sonra boynu kırılmıştı. Koray duyduğu sesle tekrar önüne dönmüş, Gökhan'ın kolları arasında tuttuğu cesedi ancak görmüştü.

"O da nerden çıktı?" diye fısıldadı.

"Bilmiyorum, aniden karşıma çıktı."

"Burda bırakamayız bunu, tuvalete taşıyalım."

Gökhan başıyla onayladı ve cesedi sol tarafına geçirip sağ kolundan sallanan çantayı diğerine uzattı. Biri çantayı, diğeri cesedi sırtlandı ve sessizce 3. Bölüm'e yürüdüler. Zavallı işçinin biraz yalnız kalmaya ihtiyacı vardı sadece, ama bu kadarını beklemiyordu.

Şimdi bulundukları yer 3. Bölüm'ün güneybatı ucuydu. İlk ikisinin eşi olan bu bölüm karanlığın altında uyuyor, birkaç küçük ışık, onlar için şu an en etkileyici tablodan daha güzel olan karanlıkta, çürük dişler gibi parlıyordu.

✤ ✤ ✤

Vasily Chevakinsky yatağında hafifçe inleyerek döndü. Evgeny Kavelin uykusu arasında dirsekleri üzerinde biraz yükseldi ve kenarları çapaklı gözlerini yarı aralayarak yatağında dönen Vasily'ye doğru sinirle baktı. Bu gece dördüncü defa adamın inleme-

Kızıl Kurt

sini duyuyor ve bu yüzden bir türlü derin uykuya geçemiyordu. Başını yastığa bırakıp ofladı ve yatağında diğer tarafa dönüp gözlerini kapadı. Hemen uyku arası saçma sapan düşüncelere dalıvermişti. Gözlerinin önünde bir kiraz havada asılı duruyor, bir hastalığı varmış gibi inliyordu.

Vasily dün öğle yemeğinden beri yoğun bir karın ağrısı çekiyordu. Geceleyin uzun bir süre dönüp durma aşamasından sonra uykuya dalabilmiş, ama ağrı onu uykusunda da terk etmemişti. Uykusu boyunca karnının pozisyonunu değiştirmek amacıyla dönüp durmuştu ve şimdi bu rahatsız uykudan, bağırsaklarına batan iğneler yüzünden uyanıyordu.

Gözlerini açtıktan bir süre sonra karanlık odanın içini görmeye başladı. Bir metre kadar uzağındaki yatakta Evgeny oflayarak sırtını dönüyordu. Diğer tarafındaysa Genrich horul horul uyuyordu. Vasily kendisini uyandıran, ama uyku sersemliğiyle unuttuğu ağrıyı birden hissedince istemsiz bir inilti çıkardı ve hemen dudaklarını kapatıp kusmamaya çalışır gibi durdu. Bağırsakları adeta yanıyordu.

Yatağından kalkıp kapıya koştu. Koşarken ağrısı daha artmış, bağırsaklarında hissedilir bir hareketlenme başlamıştı. 2. Bölüm'ün dördüncü sırasında, baştan sekizinci kulübeden çıktı. Kulübesinin önünden başlayan dar koridorda güney yönünde koşmaya başladı. Her adımda bağırsaklarının biraz daha gevşediğini hissediyordu ve karnının üzerine dayadığı sağ kolu bu konuda hiçbir iyileştirici etki yapmıyordu.

İlk tuvaletin kapısı açıktı. İçeriye adımını attı fakat bu kabin iğrenç derecede kirliydi. Küfürler ederek dışarı çıktı ve hemen yandaki kabinin kapalı kapısına asıldı. Ayakta öylece kaldı. Birden hiçbir ağrı hissetmez olmuştu. Kabinde, klozetin üstünde, başı göğsüne düşmüş bir ceset oturuyordu. Külodunu dolduran yarı sıvı dışkıyı umursamadan görevlilerin odasına koştu.

❖ ❖ ❖

Yirmi türbinden beşinci ve on beşinciye bombaları yerleştirdikten sonra 4. Bölüm'e ulaşmışlardı. Şimdiye kadar altı bomba yerleştirmişlerdi ve bu sonuncusu olacaktı.

Gökhan bombayı duvara dayadı ve aniden müthiş bir gürültüyle sıra sıra ışıklar yanmaya başladı. İlk anda ne yapacaklarını şaşırmış, bir bir yanan ışıklara bakakalmışlardı, ama kısa sürede toparlanarak hemen en yakındaki kulübenin arkasına çömeldiler. Gökhan kaçmadan önce bombayı duvara aceleyle yapıştırmıştı ve bantlardan biri iyi yapışmadığı için kopmuş, el yapımı paket kolonun duvarla birleştiği dar aralıkta aşağıya sarkmıştı. Ne var ki tek sorun bu değildi. Sırtlarını dayadıkları kulübe, kapıya en yakın olandı ve içeride tüm diğer bölgelerde olduğu gibi görevliler kalıyordu.

Kulübeden gelen konuşmaları yarım yamalak duyuyorlardı. Mekanik bir ses bir ceset bulunduğunu söylüyordu. Uykulu bir ses, "E ne olacak?" diye soruyor, karşıdaki, "Bölgenizi arayacaksınız aptal!" diye ateş püskürüyordu.

Gökhan, Koray'ı kolundan dürttü ve eğilmiş halde bölgenin güney duvarına doğru koşmaya başladı. Duvarla aralarında elli metre kadar bir mesafe vardı ve dördüncü sıra kulübelerin kapılarının hemen önündeki dar koridorda koşuyorlardı şimdi.

Kızıl Kurt

Tüm bölgede bir hareketlenme, ağır bir uğultu başlamıştı. Mühendisler uyanıyor, bu beklenmedik aydınlanmaya karşı ne yapacaklarını bilemez halde şikâyet ediyorlardı. Koray güney duvarına ulaşıp Gökhan'ın yanına çöktü. Onun hızı karşısında hayrete düşmüştü, ama bunla ilgili bir yorum yapacak değildi şimdi. İkisi de çöktükten kısa süre sonra kulübelerden dışarı asker boşalmaya başlamıştı.

Gökhan çantasını karıştırıyordu.

"Ne yapıyorsun?" diye fısıldadı Koray.

"Şşt!" diye uyardı ve diğeri çantanın içindeyken serbest olan eliyle yukarıyı işaret etti.

Koray çöktüğü yerden başını yukarı kaldırdı hemen. Pencerede hızla içeri çekilen bir siluet görmüştü. Her yerden askerlerin ayak sesleri geliyordu şimdi. Dar koridorlarda sıkıştırılmaları hiç de zor olmayacaktı. Kulübenin etrafında emekleyerek kapıya ulaştı. Bu sırada Gökhan üzerinde yedi tane düğme olan vericiyi elinde tutuyordu. Bu haliyle bir televizyon uzaktan kumandasını andırıyordu.

Koray geriden gelen ayak sesleriyle silahını hemen arkasına doğrulttu. Bir Rus görevli aynı anda dördüncü sıra kulübelerin sonunda başlayan koridora dalmış ve silahının menziline girmişti. Hiç düşünmeden çekti tetiği ve Rus daha ne olduğunu anlamadan kendini yerde buldu.

Gökhan vericinin yan tarafındaki emniyet anahtarını indirdi. Sağ elinin işaret parmağı ilk düğmenin üzerinden atladı. İkincinin üzerine geldiğinde, şehrin üzerine inen bir balyoz gibi kumandanın üzerine indi ve her yan müthiş bir gürültüyle doldu.

Patlamayla birlikte Koray kapıyı omuzladı ve kendini içeride buldu. Pencereye yaklaşmakta tereddüt eden Rus makine mühendisi ikinci bir patlamayla eşzamanlı gerçekleşen bu gürültüyle arkasını döndü, ama daha yalvaramadan göğsüne giren iki mermiyle yere yığıldı. Koray kulübede yere çöküp kapıya doğru ilerledi. Bu sırada patlama gürültüsü üçüncü ve dördüncü kez duyulmuştu.

Kapıdan çıkmak üzereydi ki köşeyi dönen iki Rus askerini gördü ve hemen başını içeri çekti. Beşinci patlamanın gerçekleştiği bu anda askerler de onu görmüştü. Adamların ellerinde kalaşnikoflar vardı ve kulübenin arka tarafına ilerlemeye çalışırken ateş etmeye başlamışlardı.

Gökhan beşinci bombayı da patlattıktan sonra vericinin emniyetini kapattı ve çantayı arkasında bırakıp kulübenin kenarına süründü. Başını uzattığında iki Rus asker de ellerindeki tüfekleri ateşlemeye başlamıştı. Adamlar neredeyse sadece bir an görüş alanında kalmışlardı. Ateş ederken kulübeye doğru ilerliyorlardı ve kulübenin yan duvarı Gökhan'la onların arasına girmişti.

Hızla doğruldu, koşup kulübenin yan duvarını geçti. İki Rus, bir yandan ateş ediyor, bir yandan da kulübenin kapısına gitgide yaklaşıyorlardı. Silahını doğrulttu ve iki el ateş etti. Kalaşnikofların gürültüsü kesilirken bir cam kırılma sesi duyuldu. Hemen sonra yüzünde birkaç cam kesiğiyle Koray, elinde çantayla Gökhan'ın yanında belirmişti.

"Hepsini duydular. Birazdan burda olurlar." Nefes nefeseydi. Gökhan şarjör değiştirdi. "Çıkmamız lazım."

"Geldiğin yerden çıkacağız. İşte, ilersi."

❖ ❖ ❖

Kızıl Kurt

Tarih profesörüne ait bilgiler Kurt için şaşırtıcıydı. Kirsanov, eski bir KGB sorgucusuydu. Her gün öğrencilerinin karşısına çıkan, tezleri değerlendiren bu bilim adamı, aynı anda iğrenç işkencelerde görev almıştı. Bu iki ayrı yaşam biçimini birleştirmek, dışarıdan bakan biri için zihninde canlandırması bile zor bir durumdu. Profesörün işi zordu.

Birkaç dakika önce gelen fotoğrafı yeniden ekrana getirdi. Fotoğraftaki Kirsanov ellili yaşlardaydı. Kızıla çalan kahverengi saçları tepeden hafifçe açılmıştı. Kısa bir sakalı vardı. Geniş alnı, oldukça çıkık şakak kemikleriyle son buluyordu. Kaşları ince, gözleri çukurdaydı. Kemerli burnu kanca gibiydi. Delici bakışları iki boyutlu bu görüntüde bile dikkati çekiyordu. Bu bakışları hatırlamakta güçlük çekmedi Kurt. Daha önce gerçek Korkunç İvan'a ait birkaç portre görmüşlüğü vardı. Benzerlik ürkütücüydü.

Doğru iz üzerinde olduğuna neredeyse emindi, ama şimdi basit hislerle hareket etmenin sırası değildi. Daha fazla bilgiye ihtiyacı vardı.

Kurt, dakikalar geçerken kendini Korkunç İvan'la özdeşleştirmiş bir manyağın suç izlerini takip ediyor olduğunu anladı. Daha ilkokul raporlarında başlıyordu belirgin izler. Yıllar önce not edilmişti hayvanlara yaptıkları, bu küçük çocuğun ruh sağlığının son derece bozuk olabileceği. Kendinden küçük öğrencilere yaptığı bir serçe gösterisinin ardından eğitimini devam ettirebilmek için okul değiştirmek zorunda kalmıştı. Ergenliğin hemen sonrasında başlamıştı saldırganlık suçlamaları. Kirsanov, kendi başının çaresine bakabilecek hale gelene kadar ailesi ilgilenmişti bu suçlamalarla.

Akademik kariyerinde de boş durmamıştı adam. Tecavüz suçlamasında bulunan iki öğrenci vardı. Kayıtlar onların ölü olduğunu gösteriyordu şimdi. Diğer birkaç suçlama delil yetersizliğinden sonuçsuz kalmıştı.

Rusya devlet başkanının tarih hocasının fotoğrafına bir kez daha baktı Kurt. "Yakaladım seni piç kurusu," diye mırıldandı boş odada.

❖ ❖ ❖

Koray'ın işaret ettiği yer dümdüz uzanan duvarın diğer ucuydu. Bu, 4. Bölüm'ü 5. Bölüm'le birleştiren kapıydı. Güney duvarının batı ucunda kalıyordu ve onlar duvarın ortalarında sayılırlardı. Elli metreden biraz fazlaydı kat etmeleri gereken mesafe, ama şu durumda, olduğundan çok daha fazla görünüyordu.

Gökhan kulübenin arkasından başını uzattı. Üç sıra koridorda çeşitli yönlerde koşan askerler görünüyordu. Patlamalardan sonra hâlâ dışarı çıkmaya cesaret edebilen birkaç mühendis de ortalarda koşturuyordu. Tam ortadaki koridordan dört asker onların bulunduğu yöne doğru koşmaktaydı. Yerde yatan diğer üç askeri görmüşlerdi. Gökhan geri çekildi.

"Dört tanesi geliyor. Ölüleri gördüler. Ya şimdi çıkarız ya da buraya onlarla beraber gömülürüz."

"Çıkalım," diye yanıtladı Koray. Sesinde ne korku, ne heyecan vardı.

Gökhan son kez kulübenin yanından başını uzattı, koşan dört adamla ölen üçünün arasındaki mesafe beş metre bile yoktu. Adamlar, "Buraya! Buraya!" diye bağırıyorlardı. Gökhan arkasına dönüp Koray'a başını salladı. Sağ eliyle birkaç metre mesafedeki kulübe dizisini gösterdi ve iki adam aynı anda kulübenin arkasından fırladılar.

Kızıl Kurt

Silahlarını peş peşe ateşleyerek yana doğru koştular ve ilk sıra kulübenin arkasına ulaştılar. Onlar orada durup şarjör değiştirirlerken dört Rustan üçü yerde cansız yatıyordu. Yeni şarjörleri yerleştirdikleri an, kalan Rus askeri delice çığlıklar atarak karşılarındaki köşeyi döndü ve iki adamla göz göze geldi. Adamın yüzüne arkadaşlarının kanı sıçramıştı ve çılgınca açılmış gözleriyle tam bir canavar gibi görünüyordu. Kalaşnikofunu doğrultmadan ateşledi ve aynı anda Gökhan'ın silahından çıkan mermiler adamın suratını parçaladı. Sıçrayan kanlar Gökhan'ın yüzünü ve başlığını kırmızıya boyamıştı.

Adamın rasgele sıktığı ilk mermi Koray'ın ayağını sıyırmıştı. Gökhan yeniden şarjör değiştirirken bunu gördü.

"Vurulmuşsun!"

"Önemli değil. Sadece sıyırdı."

"Tamam."

Gökhan, Koray'ı geçti ve önden, kulübenin diğer yanına doğru temkinle yürüdü. Kulübenin sonuna geldiğinde bir Rus fırladı önüne. Refleks olarak adama tekmeyi indirdi ve sola doğru savrulan adamın göğsü Koray'ın üç mermisiyle delindi.

Gökhan arkasını dönüp konuştu. "Bunlar ne yapıyor böyle?"

"Bilmiyorum, aptal mafya askerleri işte. Ama sayıları fazla... Gidelim."

Önlerinde iki sıra kulübe daha vardı ve onlardan sonra yirmi metre boyunca inşaatı tamamlanmış odaların duvarı uzanıyordu. Bu duvara ulaştıktan sonra işleri oldukça kolaylaşacaktı.

Gökhan, Koray'dan çantayı aldı ve başını uzattı. Yakınlarda hiç Rus asker yoktu. Bunu görünce hemen işaret verdi ve koşmaya başladı. Şimdi geçmeleri gereken sadece iki koridor kalmıştı. Ardından yirmi metre boyunca sadece önlerini ve arkalarını kontrol etmeleri yetecekti. Gökhan başını uzattı ve gördüğüyle şok oldu. En az on kişi doğrudan onların bulunduğu bölgeye doğru koşuyordu ve mesafe yirmi metreden biraz fazlaydı. Koray'a gelmesi için bağırdı ve koşmaya başladı.

Adamlar onları görür görmez mermi yağdırmaya başladılar, ama ilk koridor için geç kalmışlardı. Gri Takım'ın en tehlikeli üyeleri son dizi kulübenin arkasında hiç durmadan koşmaya devam etti ve son koridoru da geçti. Yirmi metre vardı önlerinde, sadece yirmi metre...

Gökhan arkasını dönüp elindeki kalaşnikofu attı ve, "Arka senin!" diye bağırdı. Koray silahı havada kaptı ve hemen elinde doğrultup geriyi kontrol ederek koşmaya devam etti. Az önceki adamlar buraya arkadan girecekti. En az on kişi... Dönüp Gökhan'a baktı. Neredeyse çıkışa ulaşmak üzereydi. Onunsa en az yedi sekiz metresi vardı.

Gökhan'ın iki tabancası da elindeydi, tüm hızıyla koşmuş ve girdikleri bu çıkmazda çıkışa ulaşmıştı. Koray geri geri ilerliyordu ve birden Ruslar köşeyi dönüp koridora mermi yağdırmaya başlamıştı, o da aynı anda elindeki canavarın tetiğine asıldı.

Gökhan fanilasının anahtarını kapattı ve vücuduna çarpan soğuk havayı hemen hissetti. Arkada kalaşnikofların gürültüsünü duysa da başını çevirip bakmadı bile. Koridorun çıkışında öylece bekledi. Beklediği adamlar bir an sonra koridorun girişinde belirmişti.

İlk gelenin boğazına yumruğu indirirken ikinciyi sol elindeki tabancayla bağırsaklarının biraz üstünden vurdu. İki adam neredeyse aynı anda yere düşmüş üçüncünün elindeki tüfek Gökhan'ın tek-

Kızıl Kurt

mesiyle kenara savrulmuştu. Şimdi karşısında ayakta dikilen üç adama ateş etmeye başladı. Her şey üç saniye sürmüştü. Şimdi dört adam yerde ölü yatıyor, diğeri yerde oturmuş, öksürerek silahını doğrultmaya çalışıyordu.

Adamın silahına tekmeyi indirdi ve tek mermide onu da öldürdü. Diğer taraftan gelen üç adam Koray'ın mermileriyle daha ilerleyemeden üst üste yığılmıştı. O da koşarak Gökhan'ın yanına geldi ve son koridoru geçip 5. Bölüm'e, çıkışa ulaştılar.

Bölüm bomboştu ve Gökhan'ın bıraktığı ip açık delikten aşağı sarkıyordu. Onlara elli metre mesafede... Durmadan koştular. Bu yeraltı şehrinde görecekleri son Rus, 5. Bölüm'ün kapısından girerken, Gökhan ve Koray ipe tutunmuş yükseliyordu.

Kapağı kapattıktan bir süre sonra kumandadaki ilk ve son düğmelere bastı Gökhan. Ayaklarının altındaki yer sarsılırken 4. ve 5. bölümlerin kapakları onlara uzak mesafede havalandı. Tüm bombalar patlamış, iki adam kendilerini bekleyen beş kişiye koşmaya başlamıştı.

5 Eylül 2008
Moskova

Aleksei Kirsanov evindeki projeksiyon odasında, perdedeki görüntüden gelen değişken ışığın yer yer deldiği koyu karanlıkta, sıra sıra mavi koltuk dizilerinin ortasındaki kırmızı koltukta oturmuş kulaklarını dolduran çığlıklarla keyfini katlıyordu. Bu kayıtları defalarca izlemişti, ama tekrar tekrar izlemekten büyük keyif alıyordu.

"Ben Björn Naslund'um," dedi perdeyi kaplayan perişan yüz ve ekledi. "Siz de orospu çocuğusunuz, özellikle de sen!"

Orkun Uçar

Aleksei Kirsanov, namı diğer Korkunç İvan bundan büyük keyif alıyordu. Küçükken hayvanlara işkence etmeye bayılırdı. Annesi onu doktora götürmek istemiş, babasıysa buna izin vermemişti. Babası Yuri'nin ailesi Stalin tarafından tasfiye edilenler arasındaydı. Bu nedenle güvensizlik içinde yaşardı.

Küçük Aleksei'nin ateşli bir hastalık yüzünden yatağa bağlandığı o iki hafta hayatını değiştirmişti. Çünkü sıkıntıdan evde olan yegâne kitabı okumuştu: *Rusya Tarihi*.

Korkunç İvan hakkında yazılanlar onu büyülemişti. İyileştikten sonra okulun başarısız öğrencisinde mucize bir gelişme gözlenmişti.

"Nasıl biri bu Gökalp Tektepe?" diye sordu görüntüde olmayan bir ses.

"Yuvarlak biri," diye yanıtladı paralanmış yüz. Kirsanov bu kısımda dayanamıyor, her defasında kahkahalarla gülüyordu. Aslında yılların emeğinin Türkler tarafından yok edilmesi sinirlerini bozmuştu ve ancak kan dolu arşivi onu rahatlatıyordu.

Perdeyi yerde yatan kafasız adamın kesik boynu doldurdu. Tam bıçak Björn'e girecekken bir gürültü duyar gibi oldu Kirsanov. Kumandanın durdurma düğmesine basıp boynunu arkaya uzattı ve, "Neler oluyor?" diye bağırdı. Arkadaki servis odasının küçük penceresinden uşağı Eduard'ın silueti görünüyordu. Siluet elini kaldırıp "bir şey yok" ya da "tamam" anlamlarına gelecek şekilde havada beklettı. Bunun üzerine Aleksei Kirsanov önüne dönüp kumandanın düğmesine yeniden bastı.

"Bak Björn, bunu da Korkunç İvan istiyor," diyordu görüntüdeki dış ses. Bu sözler Aleksei Kirsanov'a bir çeşit orgazm yaşatıyordu. Evet, o istemişti. Hepsi kendisi içindi. Tüm bu muhteşem zi-

Kızıl Kurt

yafet onun damağı için hazırlanmıştı. Belki başka kimsenin damağına hitap etmiyordu, ama birinin başka kimselerin damağına hitap etmeyen bir ziyafet hazırlatabilmesi de yeterince görkemli bir şeydi.

Görüntüler aksak bir yavaşlıkla ilerliyor, parçalanmış organlara zoom yapılıyor, sonra kamera hızla ağlamaklı paralanmış surata dönüveriyordu.

Kirsanov hemen kucağındaki tahta kutuyu açtı ve kurumuş, kararmış et parçasına müthiş bir zafer duygusuyla baktı. Filmdeki yıldızlardan biri yanında, hatta kucağında otururken sinemada film izleyen bir izleyici gibi hissediyordu kendini.

Film bittiği an arkasında bir ses duydu.

"Eduard? Ne işin var burda?"

Perdeden gelen cılız ışıkta karşısındaki adamın yüzünü göremiyordu. Görebilmek için gözlerini kısması da fayda etmiyordu.

"Eduard mı? Benim adım Gökhan efendim. Hizmetinizdeyim."

"Sen de kimsin? Gökhan kim? Ne oluyor burda?"

"Korkmayınız efendim. Sadece intikam almaya geldim."

Dikildiği yerde geriledi ve kaçmak üzere sola doğru bir hamle yaptı, ama diğer adam bir sıçrayışta koltuğun üzerinden aşmış, onu omzundan yakalamıştı. Kirsanov kafasına aldığı darbeyle bayıldı...

❖ ❖ ❖

Kirsanov soğuk havaya açtı gözlerini... Kendisine saldıran adam toprağı kazıyordu. Ağzı tıkalı olduğu için inledi.

Gökhan dönüp bir böceğe bakar gibi bakış attı. "Demek kendine geldin," diyerek adamın üzerine tükürdü. "Bakışlarında merak var. Kim bu diyorsun."

Kazarken konuşmasına devam etti.

"Belki hiçbirini tanımıyorsun bile, ama sana burda bulunmama neden olan insanlardan söz edeceğim. Bir karım vardı. Şimdiye kadar karşılaştığım en özel yaratıktı. Onu seviyordum. Ama onu öldürdün. Bir kızım vardı. Küçük bir prenses... Ama onu öldürdün. Bir oğlum vardı. Daha doğmamıştı. Doğacak ve iki parça olan kalbime üçüncü bir parça ekleyecekti. Ama onu da öldürdün. İyi dinle Korkunç İvan, aslında şimdi Korkak Aleksei demeliyim. Tüm yaptıkların için seni cezalandırmaya geldim. İsveç'teki merkezini ben yok ettim. 8. Karakol dediğiniz yeri de. Diğer iki karakolunu da arkadaşlarım yok etti. Opriçnina dediğin çılgınlığı da ben yok ettim. Delice planların son buldu ve şimdi sana daha kötü bir haberim var. Seni de o çok sevdiğin manyağın yanına, cehenneme göndereceğim. Ama bu hızlı olmayacak."

Gökhan yeteri kadar kazınca Aleksei Kirsanov'u mezarın içine yerleştirdi. Adamın başını bir kutu içine soktu ve bunun üzerine açtığı deliğe ince bir boru soktu. Borunun ucu açık havada olacaktı.

Çukurdan çıkardığı toprağı Korkunç İvan'ın üzerine atarken konuşmaya başladı:

"Bu mezarda hareket edemeyeceksin, öyle ki dar bir elbise içine sıkıştırılmış gibi olacaksın. Yavaş yavaş bu dayanılmaz hale gelecek ve çığlıklar atacaksın. Ama ölümün hızlı olmayacak. O boru kafanın içinde bulunduğu kutuya hava verecek. Burda günlerin geçerken sen toprağın içinde ölmek isteyeceksin. Küçük böcekler yavaş yavaş, sen canlıyken seni yiyecek. Büyük ihtimal, ölmeden çıldıracaksın. Ben de bu işkencenin her anını hatırlayacak olmandan zevk alacağım."

Kızıl Kurt

7 Eylül 2008
Kostanay

Kızıl Kurtlar kampında herkes derin uykudaydı, bir kişi dışında... Koray bütün vücuduna kanla çizilmiş desenlerle güneşin doğuşunu karşılıyordu. Gece boyu *kam* adını verdiği uyuşturucu kımız etkisinde Ay'la koşmuş, Ay'a ulumuştu.

Orta Asya'da hâlâ Şamanizm yaşantıya giren bir inanıştı ve herkes Koray'ın bir Şaman olduğunu görebiliyordu. Yani Kızıl Şaman ismi efsane yaratmak için kullanılmıyordu.

Güneş kırmızı bir top gibi yükselirken çırılçıplak bedeniyle onu selamladı. Orta Asya'nın yeraltını ele geçirmesi için önünde bir engel kalmamıştı. Ondan sonra Turan'ı gerçekleştirecek Kızıl Şaman sıfatının yanına, Ulu Hakan veya Başbuğ'u ekleyecekti. Türkiye'deki güçler o zaman yanın da mı, yoksa karşısında mı olmayı seçeceklerine karar verecekti.

Koray, kendini kimseye borçlu hissetmiyordu. Gökhan'la aralarındaki farklardan biri buydu. Yıllarca öylesine göz ardı edilmişti ki şimdi bir yere değil, kendine bağlıydı. Ondan korkacaklardı. Ona boyun eğeceklerdi.

Karşı çıkanı ezmeye kararlıydı.

Onu yok etmek istiyorlarsa hemen yapmalıydılar, yoksa birkaç seneye kadar bu fırsatı kaçıracaklardı.

Sık sık Beyin'i düşünürdü.

Görev için ayrılmadan önce bir konuşma geçmişti aralarında...

"Kolay gelsin Koray. Sana güveniyorum." demişti gülümseyerek Beyin. Onu hep aynı odada, aynı manzara önünde hatırlayacaktı.

"Efendim size bir sorum olabilir mi?" demişti çekinerek.

"Olabilir tabi, ama cevaplayabilir miyim bilmiyorum."

Tereddüt etmişti ama sanki zekâ dolu gözler sorması için yalvarıyordu.

"Nasıl felç oldunuz? Bu yatağa nasıl hapsoldunuz?"

Beyin önce güldü, sonra bu öksürüğe dönüştü. Nihayet, "Sence?" dedi. Sorulara, soruyla cevap vermek sevdiği bir tarzdı.

"Bir çocuk hastalığı diyeceğim ama beden yapınız bunun daha geç bir yaşta olduğunu gösteriyor. Bacak kaslarınız gelişmiş. Bir kaza olduğunu gösteren bir iz de yok."

Beyin, "Aferin," dedi. Bir dedektif gibi akıl yürütmek sevdiği bir oyundu.

"Cevabını bulman zor, o yüzden söyleyeyim. Bir ameliyatla yatağa bağlandım."

Koray şaşırmıştı. "Yani bir ameliyat hatası mı efendim?"

"Hayır Koray. Bir tercih yaptım ve beni sürekli yatağa bağlayacak bir operasyon geçirdim."

Koray kulaklarına inanamıyordu.

"Şaşırdın değil mi? Bir süredir benim Türkiye için önemimi biliyorsun. Canlı bir analiz ve strateji bilgisayarı... İşte ben, analizimi kendi üzerime yönelttiğimde hayatta vaktimi alacak her şeyden vazgeçtim. Kendi tercihimle bu hale geldim."

Koray anlayamıyordu.

"Yıllar önce ülkenin geleceği, gizli operasyonlar, anlaşmalar, planlar bana verildiğinde sorumluluk altında ezildim. Devlet adına her türlü gizliliğin tek devamlılığı benim. Bir aşamadan sonra uyu-

Kızıl Kurt

yamamaya, dışarda geçirdiğim tüm zamanı kayıp olarak görmeye başladım. Sonunda şu kararı aldım; ya bu işi hakkıyla yapacaktım ya da yapmayacaktım. Böylece yatalak olacağım ameliyatı istedim."

Koray o odadan başka bir insan olarak çıkmıştı. Bu dünyanın bir yerinde ülkesi için tüm hayatından, bedeninden vazgeçmiş biri vardı.

Kimse onu ülkesi için fedakârlıkta geçemezdi.

Koray işte o zaman başka bir şey için kendini adamaya karar vermişti: Dünya!

Şaman olarak dünyanın ruhuyla temasa geçtiğini düşünüyordu ve ruh, ona fısıldıyordu. "Beni kurtar!"

Koray gerekirse kan ve ateşe boğarak dünyayı kurtarmaya karar vermişti. Onun korkunç fedakârlığı buydu.

Dünya oydu, o dünyaydı.

Dünya onun olacaktı!

Kızıl Şaman, Dünyanın Efendisi, Ruhu; güneşi selamlıyordu.

Orkun Uçar

Yazardan Okura...

Bir *Metal Fırtına* kitabı, yani "Bir Gökhan Birdağ Macerası" daha bitti. Umarım beğenmişsinizdir.

Artık Gökhan Birdağ, benim vazgeçilmezlerimden biri...

Gökhan aynı zamanda uzun zamandır özlemini çektiğimiz bir Türk kahraman tiplemesi. *Metal Fırtına* serisi bu yüzden "Bir Gökhan Birdağ Macerası" olarak devam ediyor.

Kısa vadeli kitap projelerime gelirsek... Öncelikle bir roman var sırada: *Derin İmparatorluk*... Yüzyıllardır var olan gizli bir Türk teşkilatı ve planlarını anlatan bu eseri yıl sonuna kadar sizlerle buluşturmayı planlıyorum.

İki yıldır yazımı süren bir başka eserim *Deccal*. Kıyamete yakın ortaya çıkacağı söylenen bu büyük tehlike, çarpıcı bir kurgu ile karşınızda olacak. *Deccal* yeni yılda sizlerle buluşacak.

Derzulya serisi... *Asi*'yi okuyanlar serinin ikinci kitabı *Sarı İstila*'nın ne zaman çıkacağını soruyorlar. *Sarı İstila*'yı bu yıl içinde bitirmeyi ve yeni yılın ilk aylarında çıkarmayı planlıyorum. *Kızıl Vaiz*'i merak eden okurlarım için şunları söyleyebilirim. Bu kitabımı genişleterek yeniden yazmayı ve bu şekliyle okurların beğenisine sunmayı istiyorum.

Benimle ilgili haberleri www.derzulya.com internet sitesinden takip edebilirsiniz.

Orkun UÇAR